張廉
插畫／Ai×Kira
鳳的男臣
2
女皇不早朝
Kadokawa Fantastic Novels DX

凰的男臣

目錄

第一章 宣布大婚

「女皇陛下，女皇陛下？」

耳邊傳來懷幽輕輕的呼喚。我睏倦地睜開眼睛，矇矓之中看到陽光在他雪白絲薄睡袍上留下金色輪廓，夢幻的金色，有如童話一般。

「女皇陛下、女皇陛下，該醒了……」他像是呼喚新生兒醒來般溫柔，輕輕在我耳邊呼喚，黑色長髮飄來淡淡的桂花香，灑落在我面前，沁人心脾，讓人整天都擁有好心情。

散落在他臉邊的長髮讓他看上去越發秀美溫潤，他無奈地輕觸我的肩膀。

「女皇陛下，今日是即位大典，您該起了……」

「嗯～～」我不開心地看向他，他被我這一聲驚得面頰瞬間發紅，匆匆低臉，雙手侷促地交握在身前，因為躬身而下垂的寬鬆衣領內，是那一片微微粉紅的肌膚和線條柔和的鎖骨。

「女皇陛下……」他無奈地低下頭，長髮散落滿床。

忽然間，門外傳來宮婢的驚呼聲：「攝政王！」

門隨即打開，懷幽一驚，匆匆下床，為我拉好紗帳。在倉皇的他身後，是已經穿著整齊並且不客氣地享用茶點的瑾崋。

瑾崋看到來人，立刻轉開臉，滿身的殺氣。

「攝政王請留步。」懷幽輕輕的聲音在床外響起，絲薄的紗帳外，隱隱可見兩個站立的身影。另一個身影顏色更深，映在我的腳邊。

「心玉還沒起嗎？」溫溫柔柔的聲音，比懷幽更加柔軟甜美，每日若是聽著這樣的聲音起床，真是怎麼也不願醒了。

孤煌少司的溫柔是女人的毒藥。

「是，女皇還未起。」

「你下去吧。」孤煌少司說完，正要上前。

「攝政王，女皇尚未更衣……」懷幽匆匆再次攔住。

「我說下去！」忽然間，孤煌少司的聲音陰沉起來，瞬間寒氣染滿寢殿，陰風捲入，紗帳飄搖，帳上懷幽的身影晃動不已。

「是……」靜靜的寢殿內響起懷幽低低的聲音。他侍寢又如何，獲得女皇喜愛又如何，在孤煌少司眼裡，他與女皇床上的枕頭、被單一樣，什麼都不是。

「你也下去。」孤煌少司這話似乎是對瑾崋說的。

「哼，求之不得！」瑾崋冷然的語氣迴蕩在寢殿之中，隨後，我枕邊的兩個男人，全被孤煌少司趕出了寢殿。

我微微蹙眉，轉身背對床外。

今天是即位大典，也意味著，我快死了……不，還得多活十個月，給孤煌少司生下孩子再死。

紗帳輕輕掀起，床墊微沉，有人坐在了我的身後，溫熱的手背輕輕撫上我的側臉。

「心玉，該起了。」

「不要。」我拉起被子蒙住頭，也把他的手擋在被外。「衣服重死了！我不要穿！」

「呵……」他輕聲而笑，流露出一股哭笑不得的感覺。

他靠在了我的身後，壓住被子，一條手臂環過我的身體，我感覺到身上的重量。他微微壓在我的側身上，用手拉開我的被子，立時，鼻尖滿是他身上那好聞的清淡麝香味道。

他的長髮滑落在我肩膀處的被單上，纖長的指尖輕輕勾起散落在我面前的髮絲，輕柔地順在我的耳後。

「怎麼，我的心玉不願起床，是不想穿那些衣服？」

他親暱地貼在我的後背，屬於男人的熱意透過薄薄的被子闖入，讓我感覺到了他的溫度、他的心跳，還有那隨著呼吸而起伏的胸膛。

又有誰敢如此堂而皇之地躺上女皇的床，如同宣告自己與女皇密不可分的關係，也只有……孤煌少司了。

他在告誡我身邊的男人，他們不過是我床上一時的擺飾，而他，才是正主。

手指撫過我的臉龐，順著我的頸項緩緩撫落，他似乎因為什麼而微頓了一下，貼在我皮膚上的指腹熱意越來越濃，他的呼吸也在我的耳邊變得綿長起來。

孤煌少司忽然有些奇怪，他像是因為什麼而失了神。

漸漸的，他的手指滑過我的頸項，往我藏入衣內的鎖骨而去。

我立刻起身，煩躁地甩開臉：「起了、起了，煩死了！」

我生氣地看向他，卻對上了他布滿熱意的眸子。在我呆愣之時，他忽然伸手按在我的肩膀上，天旋地轉之間，我已經被他按回床。他熱切地看我一眼，俊美無瑕的臉忽然俯落，我驚得別過頭，一個熱燙的吻就映落在我的側臉上，如同烙鐵般的溫度，燒燙了我的臉頰。

他按住我肩膀的手也發燙發熱，我屏住呼吸，微露害怕。

「烏龍麵你今天怎麼了？我有點害怕……」

熱燙的唇緩緩離開我的臉頰，下一刻，他卻直接貼上了我的側臉，輕輕的呼吸吹過我的耳畔。

「嚇到妳了？我只想親親我的小玉，我叫妳小玉好嗎？」

「嗯、嗯……」我低下下頷，故作害怕地氣息起伏。

「我的小玉可真是美味……」

他輕輕地在我耳邊嘆息，親暱地蹭過我的臉，呼吸竟開始急促起來。他一點一點蹭過我的右耳，柔軟的唇卻緩緩印在我的頸項。我嚇得起身，猛然推開他，抱緊被子連退三尺，蜷縮著身體，從被子後面害怕地看他。

「烏龍麵你今天真奇怪！不要過來！」

孤煌少司側身跪在床上，面頰低垂，長髮遮住他的側臉，一身為參加即位大典而穿著的華服鋪蓋在床上，黑色華服上卻是一隻金狐，金色狐尾如同鳳尾一般灑在衣襬之上，活靈活現！

在晨光中閃耀的金冠束起他一束長髮，讓他顯得華貴而英武，金色的絲絛順直垂在他長髮中，掛落胸前。

他的右手依然微微前伸，宛若還在觸摸著什麼。

他深吸一口氣，在晨光中轉過了臉，已經漾起滿面春風的微笑，微揚的紅唇似是熱意微退，格外嫣紅飽滿，甚至閃現出迷人的珠光，充滿無限誘惑，讓人渴望一親芳澤。

「小玉，不喜歡？」他微笑看我，俊美無瑕的臉龐上寫滿寵溺之情。恢復溫柔的他，令人再次覺得他人畜無害。

我緊張地看看他，在被子後面低下臉，只露出眼睛瞧他。

「你也這樣摸過別的女皇？親過別的女皇嗎？」

他黑眸微微一顫，收起微笑深深看我，神情中多了分認真：「沒有。」

「你騙人、騙人、騙人！」我生氣地霍然起身，大步走到他面前。

他微微起身用雙手輕觸我的腰身，我立刻抬腳踩在他胸膛上，把他踩回床，兩眼淚盈盈。

「烏龍麵你騙人！外面的人都說你跟別的女皇睡過了！你騙我！我最討厭烏龍麵了！我最討厭被人騙了！」

我擦擦眼淚躍下床，在門口候著的宮女們全都看呆了。

這世上，沒人敢踩孤煌少司，我不僅踩了，還全身而退。

「懷幽！給我更衣！」我朝外頭大喊：「你死哪兒去了！我要換衣服！」

宮女們匆匆而入，隨後，穿戴整齊的懷幽也低頭匆匆進門。

孤煌少司從床上不疾不徐地起床，懷幽看我一眼，卻是帶宮女走過我先直接到孤煌少司面前，替他整理華服。

孤煌少司低眸看懷幽，唇角揚了揚，看向我：「怎麼，小玉真的喜歡懷幽？」

我沒好氣地看他。

「當初不是你把懷幽給我的？他比你身子乾淨！是你說他沒被別的女人碰過！他是處子！」

懷幽倉皇下跪，全身緊繃地趴伏在孤煌少司面前。

「求攝政王准懷幽出宮！」哀哀祈求之情宛如已經無法忍受在宮中侍寢，被我逼上鳳床。

我沒看懷幽一眼，宛若我並不在乎懷幽，只顧瞪著孤煌少司。孤煌少司也始終微笑看我，揚起的唇角沒有半絲寒意，反而笑意更濃。

「乖，更衣，結束了我帶妳出宮玩玩如何？」

「真的？真的帶我出宮玩？」我雙眸一睜，立刻開心起來。

「我可曾失信於妳？」孤煌少司微笑點頭，滿滿寵溺。

「好好好！快快快，快給我更衣！」我開心地跳起來，如同歡快的孩子。

孤煌少司笑了，這才低臉微笑看懷幽。

「起來吧，去給小玉更衣，下次不要再提離宮之事。」

「是、是……」懷幽宛如嚇出一身冷汗般緩緩起身，低臉走回我的身側，宮女們匆匆取來華服，站在我的面前。

孤煌少司微笑看我一眼，不疾不徐離開寢殿。

桃香和蘭琴偷偷瞄一眼孤煌少司離去的背影，轉而驚嘆地看我。懷幽沉沉睨她們一眼，她們才吐吐舌頭，匆匆低下頭為我更衣。

穿上內裙，懷幽為我仔細繫上內腰帶，他一絲不苟的認真神情讓他心無旁騖，也不再像方才那般緊張。

他專注地為我拉平每一處皺褶之處，與孤煌少司同樣黑色的華服上，是金線繡製得唯妙唯肖的金鳳，鳳首在後心，鳳尾在衣襬。懷幽認真地調整我的衣裙，金鳳在我身後昂首而立。

我撐開雙臂，金鳳的羽翼也隨之打開，桃香為我遞上糕點，讓我在更衣中可以用餐。金絲雲紋的寬腰帶，金雲環繞腰間，彷彿國運也會如此一般平步青雲。

過了好半刻，厚重的華服才一件件穿戴妥當。桃香她們退出去取首飾，準備下一波裝扮，剩下懷幽為我整理衣襬衣袖。

他從我身後起身，微靠我的背後輕抬我的雙臂。

「女皇，您剛才沒事吧？」這句低語流露出他的擔憂和一絲無奈。

「懷幽，下次不要阻止孤煌少司。」我微微一笑。

「可是……」他發了急，竟失去了平日的鎮定。

「沒事的，我今天不也把他踹下床了。懷幽，我自會應付孤煌少司，我不希望你被懷疑，不想要你出事。」

「女皇陛下……」一雙手輕輕放於我的腰側，後頸的長髮被一聲綿長的呼吸輕輕吹動。「是懷幽沒用……無法保護女皇陛下遠離妖男……」

落寞的聲音不像是往日的懷幽，至少此刻，他已經不再是我平時所認識的懷幽。

曾經的懷幽會同時迴避我與孤煌少司，在我們有衝突時，會巧妙地消失在我們之間。而今天的懷幽，會阻攔孤煌少司、會自責、會替我擔憂。

他在關心我、擔心我，自責沒能阻止孤煌少司上我的床。這也是我所憂心的。

我蹙眉忍住嘆息，不想讓他更加操心，看向窗外，淡淡而語：「懷幽，更衣吧。」

「是……」他的手放落我的腰側，開始為我輕輕整理腰帶。

窗外飛鳥掠過，流雲緩緩飄過藍天，我輕嘆一聲。

「該來的，還是會來，難道……我真的要跟孤煌少司同床共寢……」

「女皇陛下萬萬不可！」懷幽忽然匆匆轉到我面前，拾袍而跪，跪落在我鋪了一地的華服上。他雙手握緊，急躁而不安地說：「懷幽、懷幽一定不會讓妖男再靠近女皇陛下。」

我笑了，緩緩蹲下，看著他著急發紅的臉。他抬起臉，秀目之中是盈盈顫動的水光。我伸手按上他的肩膀。

「你怎麼護我？你若想在我身邊，先護好自己。」

懷幽秀眉緊緊蹙起，緩緩垂下了臉。我捏了捏他的肩膀。

「你放心，我對孤煌少司也不感興趣，不想碰他。我自有辦法，別忘了，我可是玉狐女俠。」

懷幽的身體在我的手中漸漸放鬆，低垂的臉終於露出了笑意。

「是懷幽多慮了，讓女皇陛下煩心了。」

我緩緩起身，微笑俯看他：「都說我們是朋友了，下次別這樣跪我。」

「呵……」懷幽緩緩起身，第一次在我面前慢慢抬起了臉，站直了身體。俊逸秀美的他一旦站直，高過我半顆頭。他安心地微笑俯看我，用一分似是欽慕又似是交雜著崇拜和自卑的目光，注視我的臉龐。他眨了眨眼，又匆匆低下頭，開始為我整理腰帶內的衣衫。

「女皇陛下這樣穿真美……」他笑語，認真為我拉直腰帶。

「我什麼時候不美了？」我壞笑道。

「呵……懷幽又說錯話了……」他頓了頓手，單膝跪在我身前，盯著從腰帶垂下的絲條。「女皇陛下，懷幽希望能一直像這樣在女皇陛下身邊，照顧女皇陛下……」

我低臉笑看他，他仰起臉看向我，忠誠的面容讓他秀美的臉多了一分英氣和堅定。我伸出手撫向他的臉，他微露一絲緊張閉上了眼睛。我緩緩撫上他的臉側，他的呼吸也在我的手中變得放鬆，睫毛輕顫，嘴角露出一絲略帶靦腆的安心微笑。

懷幽，我真的值得你交出那顆心嗎？忠於我，未必是件好事。我雖不會背叛你，但……我會連累你。

懷幽看似文弱，卻有一顆異常堅毅的心，一旦決定向我獻出忠誠，當真是毫不猶豫、義無反顧；反而比扭扭捏捏、還不願信任我的瑾崋，更加可靠。

孤煌少司，我終於搶到懷幽了！這盤棋真是越來越精彩了，不會讓你失望的。

波瀾壯闊的宮殿，今日張燈結綵，丈餘的紅綢一條條橫在上空，在碧藍晴天下隨風飄搖，發出「呼呼」的聲音。

文武百官一個個身著盛裝站在宮殿前的廣場上，低頭頷首，敬立兩側。

孤煌少司輕執我右手，懷幽跟在我身後，我們在宏偉的音樂中走在百官之間，走向金碧輝煌的宮殿內的那張金色鳳椅。

百官在我們兩側一排排下跪，化作一條巨大的斑斕地毯鋪在廣場地面之上。

跨入門檻之時，文武官齊齊跪下，大殿之內，是朝廷三品以上官員。

孤煌少司一身華服，長髮直垂，遠比我這女皇更吸睛。

一路走來，我看到了殿外守衛的慕容襲靜，還有從未見過的百官。

今日是我第一次踏入朝堂，第一次看見百官，第一次看到他們的模樣。

梁秋瑛跪在左側首位，右側是一華髮老嫗，手持金杖，地位不低。那裡原本應該是右相瑾毓的位置。

正中金色鳳椅旁站立的是一個從未見過的男子，男子垂首敬立，銀冠碧璽，一身大侍官的正統朝服，手托金色托盤，盤中是一卷金色的聖旨。

想必，他應該就是大侍官慕容燕。大侍官也相當於大太監，有時會宣布皇旨，也是宮廷禮儀中一個重要執行者。

慕容燕是慕容襲靜的哥哥，從我入宮以來，他和其他侍官從未來拜見我，今天總算看到了。

雖然他低垂臉龐，光看側臉便可得知他亦是一位美男子，但臉型異常削尖，讓他看上去格外嚴酷凶狠。

慕容襲靜本就是個豔麗的美人，她的哥哥自然不會差到哪兒去。

而我今天什麼都不用做，只需跟孤煌少司走上一圈，然後坐在那張鳳椅上。

我開心地東瞅瞅、西看看，孤煌少司讓我坐下後，看了一眼慕容燕。慕容燕雖然低垂著臉，卻接收到了孤煌少司的指令，立刻轉身昂起臉，動作格外乾淨俐落，似有功夫底子。

立時，一張線條分外生硬的臉龐映入我的眼簾。眼睛雖然細長，但並不溫潤柔美，反而在陰厲冷酷的眸光中顯露一抹凶意，宛如這雙眼睛永遠不會露出溫柔目光，僅僅只有凶狠的殺意。

格外挺直的鼻梁如同巨大的刀刃嵌在他的臉上，線條生硬的唇也讓他顯得格外不近人情，唇色黯淡甚至帶著一絲紫，使他與慕容襲靜的美豔完全不同，他是冰天雪地中獵食的豺狼，一旦咬住獵物，必會撕裂牠的喉嚨，吸乾牠的熱血，絕不會再放過！

「自前任女皇重病瘋癲後，巫月鳳位一直空虛，國不可一日無君，攝政王憂國憂民，特上狐仙山請雲岫公主下山……」

慕容燕話還沒說完，我立刻起身直接搶過他手中的詔書。

「煩死了，怎麼那麼長。」

百官驚駭，偷偷觀瞧孤煌少司，原本寂靜的大殿中響起聲聲嘆息及細語。

慕容燕也目光嚴厲地看我，宛如我根本不是他的女皇，更像是一個需要好好管教的野孩子。

孤煌少司也不得不起身，溫柔注視我。

「小玉，不要胡鬧。」語氣溫柔到連慕容燕都目露驚訝，不解地看向孤煌少司。

但孤煌少司沒有接收到他困惑的目光，反而依然帶一絲寵溺地笑看我，宛若看著他最喜愛的寶貝甜心。

我天真無邪地嘛嘴甩了甩詔書，詔書被我甩得嘩啦啦直響。我拿起來直接拉開到最後，搖頭晃腦地唸了起來：「雲岫公主巫心玉即位，稱雲岫女皇……」

孤煌少司無奈地看我一眼，微笑端坐回原位，薄唇是止不住的笑意，彷彿我無論做任何事都能讓他開心。

慕容燕小心看他一眼，雖然不解，但還是垂首退至他的身旁。懷幽始終神色不動，靜靜立於鳳椅之後。

「特此昭告天下，望臣民一心，護擁雲岫女皇，振興巫月，並擇日與……」

我的心臟突然漏跳一拍，後面的句子一個字一個字都很刺眼，但我還是緩緩吐出口：

「攝政王……孤、煌、少、司完婚！封孤煌少司為巫月夫王！」

我「呼啦」一聲收起詔書，深吸一口氣，讓自己平靜一下，然後故作吃驚地看微笑垂臉端坐的孤煌少司，下面百官已傳來唏噓之聲，隨後，竟齊齊喊道：

「恭喜攝政王，賀喜雲岫女皇——」

響亮的恭賀聲久久迴蕩，宮殿之外也傳來一聲又一聲的道賀聲。

恭喜你媽！賀喜你爸！

我依然直直盯視孤煌少司，眨著大眼睛。懷幽全身繃緊，臉更加低垂。

孤煌少司在群臣賀喜聲中微笑抬臉，溫柔看我。

「小玉，妳現在是雲岫女皇了，切莫再胡鬧？」

「這是怎麼回事？」我甩開聖旨，唇角帶笑，話音低沉，不再裝蘿莉。

孤煌少司在我的注視中，眸光也專注起來，仔細看我，黑澈澈的眸中不斷閃爍精明銳光，似是在疑惑什麼。

「小玉，妳……怎麼了？」他反問我，深沉似海的目光在我的臉上細細打量。

我揚唇一笑：「烏龍麵，我說過，不是處男我不要。」

登時，孤煌少司的臉立刻緊繃起來，他身旁的慕容燕立時轉身瞪視我。

「雲岫女皇，請慎言！這裡是朝堂，不是妳胡鬧的地方！」

慕容燕有孤煌少司撐腰，居然敢當眾教訓女皇了！也難怪，在他們的監視和威逼之下，每一任女皇不過是個傀儡。

「哈！」我笑了，恢復往日的天真無邪，甩著手裡的聖旨，聲線提高，恢復清泠的少女之聲。

「又不是我想下山做這個女皇的，是你們請我來的，烏龍麵當初許我美男三千，我才勉為其難當這個女皇。烏龍麵，我說過，我最喜歡你，也最討厭你，我不喜歡別人騙我，除非，你證明外界的謠言全是假的，證明你從未跟別的女皇睡過……」

「這怎麼證明？」慕容燕激動起來：「我們是男人！如何證明是處子？」

慕容燕黑了一張臉，眸光凶狠陰厲。

孤煌少司緩緩揚手，阻止情緒激動的慕容燕。

「放肆！不得對雲岫女皇無禮！」

慕容燕和慕容襲靜一樣，極為效忠孤煌少司。他擰擰眉，忍住憤怒，略帶不甘地要退回孤煌少司身後。

我看了一眼，不疾不徐說道：「慢。」

孤煌少司看向我，慕容燕也把目光投向我。

我噘起嘴雙手負在身後不看孤煌少司，而是看向殿外。

「在那麼多人面前頂撞我，我的面子怎麼辦？我到底還是不是女皇？懷幽，掌嘴。」

我輕描淡寫地說出這句話，跪在下面的群臣們一陣驚訝，紛紛偷偷交換起眼神來了。可見慕容燕在朝堂中的地位，簡直是一人之下，萬人之上，無人敢碰，無人敢動！

但今天，我巫心玉偏要碰一碰、動一動了！

「你！」慕容燕憤然向前，孤煌少司立刻揚手阻止他。

我看了他一眼後，轉動眼珠，努努嘴說：「還是……要我自己來？」

孤煌少司無奈垂眸，輕笑搖頭，看向已經面露緊張的懷幽：「懷幽，你來吧。」

慕容燕登時詫然看向微笑的孤煌少司。而鳳椅另一邊的懷幽，也已經後背繃緊，他看似無奈地垂首走過我身旁到慕容燕面前。

偏偏慕容燕還高於懷幽，身高似有一百九。他低垂下巴狠狠瞪視懷幽。我隱約感覺到一抹殺氣從殿外而來，瞥眸看去，是慕容襲靜。

「你敢？」慕容燕咬牙切齒地對懷幽低聲說。

「皇命難違，大侍官，懷幽得罪了。」懷幽不卑不亢，不畏不懼，依然低垂臉龐。

「你敢！」慕容燕又再次低聲說。

「咚！」忽然，殿下右側那位華髮老嫗用權杖重重敲擊一下大殿地磚，沉悶的迴響讓整個大殿倏然鴉雀無聲，空氣窒悶。

就在這時，我看到慕容燕竟意外地皺緊眉，目露不甘地低下臉，收起渾身的戾氣，不再多言。

慕容燕居然懼怕那位華髮老嫗？難道……那位老嫗就是傳說中的慕容家族的老太君？巫月唯一還

活著的三朝元老慕容太君？

我看向手執金杖的老太君，她不動聲色，依然跪在原處，頷首低眉，不看慕容燕一眼，也不看四周，格外鎮定與內斂，但一股特殊的氣魄從她身上隱隱散發開來，讓周圍的人不敢斜視。

我笑了，轉回臉看懷幽，只見他不疾不徐地捲起衣袖。我鬱悶了，他竟連行刑也如此認真，動作緩慢。

我受不了了，上前推開懷幽，直接一腳踹在慕容燕的小腹上，登時，慕容燕飛了出去，撞上廊柱，緩緩滑落。他撫住胸口，雙目圓睜，嚇得目瞪口呆。

瞬間，整個大殿像是被人收走了空氣，所有官員目瞪口呆，屏息地看著被我踹飛的慕容燕。懷幽的袖子捲到一半，還維持著捲袖子的動作，呆滯地站在原處。

孤煌少司微微蹙眉，抿唇坐在原位，臉上已無微笑。

整個大殿，只有我巫心玉開心地提裙跳腳，揮舞拳頭。

「好玩好玩，好久沒踹人了。哈哈哈……喂喂喂，慕容燕，你再起來，我還沒用十成力呢！我一直想知道自己用全力可以把人踹成什麼樣，上次那個行刑官太不經踹了，一下子就暈了，看來你練過，應該比較耐踹。」

我一愣，這麼快就服輸了？

慕容燕睜了睜黑眸，忽然下跪趴伏於地：「奴才知錯了！」

我目露不悅，噘起嘴。

「怎麼這麼快就知錯了？真沒勁，慕容燕，本女皇命令你，以後你看見本女皇就要好好頂撞，好讓本女皇好好踹你！」

慕容燕立刻後背發緊，他怎麼也沒想到這個山野下來的巫心玉，內功強勁。他果然是練武之人，被我這麼一踹，便知自己遠遠不是我的對手。所謂識時務者為俊傑，他也不想總被我踹到內傷。

這些奴才太囂張，是該給他們下馬威的時候了！我這一踹，也是踹給滿朝文武看的，不然，他們不知道除了怕孤煌少司外，還要怕我——巫、心、玉！

我要讓他們知道，我巫心玉在攝政王孤煌少司面前可以隨意踹人，就算是他的人，照踹不誤！

「小玉，可以了，他知錯了。」孤煌少司終於開了口，算是給慕容燕求情。

我立刻看向他，以示我還是很聽他的話的。

「好吧，看在你的面子上放過他了。」

我笑嘻嘻地說，如同巴結他一般跑回他身前拉起他的衣袖輕甩。

「烏龍麵、烏龍麵，你想好剛才的事了嗎？」

孤煌少司重新揚起微笑，溫柔看我，目光泛出絲絲寵溺和興味。

「雲岫女皇真是給本王出了一道難題。」

「嘻嘻。」我咧嘴一笑，伸手調皮地摸了摸他的胸：「你這麼聰明一定可以的。不然……」

「不然怎樣？」他眸光忽然銳利地看向我。

「聽說你弟弟應該是個處……吧……」我壞壞一笑。

忽的，孤煌少司赫然起身，面色陰沉，俯臉掃視群臣。

「大婚之事改日再議！還不拜見雲岫女皇！」

我心中一動，孤煌少司居然不願孤煌泗海入宮？

「女皇萬歲萬歲萬萬歲——」整齊的喊聲響徹天際。

「別萬歲了，全給我抬起頭來！」我大揮手臂。

百官面面相覷，梁秋瑛第一個面無表情地抬臉，其他官員隨她一一抬起臉，也是表情各異，宛如今日大殿的鬧劇讓他們已經無法直視。

我看著滿朝文武直皺眉。

「全是老頭、老太婆有什麼好看的。你們聽著！讓你們的兒子來上朝，誰家兒子難看也別想做官了！」

「什麼？」群臣登時激動起來，終於忍不住爆發了。

「荒唐！太荒唐了！」

「荒謬！荒謬之極！」

「朝堂之上，豈容兒戲！」

「攝政王！您倒是說句話啊！」

「攝政王！」

「攝政王！」

梁秋瑛也微露驚訝，側開臉皺眉看向別處。現在的她似乎置身事外，得過且過。

慕容老太君冷笑著搖了搖頭，嘆氣一聲。

「攝政王！攝政王！」

孤煌少司的面色也難看起來。見我對他揚起笑容的那一刻，再次露出無奈的神情，那寵愛的眼神似是打算由我去了。

我立刻親熱地挽住他的胳膊，開心地笑看他。

「果然烏龍麵對我最好了，笑一個嘛！你不笑是不是真的討厭我了？」

孤煌少司因為我當眾對他撒嬌，一臉哭笑不得。終於他的唇角浮出無奈的笑容，抬手撫上我的臉說：「好吧，隨妳。」

朝堂之上，立刻響起一聲聲抽氣聲。

我得意地笑看眾人，卻發現梁秋瑛此番反而驚訝地朝我望來，在發覺我看她時立刻再次撇開臉，面露一抹不可思議，宛如大感意外。

「烏龍麵也同意了！就這麼決定了！派你們的兒子代表你們上朝！」我大聲笑道。

百官全部憤然，但礙於攝政王，一個個低下臉，隱忍怒意，悶悶說了聲：「是……」

我心中暗笑的同時反倒怒意更甚。朝中上下忠臣不敢言，奸臣又當道，這朝，上不上已無所謂。而我，正是要徹底打破現在這個局面，徹底分出誰忠誰奸。此計一出，奸臣必會去攝政王府找孤煌少司議事，而忠臣，會從此不再上朝！這遠比我一個個試探更為快速。

在這齣朝堂鬧劇之後，大家紛紛暫作休息。

大典還未結束。

我換上一張路人臉，扮作宮女走在男侍和宮女之間，來到朝鳳殿一旁，掩入內牆，細細傾聽。

朝鳳殿是官員上朝前和上朝後議事的地方，殿內又分南北兩殿，通常不同派系會在不同殿內。

孤煌少司自大殿宣布即位後匆匆帶著慕容燕和慕容襲靜離開，讓我回內殿休歇，並叫走了懷幽。顯然要開一個內務會。

大典還沒結束，現在只是中場結束。後面還有慶典儀式。

既然他去和宮內大小侍官議事，我也抽空來聽聽這些朝臣聊些什麼。

北殿內現在熱鬧非凡，文武官員圍著那位華髮太君，她應該是慕容太君沒錯了。

慕容家族也是巫月根基最深的家族之一，主要為武將居多。看來，她是孤煌少司聯繫最為緊密的一支，所以宮內無論是大侍官還是近衛軍統領，全是他們慕容家族的人。

不過，孤煌少司不會完全信任一個人，所以，兵權在孤煌少司自己手上。

「太君！這可怎麼辦啊？新女皇這也太荒唐了！」

「是啊、是啊，怎麼能讓我們兒子代替我們上朝呢？這是巫月有史以來最荒唐、最莫名其妙的事！」

「老太君，您快跟攝政王說說，不能讓那個野ㄚ頭如此胡鬧啊！讓別國國主知道，我們巫月顏面何存吶！」

「真是太兒戲了！攝政王居然還由著她，這到底是怎麼回事？攝政王到底在想什麼？」

「她可是還當眾打了您的長孫慕容大侍官吶！不能再放任她下去了！」

「夠了、夠了。」老太君不疾不徐地開了口，聲音渾厚有力，內勁深厚。

頓時，百官安靜下來。老太君鶴髮童顏，依然神采奕奕，果然是武將風範。不過，前幾任女皇即位時，她可從沒來過神廟參拜，看來她早已不把巫月皇族放在眼裡。自恃為三朝元老而驕，倚老賣老，無人敢動。

「這朝上不上又有何不同？」老太君炯炯有神的雙眸掃視眾人。

百官面面相覷。

「以後，只是換個地方上朝而已。」老太君微笑起來。

立刻，有官員明瞭：「老太君，您的意思是……讓我們去攝政王府？」

百官了然。

老太君依然微笑，目光卻流露出一絲狡詐：「你們難道看不出攝政王尤為寵愛這任女皇嗎？」

百官紛紛點頭。

「你們也該知道攝政王的脾性，就由著那丫頭吧，若是讓攝政王不高興了，別怪我現在沒提醒你們。」

眾官員小心地交換目光，不敢再作聲。

「就這樣吧，你們啊，也別把自家太好看的兒子往朝上送，若是被那好色的丫頭相中，入了後宮，攝政王又該不高興了。」

「老太君說得是，說得是啊……」

「老太君想得周到……」

我不由失笑，現在這種特殊的時刻，無論忠奸都不想讓自己兒子入宮啊。又有誰敢跟孤煌少司爭寵？又有誰能跟孤煌少司爭寵？

入宮不過是冷宮又多添一人罷了，毀了自己兒子前程不說，還得罪了孤煌少司。在這件事上，我想現在無論是慕容一派，還是梁秋瑛一派，都會難得意見一致。是該出來走走，知道了朝中主要派系，將來也好對症下藥。

我搖頭笑了笑，躍到另一邊。

北殿之內就顯得冷冷清清，人也寥寥無幾。相對於南殿的議論紛紛，這裡的官員顯得比較安靜，一個個愁眉不展，沉默不言，或是唉聲嘆氣。

或者……他們也不敢在這裡多言了。

他們或是喝茶，或是抽菸，或是對弈，或是看著某處發呆。

梁秋瑛起身，看了其中一位中年男性官員一眼，二人走至北殿角落窗邊，卻正巧來到我蹲著的樹下。

男子探出頭看了看周圍，感覺得出他身懷武藝，正在查探周圍是否有人。但我內功高於他，故而他沒有發現。

「梁相，這樣下去不是辦法啊。這雲岫女皇比之前的女皇，還要荒淫……」中年男子一臉愁容，如同巫月大限已到。

「曲安，我怎麼覺得這雲岫女皇不糊塗呢？」梁秋瑛的低語，讓叫曲安的中年男子一怔。

曲安？難道是京都太守曲安大人？京都曲家雖不是三朝元老，但也世代為官，並皆是四品以上。

巫月並非官員世襲制，同樣採取科舉制，唯才是用。所以可見曲家也是一門俊才。

梁秋瑛獨獨叫曲大人到一旁密談，說明梁秋瑛對他格外信任。聽說兩家還是姻親來著。

「梁相，您這是何意？」曲大人目露困惑。

梁秋瑛面容平靜，冷靜的細長眼睛讓我不由想起獨狼，獨狼不知回來了沒。

「曲安，若我們從頭梳理，反過來看整件事會如何？」梁秋瑛目露深意。

「反過來？」曲大人微微擰眉，摸了摸唇上的小鬍子：「這雲岫公主一下山便鬧了法場……」

「若不是鬧，而是劫呢？」

曲大人立時一驚。

梁秋瑛面露深沉。

「據宮裡的人回報，雲岫公主從未與瑾崋行房，而這之後，瑾崋卻突然借酒發瘋，一哭二鬧三上吊，逼迫雲岫公主放了瑾大人。以你我與瑾家多年私交，你覺得瑾崋那孩子會做出那種一哭二鬧三上吊之事？」

「是啊，不是我小看瑾崋這孩子，別說他沒有那樣的機智，以他耿直、自尊心強的心性，絕不會像潑婦那樣一哭二鬧三上吊的。」曲大人一臉豁然開朗。

我忍不住一笑，瑾崋被人小看了。

梁秋瑛連連點頭。

「所以，這件事的背後，必有人主使，並教瑾崋做了那樣的事。若非是那雲岫公主，我實在想不出何人能接近瑾崋，而且，宮裡又有誰有如此智慧？」

「不錯不錯，若宮中有此人，也不會任由那妖男肆虐至今了。」曲大人也是摸鬚點頭。

「而這之後，瑾大人一家出京，遭遇刺客，你我都知道，必是妖男所為！」

梁秋瑛擰緊了雙眉。

「但卻被人神不知鬼不覺給救了，並徹底失了蹤，無人知道他們去了哪裡。若是無人接應，怎會做到如此滴水不漏？」

「不錯！」曲大人激動起來：「若不是提前有所準備，是無法做到這樣天衣無縫的，即使我們當時想去保護瑾大人一家，也被人攔在城內了，然而有人突破了妖男的防線，救了瑾大人一家，速度快過我們，若非有人提前安排，怎會有這樣的速度？想要提前準備，必須知道瑾大人離宮的時間，救援的人又怎知道瑾大人一定會在那天離宮？」

梁秋瑛第一次揚起了笑容，眸光閃閃。

「所以，這一切，定是有幕後推手，一切都在她的掌握之中，何時讓瑾崋一哭二鬧三上吊演戲給妖男看，何時讓瑾大人出宮，何時搶在妖男之前出城營救接應……我思來想去，這些事只與一人有關聯，而且，是在她出現之後……」

「若真如此，我們終於等來了明君！巫月有望了！」梁秋瑛呼出一口氣開心而笑。

「雲岫公主？」曲大人驚呼起來。慌忙捂嘴，看看左右，唏噓不已，甚至臉色也微露一絲蒼白。

曲大人也顯得激動興奮起來，搓起了手。

「你不說，我真是想不到！現在仔細一想，妖男宣布大婚時，雲岫公主也是巧妙化解，讓那妖男自己把婚期給推遲了！而且這個理由讓人找不出半絲破綻，連我也完全相信她是因為那妖男身子不淨，好色貪色。」

「何止。」梁秋瑛爽朗地笑了：「宮內人回報，說早上雲岫公主還把那妖男給踹下鳳床了，可是，你看那妖男依然對雲岫公主寵愛有加，這實在是很不可思議！若非今日我發現雲岫女皇能把妖男的情緒掌控手中，我也不會想到反過來再看所有的事，倘若我所有猜測是真的，那這位雲岫公主真是非常了得，隱藏至深！」

「不過，這一切只是我們的猜測，若那雲岫公主真的只是好色呢？」曲大人面露擔憂：「妳看，妖男他們也沒察覺。孤煌少司可不是普通人，他居心叵測，心思縝密，陰險精明，怎會沒察覺？」

「沒有察覺，很有可能是因為妖男他們已經入局了。」

梁秋瑛面露深思。

「而我們一直被排斥在局外，才敢有此猜測。若那妖男真的中招了，代表這雲岫公主真的深不可測，可是……我也在疑惑，她常年居於狐仙山神廟之內，從不下山，又怎會有這樣的才智和城府？也沒聽說狐仙山上有高人，難道……真的還有幕後軍師？」

梁秋瑛看似憂慮起來。

「看來，只有等去神廟之時了。」

「神廟？」

「不錯，妖男不能入神廟，那是我唯一可以和雲岫女皇接觸的機會，我會找機會試探她。看看這一切是否是她所為，還是……另有高手。」

曲大人擰眉點頭。

「我聽說最近民間出了一位玉狐女俠，傳聞救瑾大人的便是她與獨狼。會不會跟這玉狐女俠有關？」

梁秋瑛搖頭，滿臉愁思。

「我還是覺得這雲岫公主很特別，許多事似乎都是從她下山之後發生的……」

「去神廟試探也很危險，上山的那群官員中有不少是那妖男的人，尤其是慕容襲靜那丫頭……或者……」

曲大人抬起臉。

「我們把兒子送入宮試探？」

「噗！」我不禁噴笑出口，梁秋瑛也目瞪口呆地看曲大人。

曲大人尷尬起來，低下臉。

「咳，當我……沒說過……」

曲大人真可愛，也虧他狗急跳牆想出這一招。若我真是好色，那他豈不是讓他兒子打水漂了？

忽地感覺到孤煌少司的氣息，我想了想，直接躍下樹，裙衫飄揚，衣帶飄飛，當我輕輕落在梁秋瑛和曲大人窗外之時，他們登時全身僵硬，呆滯地看著前方。

我揚唇一笑：「妖男來了，別說了！」

說罷，直接飛離。曲大人這才反應過來，探出視窗東張西望。

「妳是誰？」

我躍上樹回頭笑看他一眼，只見梁秋瑛細細打量我，眸中困惑不已。是在困惑我是個陌生人，而非他們所猜想的雲岫公主嗎？

我對梁秋瑛點了點頭，轉身直接離開。

我沒看錯梁秋瑛，她在保存巫月僅剩的力量。

從梁秋瑛和曲安的對話中，可以發現宮內最起碼有他們的人，不定期向他們彙報宮內的情況。
這個線人是誰？是他，還是她？還是……他們？
不過，有可能不是我身邊的人，因為能接近我的想必都被精挑細選過。
但是他既能得知宮內八方消息，會是誰？抑或……是哪些人？

大白天施展輕功容易暴露行跡，於是我一路小心回去。落入一片假山時，我聽到了一個男孩的大笑聲。

「哈哈哈……哈哈哈哈——」

循著笑聲找去，看見一個身穿雜役宮服的少年正窩在一個假山下看書。他身上的衣服我見過，是浣衣局的。

我走近認出了他——是那個叫阿寶的開朗少年。

他看書看得正入迷，沒有察覺到有人靠近。

我走到他身邊，瞧他手裡捧著一本圖畫書，上面是搞笑的情節，不過……後面的劇情好像有點兒童不宜。因為下一頁正是一名男子把一名女子壓在假山石上，說著：「小娘子，我這廂已經急不可耐，求妳快快成全。」

「哈哈哈——」少年又仰臉大笑起來，然後，他就那樣張大著嘴，脖子後仰地僵硬看我。厚厚的白雲忽然遮了天日，這裡一下子陰暗下來，他脖子後仰，像是折斷似的，大眼睜著、大嘴張著，顯得有點懾人。

我從他手中拿過了書，翻看：「奇怪，這樣的情節為什麼你能笑得像個白癡一樣？」

「妳說誰白癡？哎呀！」似是動作過急，阿寶脖子處發出「喀」一聲，他摸著後頸痛苦地皺緊了整張臉，疼得直抽氣。

我抬手，落下。「啪！」一掌切在他後脖子上。

他一下子跳起來，生氣指著我說：「妳居然敢打我！」下一秒，他愣了愣，扭扭脖子，笑了。「嘿嘿，好了。」

我無語看他：「我還是第一次看到有人笑到扭到脖子的，這書真那麼好笑？」

他挑眉細細看我，忽然有些無賴地笑了：「好姊姊，把書還給我。」

我看了看書，對他壞壞一笑：「想要？可以，等我看完。」

他白皙微胖的臉一下子漲紅，兩根食指互戳：「那種書妳不適合看……」

「剛才見你邊看邊笑得那麼開心，我也想看看，到底哪裡好笑了？」

只聽說有人看小黃書看得獸血沸騰，還沒見過差點笑斷脖子的。這倒是引起我的好奇心，想了解這本小黃書好笑在哪。正好宮中苦悶，拿來解悶。

「不行不行！」他急得上來搶，十六歲的少年已與我同高。「如果被人發現，我會被打的！」

也難怪他會著急，因為宮內不能看小黃書，這屬於淫書。

我連連閃身，他自然抓不住我，我笑著揚揚書：「你放心，若是被抓了，我不會供出你。」

「怎麼可能？」他白了我一眼：「這皇宮裡誰不自保？我才不信呢。妳快還我！」

我細細打量他，這小子雖然年紀不大，但已深諳宮內規則。

對了，這些普通宮人比宮內其他宮人還要自由，不僅朝九晚五可歸家，平時遞個假條，也隨時可以出宮。

所以說，巫月皇宮的宮規是這個世界最民主也是最自由的。

「那你幫我辦件事我就還你。」我笑了。

「什麼啊？」他沒好氣地白我一眼，一臉不情願，似又無可奈何。

我取出一包銀子，扔在他身上。他接在手中的那一刻雙眼發亮，馬上對我露出一個大大的笑臉，嘴裡的牙齒顆顆晶瑩飽滿，美如白玉。

「好姊姊快說，無論做什麼我都願意。」

這小子，才一包銀子就抱大腿了。我笑了。

「幫我列一個民間美男前五十排名，我需要極為詳細的資料，包括這些美男的姓名、年紀、生辰、屬相，喜歡什麼、不喜歡什麼，是誰家第幾位公子，有無婚配或是未婚妻，現在在做什麼，是讀書、經商還是為官，一切都要詳詳細細的，明白嗎？」

阿寶笑著直拍胸脯。

「沒問題、沒問題，這簡單！如果妳想要畫像，我都能給妳弄來！但銀子……嘿嘿，好姊姊妳也知道，畫像什麼的是要請畫師畫的。」

我笑著點頭：「銀子沒問題，只要你給我辦妥，你想要什麼，我給你什麼。」

「真的啊？」阿寶舔了舔嘴唇，瞪大眼睛更加仔細看我：「姊姊一定不是普通人。」

「七天後我來找你要，沒問題吧？」我把書放好。

「沒問題、沒問題。」他連連擺手，摸著銀子一臉燦笑。

「還有……」

我走到他面前，緩緩靠近他的臉。他微微一怔，有點緊張地往後仰，後退一步靠在了假山上。我抬臂放在他臉邊，與他鼻尖對鼻尖，近在咫尺，緊緊盯視他水靈靈的雙眼皮大眼睛。

「這件事要保密，你……可行？」

他立刻一臉正色，猛地站直，用拳頭撞自己心臟。

「姊姊妳放心，我阿寶嘴很嚴，也很講義氣！只要姊姊交代了，我阿寶絕不會說出去半個字！不然天打雷劈！」

見這孩子還發起了毒誓，我笑著退後一步，捏捏他有點胖嘟嘟的臉。

「不用發那麼毒的誓，我信你。還有，你的書我還是沒收了，小孩子看這種書不好。」

「啊？哎……」他沮喪地低下臉，但隨即偷偷一笑，八成想著出宮重買一本。

「還有，別太揮霍我給你的錢，免得讓人懷疑，莫要害我。」

「知道知道～～」他還顯得有些不耐煩了：「妳不說我也不會用這些錢，所謂……財不露白，樹大招風，人怕出名豬怕肥～～」

「噗哧，你歪理還挺多。」

他咧嘴一笑：「可是，好姊姊，這件事就算被人知道，也不會有人罰妳的，只不過是美男排名，外面早有了，妳怕什麼？」

他奇怪地看我一眼，像是覺得我太過膽小。

我神祕一笑：「是為了試探你能不能辦更大的事啊。」

人！」

他靈秀的眼睛立時瞪圓，激動起來。

「喔！原來姊姊真的是個大人物！難怪我覺得姊姊好面生。姊姊放心！我阿寶一定是辦大事的人！」

我笑了，看他那副信誓旦旦的樣子還挺可愛。

我身邊無論是懷幽還是瑾崋，都無法光明正大出宮替我辦事，但是這個阿寶卻可以。

首先，他不起眼，他是皇宮最低等的洗衣工，出入皇宮很平常。因為巫月皇宮的宮人，跟我原來世界一樣都是朝九晚五的上班制，可以離宮回家。

其次，這阿寶看上去很機靈，先從小事讓他辦起，試探一下，看看他跟孤煌少司那邊有沒有瓜葛；若是沒有，慢慢觀察，看能否交託他大事。

現在，我明裡的可用的人只在後宮，需要人幫我延伸到外宮。懷幽不行，因為他是御前，要時時刻刻待在我身邊，讓他老是往外宮跑，會很可疑。

瑾崋更不行，他現在的身分是後宮公子，後宮男人是不能隨意離開後宮的，雖然巫月皇宮相對別國來說制度較為寬容，但也沒到外內不分的地步。而且白天眼線過多，他若是易容外出，總不在後宮，也會讓人起疑。

所以，我需要一個自由人。就像這個阿寶。

不過巫月皇宮的宮規再自由，宮人也不能隨意亂走，難怪這阿寶躲在假山堆裡看書。這小子膽子夠大，敢四處亂跑又會躲，這就已經是個人才了。

「好姊姊，妳到底是為誰辦事？」阿寶跟我走出假山，好奇地看我。

「你覺得呢？」我雙手負在身後。

「我哪猜得到。」阿寶撓撓頭，嘟囔：「我也不敢猜啊。現在宮裡攝政王說了算，還有誰敢獨立派系？以前幫女皇的全都被滅了，連女皇都聽攝政王的。我跟妳說……」

他看看四周，小心翼翼地趴到我肩膀上，一臉賊兮兮。

「皇宮的枯井裡全是屍體……」

「胡說！」我瞪他一眼：「那皇宮不早臭了！」

「也是。」他傻傻地撓撓頭：「我也是聽人說的，說很多人被扔進枯井裡。」

宮內哪年不死人，每到夜晚那陰戾的空氣中滿是孤魂野鬼，這也是我不想留在巫月做女皇的原因，皇宮的戾氣實在太重，讓我渾身不舒服。

但是，宮裡的人不會那麼隨便處理屍體，既不衛生，而且在這個年代更重要的是——不吉利。所以屍體多半趁半夜神不知鬼不覺的時候運出宮了。

倏地，阿寶像是看到誰，立刻把我推往一邊的灌木叢。

「姊姊妳快躲起來，大侍官他們來了。」

「我為什麼要躲？」我好笑地看著他。

遠處正有一隊人姍姍而來。

「我怕連累妳啊！我是偷跑出來的，如果被大侍官看到妳和我在一起，他們一定也會責罰妳的。啊！他們快到了！」

阿寶說著把我往一邊的灌木叢重重一推，低聲喊：

「別出來……」

我坐在灌木叢中，灌木叢裡只能躲一人，而阿寶選擇護全我，看來這個阿寶確實講義氣。

就在這時，那隊人已經到了近前，我細細一看，為首的正是被我踹得應該已經有點內傷的大侍官慕容燕，他的身後跟著一男一女，女的我認識，是喜歡懷幽的蕭外侍蕭玉珍。

在蕭玉珍身邊，是一個面如冠玉、眉清目秀的俊秀男子。女人的後宮就是美男多，因為女人是愛美的生物。

男子面目溫和，略帶嚴肅，眉如遠山含黛，微圓的鳳眼，淺淺的雙眼皮，唇色偏橘，飽滿光潤。身材勻稱，比慕容燕略矮，約有一米七五以上。衣著和髮冠顯示也是侍官，又與蕭玉珍同立慕容燕身後，應該就是內侍官白殤秋了。

由此看來，內宮主事者，基本上都是男性。

再往後，我看到了懷幽，還有一些別的侍從。

「阿寶？」慕容燕看到了阿寶，阿寶立刻匆匆下跪：「奴才見過大侍官。」

我心中不由一驚，慕容燕居然認識阿寶？慕容燕是大侍官，宮內宮人千千百，更別說是像阿寶這種最低級的宮人了。

但是，慕容燕認得阿寶，而且他看阿寶時居然目光柔和，甚至唇角微微帶笑！

糟了，押錯寶了！難道阿寶是慕容燕的親戚？不對，若是親戚不會做低階雜役。

「你怎麼又亂跑了？」慕容燕微笑看阿寶，語氣竟是不可思議的柔和，還帶一絲寵愛。

阿寶跪在地上倒是老老實實。

「奴才錯了，奴才好奇，聽說今天新女皇登基，奴才想著肯定有很多好吃的，所以……」

「哈哈哈——」慕容燕居然笑了，與方才朝堂上頂撞我、一身戾氣的樣子完全判若兩人。「你啊你，還是老樣子，起來吧。殤秋。」

慕容燕喚白殤秋時，語氣再次恢復冷沉。

白殤秋微微上前一步：「殤秋知道了，我會帶阿寶回去，再給他帶些吃的。」

「嗯。」慕容燕微微一笑，點點頭。

我一愣，想起那次在西宮外偷聽，有人揶揄阿寶，說白殤秋喜歡他，現在看來，不一定是白殤秋喜歡他，而是白殤秋知道是誰在特別照顧阿寶。

難道……阿寶不是慕容燕的親戚，而是……慕容燕特別喜愛這阿寶？

「謝謝大侍官！」阿寶也挺激動，開心地笑了起來，猶帶著嬰兒肥的臉笑起來分外可愛，雪白的牙齒讓他更顯陽光，相當討喜。見此我豁然大悟。

天然純淨的美少年，清澈無垢的黑眼睛，纖纖柔軟有如女孩兒家的身子，和一身雪白滑嫩的肌膚，我怎麼沒發覺這阿寶是一個天然系的美少年呢？

只怪自己頂級美男看多了，忽視了這純然的人間尤物。

慕容燕在阿寶的笑容中化去戾氣，目光多了分喜悅，他伸手拍了拍阿寶的包子頭，帶眾人離去。

白殤秋卻停了下來，無奈地看阿寶一眼，如同大哥哥一般嘆了口氣。

「你啊，若非大侍官大人喜愛你，你只怕早被趕出宮了。」

阿寶吐吐舌頭撓撓頭：「白大人，你不要這麼說，聽起來怪怪的。」

白殤秋笑著搖搖頭，轉身：「還不走？今日事多，莫要亂走了。」

「哎！」阿寶蹦蹦跳跳跟上了白殤秋，小小的個子像是家中最受寵愛的小弟弟。他回頭朝我張望了一下，揮揮手，似是要我趕緊離開，然後轉回頭跟在白殤秋身後蹦蹦跳，活脫脫像是一隻調皮的小猴子。

阿寶的可愛，居然還有這樣的魅力！

沒想到啊……真沒想到！

回到內殿時，我還在感嘆。

瑾崋見我回來立刻大步走來，壓低聲音說：「妳怎麼現在才回來？」語氣裡像是有些怪我。我走入屏風後換衣服。

「怎麼樣？」瑾崋在屏風外急急地問。

「梁秋瑛還不錯。」我一邊換衣服一邊說。

「妳居然覺得那牆頭草不錯？妳是怎麼看的？」瑾崋在屏風外顯得有些生氣。

我把東西捲了捲走出屏風，瑾崋又緊跟我身後。

「我還以為妳出去是去聽孤煌少司那妖男說什麼，結果妳是去看梁秋瑛那老女人？那女人在我爹娘蒙冤時可是半個字都沒說！」

「你讓她說什麼？」我反問，站在櫥門前看瑾崋的眼神寫滿仇恨。「讓她求情？讓孤煌少司知道她跟他作對？然後她全家也陪你們全家抄斬？」

瑾崋不服氣地咬了咬牙關，撇開臉。

「我娘跟她是世交，我也知道現在情況特殊，人人自保，可是、可是她至少應該在我家入獄時來看看我們！」

「你怎麼知道她沒來？」我打開櫥門把東西往深處一扔，轉身時，看見懷幽緩緩歸來。

懷幽順手關了殿門，走向我們。

瑾崋微怔：「妳什麼意思？」

懷幽走到我們面前，微露疑惑，似在不解我們在說什麼。

我走到書桌後坐下，對懷幽問道：「懷幽，你是不是梁秋瑛的人？」

懷幽被我這突然一問問得發懵，瑾崋驚訝地看向懷幽。

好半天，懷幽才緩過神，匆匆解釋：「懷幽是女皇陛下的人，與梁相沒有任何干係。」

「哈哈哈——」我大笑起來：「懷幽，你別緊張，我只是在告訴某個笨蛋，有一種東西叫做眼線！」

瑾崋的臉立刻沉了下來，對我叫他笨蛋很不滿。

懷幽也看出我在說誰，垂臉默默地笑了。

「你笑什麼？」瑾崋沒好氣地瞪懷幽。

「我笑什麼與你無關。」懷幽默默握拳。

「哼！」瑾崋有點孩子氣地撇開臉，他與懷幽剛好一動一靜，恰似愛惹事的哈士奇與安靜的成年拉布拉多。

「剛才我出去收穫不少，知道宮裡其實有梁相的眼線，所以瑾崋……」我柔柔看向瑾崋：「雖然梁相沒有去天牢看你們瑾家一眼，但我可以確定，她知道你們在天牢裡的一切，並且也為你們寢食難安。但是，大局當前，她必須守護巫月剩下的忠臣。」

瑾崋默默地低下臉，沉默起來。

懷幽看看他，目露深思：「宮內曾經肅清過一次，妖男把敵系一派的人全部處理掉，若是現在還能有梁相的人，表示梁相真是計謀過人，隱藏至深，厲害非凡！」

我揚唇點頭：「她也是在忍辱負重，即使所有人都說她是牆頭草……」

我瞥向瑾崋，見瑾崋微微一怔，立刻轉開臉，我笑了笑。

「所以，無論如何我們也要護住梁相！」

瑾崋有些煩躁地坐到一旁，不甘心而又焦躁地說：

「妳已經是女皇了，為什麼還要委曲求全？」他恨恨的目光宛如在質問為何沒發揮女皇的權力，立斬孤煌少司！

懷幽默不作聲地垂下臉，面容平靜之中露出絲絲的無奈與無力。

我單手支頤，一手把玩桌上鎮紙。

「我確實已經是女皇，握有巫月國璽，可以隨便下旨處斬孤煌少司，但是，估計到時我還沒走出朝堂就會被慕容襲靜的近衛軍圍在大殿裡，然後亂箭射死。不過……以我的本事，逃出去應該是沒有問題的，但是你和懷幽怎麼辦？即使你逃得掉，懷幽也逃不掉，即使懷幽逃得掉，懷幽的爹娘也逃不掉。瑾崋，你覺得這個硬碰硬的辦法可行嗎？」

瑾崋蹙眉低頭，他是武將，即使他熟讀兵書，卻也沒經歷過勾心鬥角的政治角力。他們或許是戰場上的長勝將軍，換作在朝堂上，未必能贏一個弱質書生。

「瑾崋，你說過，你和懷幽的命全交給了我，那我就要負責到底。」我輕輕感嘆。

瑾崋抬眸看向我，星眸之中閃著無法平靜的顫動水光。

「那……女皇陛下可會讓妖男入宮？」懷幽忽然問道。瑾崋立刻死盯著我。

「你覺得我能阻止嗎？」我滾動鎮紙，也是愁眉不展。

懷幽沉默了。

「妖男想入宮，誰又能阻止？」此番，瑾崋倒是冷靜了下來。瑾崋是有潛質的，只是他常常會被自己急於復仇的情緒干擾。

我按住鎮紙，手指在鎮紙上的鳳凰浮雕上敲了敲。

「妖男早晚是要入宮的，即使他今日沒有宣布大婚，我也有此想法。」

「什麼？」瑾崋和懷幽異口同聲地驚呼，吃驚看我。

「妳果然還是抵不住妖男的那張臉！」瑾崋冷笑起來。

「不。」我看向他們：「我們不能讓孤煌兄弟在一起，必須把他們分開！」

瑾崋和懷幽同時一怔，彼此對看一眼，終於恢復鎮定，將目光轉向我。

「只是，沒想到妖男動作那麼快。只能先想辦法拖延他入宮，畢竟我還有很多事要做，等他入宮後，我很難出宮做我的玉狐女俠了。」我蹙眉看落地面。

「把我打入冷宮，我晚上可以出去！」瑾崋忽然主動請纓。

「你若入冷宮，也離死不遠了。」我笑看他。

「這也不行，那也不行！總得找個人在後宮牽制妖男啊，不然他豈不是整天都盯著妳！若是要跟妳……」瑾崋重重一嘆。

他臉一紅，頓住了口。懷幽看看他，也是蹙起眉來，抿緊紅唇。

「跟我什麼？」我疑惑地看向忽然臉紅，像是難以啟齒又擔憂焦急的兩個男人。

「那個唄。」瑾崋側著發紅的臉嘟囔。

「哪個？」

「就那個～～」瑾崋轉回臉煩躁地說：「妳還不明白嗎？還是妳真的想跟妖男洞房？」

我一愣，恍然大悟，忍不住笑出聲。

「哈！原來是這個。」我咬咬唇壞笑看瑾崋：「難得你也會動動腦子為我著想啊？」

瑾崋立刻一臉鬱悶，紅中透出了黑，狠狠瞪我一眼：「我不是白癡！我只是急了！」

原來瑾崋有自知之明。

懷幽在一旁靜靜看瑾崋一會兒，低下臉長吁一口氣：「但又有誰能牽制妖男？」

是啊，誰能牽制妖男？

瑾崋從入宮開始，便是一臉面癱，打算行屍走肉到底，怎可能會突然爭寵纏在我身邊？

而懷幽一直表明中立，我也需要他把這個無間道的身分做到底，我需要他的力量，不能讓他變成和孤煌少司爭寵，阻擋孤煌少司靠近我的人。

看來，還需要一個男人。

我揚唇一笑：「所以，我們還得弄個人進宮來。」

兩個男人同時抬起臉，瑾崋瞪大星眸：「妳又想禍害誰？」

我撇撇嘴：「我怎麼知道？我還沒人選呢。這個人的父母最好是慕容一派，即使是中立派也行，但絕不能是梁派。而這個人也要有膽有謀，智謀過人，並敢頂撞孤煌少司。但是，此人的性格平常看起來就很清高孤傲，狂妄囂張，易得罪身邊之人，如此一來，他與孤煌少司對立也很正常，因為他品性如此，不可一世。」

我看瑾崋在我說話時星眸漸漸圓睜，深吸一口氣，然後轉開臉偷偷吐出一口氣。

我挑了挑眉。看他那副像是作賊心虛的模樣，難道他有人選？

而懷幽則是細細思尋。

「人緣差，也就是性格不好，難以相處，又要有膽有謀，謀略過人，否則，只會害了女皇陛下，這樣的人……必是鶴立雞群的人才，因為只有這種人才會自視過高，目中無人。又要輕狂孤傲，甚至連孤煌少司也不放眼中，敢去得罪，這樣的人，只怕不好找……」

「是啊……」我也幽幽感嘆：「自視過高的人很多，青年男子中多半自我感覺良好，自以為是，但真正有本事的卻少之又少。我一直身處宮中，忽然想找這樣一個人，想必也是倉促難尋，最關鍵的，此人必須……」

「必須怎樣？」瑾崋眸光閃爍地看我一眼。

「必須俊美！」我沉沉而語。

「呿，果然這樣！」瑾崋轉開臉，撇撇嘴，一副「我就知道」的不屑模樣。

我賞他白眼：「我現在是好色出了名的，如果這個人不夠俊美，我有什麼理由把他弄進宮來？」

「而且若是真有此人，他的父母還需是慕容一派，但又要讓他心繫於女皇陛下……女皇陛下，這真的很難吶。」懷幽是真的為此憂心起來。

「是啊……慕容一派的兒子未必俊美，俊美又未必睿智，睿智又未必有膽，就算有膽又未必忠於我……」我也犯愁。

若不忠於我而是忠於孤煌少司，那我找他進來有何用？但若是梁派，要是鬥起來反而牽連了家人。

「有！」在我發愁之時，瑾崋忽然說了一聲。我看向他，懷幽的目光也滿是急切。

「是誰？」

瑾崋顯得很煩躁，吸氣、嘆氣，又吸氣又嘆氣，顯得異常猶豫不決，舉棋不定。

我恍然：「難道就是上次你想禍害最後又不忍禍害的那個人？」

瑾崋眼神閃爍了一下，點點頭，悶悶發出了一聲：「嗯。」

我立刻欣喜問：「是誰？」

若真有此人，那真是天時地利人和，老天開外掛，為我量身訂做的棋子！

瑾崋抿抿嘴，好像還是很猶豫，像是真的不忍禍害他。

他深吸一口氣，嘆道：「他是我朋友。」

「啥？你朋友是慕容派的？」我驚疑。

「所以這個人才討厭！」瑾崋煩躁地抓抓頭。

他說到此處已是鬱悶得咬牙，彷彿極為討厭這個好友。

「他是我同學，自恃才高八斗又文武音律全通，所以不把其他同學放在眼裡，而且那張臭嘴又毒，討厭至極，我每次看見他，只想狠狠抽他一頓！」

「噗！」我噴笑出來，這種人見人打的傢伙也是罕見的極品。

「這樣的人……怎會與你成為好友？」懷幽聽得目瞪口呆。

「可不是？我也覺得奇怪。」瑾崋也顯得莫名其妙：「但是他老黏著我，很煩。」

「喔？難道他喜歡你！」至此，我發覺我的重點已經不再是這個男子，而是這個男子跟瑾崋的關係！

當我話音一落，懷幽頓時僵硬，瑾崋更是一下子跳起來，連連摸自己身體。

「我說他怎麼那麼喜歡黏著我，原來對我、對我……咦～果然還是不能讓他入宮，萬一他又黏著我，豈不是功虧一簣！」

「不行！」我立刻反對：「既然他喜歡的是你，那才更應該讓他入宮！」

我眸光閃閃，看得瑾崋渾身又是一陣冷顫。

「妳、妳那眼神是什麼意思？」

見我壞壞地笑了，瑾崋鬱悶地坐回去，下一刻卻忽然對我咧嘴一笑，露出一口白牙。

「我騙妳的。」

「什麼？」懷幽一愣，驚詫看瑾崋。

我也微愣，看著瑾崋那得意洋洋的笑容，忽然明白了，這小子耍我！這小子居然也會逗人了！

瑾崋放鬆身體，一腳踩上椅子對我踐踐地笑道：「誰教妳總是說我笨蛋白癡，我也逗逗妳。」

「瑾崋，你放肆！怎可逗弄女皇陛下！」對我無比忠誠的懷幽生氣了。

瑾崋白了懷幽一眼：「懶得理你，看你那副正經的樣子就不爽。」

懷幽沉下臉，露出威嚴之色：「你敢對女皇不敬！」

「要你多嘴，巫心玉都沒說話呢！」

懷幽看向我，我笑了。

「懷幽，放輕鬆，我說過，我們之間沒君臣之分。」

「看！看！」瑾崋故意放大音量，伸手推了懷幽兩把。

懷幽不悅地拍開他的手，遠離瑾崋。

我笑嘻嘻看著這一動一靜的美男子。曾經時時戒備我、渾身殺氣的瑾崋如今完全放鬆下來，還會與懷幽打鬧。平日讓他繼續扮演行屍走肉，會不會讓他憋太久了？

瑾崋之所以放鬆下來，是不是意味著他已經完全忠於我？他和懷幽的表現方式不同，就算打死他，我想他也永遠不會親口承認這件事。

瑾崋鬧過懷幽後微微端正坐姿，說了起來：

「因為我功夫高於那傢伙，所以他只認我這個朋友。」

「原來如此，他只認才能。」唯有真正有才能的人才會在意誰比自己更強。

瑾崋繼續說道：「雖然他爹娘是慕容派，但這小子一直清高自傲，叛逆家族，在學堂裡也常常大放厥詞，在孤煌少司那裡也很有名。他那張臭嘴不知罵了孤煌少司多少次，只不過因為他的爹娘效忠孤煌少司，而且他跟慕容家的女兒有婚約，加上他只是個破學生，所以孤煌少司那妖男也沒把他放在眼裡，看在慕容家族的面子才沒辦他。」

沒想到他跟慕容家族還有婚約！慕容家族子女頗多，上上下下百餘口，已是祖孫四代同堂了。巫月可沒實行節育，能生就生。

在京都這樣的大家族可不少。

「這個人到底是誰？」說了半天，瑾崋也沒說出他的名字。不過，由此可判斷出此人輕狂高冷，又有點憤世嫉俗，搞不好是叛逆少年和憤青的結合體。這樣的人性格很微妙，我也不一定有信心能馴服他，有時愚蠢腦充血的憤青只會壞事。

瑾崋在我追問中又變得猶豫起來。

見他猶豫不決，知道他與他的關係確實很鐵，鐵到讓他不願禍害自己的兄弟。

我微微一笑，輕描淡寫說道：「你說這個人討厭，那他做過最讓你討厭的事情是什麼？」

瑾崋立刻憤怒起來：「這混蛋把我灌醉了扔青樓！」

頓時，整個房間鴉雀無聲，靜得只有風吹過花叢讓搖曳的花枝發出「沙沙」聲。大片的流雲緩緩飄過窗外天空，把瑾崋氣鬱的臉照得陰晴不定。

我聽得目瞪口呆，見懷幽那呆滯的神情，估計也被這個消息驚呆了！

「所以……」懷幽緩緩回過神，眨眨眼仔細打量瑾崋：「你跟青樓女子春宵一夜，已經……」

瑾崋立刻甩臉瞪向懷幽：「我沒有！我碰都沒碰！」

懷幽秀目睜了睜，故作點頭：「哦～～我懂，我懂。」

「你懂什麼？」瑾崋激動地跳了一步到懷幽面前，緊緊揪起了他衣領，瞪大星眸。「別以為我不知道你腦子裡在想什麼？我說了我沒有！我連衣服都沒脫！」

懷幽側開臉，張了張嘴，神情淡定地說：「呃……萬一又被人穿好了呢？」

「你這混蛋說什麼？」瑾崋拳頭一下子高舉，懷幽立刻閉眼。

「哈哈哈哈——做得好！」我大笑起來。

「妳說什麼巫心玉？」瑾崋放開懷幽又憤憤朝我瞪來。事關名節，總能讓瑾崋炸毛。

「一定是你那兄弟也受不了你那彆扭正經的模樣，索性把你扔進青樓了。」我笑道。

瑾崋一愣：「妳怎麼知道？」

我強忍住大笑，掩唇道：「現在，我倒是對你朋友真的感興趣了，說不準，我們能成為很好的朋友。」

「是！你們一樣壞！」瑾崋雙手環胸撇開臉，滿臉小媳婦被惡婆婆整天欺負似的憋悶樣。

我很想說：不是我們壞，而是你欺負起來很有趣。

我也是一人待在深宮，平日無聊，又無朋友，若不找些樂子，我還真擔心自己丟下重擔，回狐仙山逍遙快活去了。

所以，瑾崋是用來欺負的，懷幽是用來調戲的。

我壞壞一笑。

「所以，你看，他的惡作劇差點毀了你名節，你難道不報復他一下，讓他也肝鬱氣結嗎？」

「說得對！」瑾崋立時雙眸閃亮，擰了擰拳：「這混蛋就是皮癢！乾脆把他弄進宮來，也毀他清白看看！反正他也不想跟慕容家的成親。對了！」

瑾崋越說越激動，「啪！」一聲拳頭砸在手心裡。

「正好，還能氣氣慕容家！好，我告訴妳！」見瑾崋的目光堅定，我心中暗暗揚唇。成了。

「他就是大司樂蘇牧大人的三公子蘇凝霜，人稱凝霜公子就是他！他在國學院讀書，妳去國學院就能找到他！」

我滿意點頭：「那麼……你真的覺得他才智過人，俊美非凡？」

「妳放心，他詭計多端，我從沒見他吃虧過，不正經起來又渣得讓人咬牙，總之他不會壞事。至於俊美嘛……」

瑾崋頓了頓，昂首側臉，拉了拉自己的髮辮。

「稍遜我一點，不過……」他心虛地瞥我一眼：「對妳而言應該夠了吧……」

「嗯……」我點點頭，故作正色地回他：「我明白了，他比你帥！」

「他沒我帥！」瑾崋紅了臉。

見他臉蛋發紅，我更加篤定。男人嘛，永遠不會承認別的男人比自己帥，跟騷狐狸一樣。

「不過……」瑾崋嘟囔起來：「他會不會幫妳，我不敢保證，他這個人從來不會聽任何一個人的話。」

我點點頭：「明白，我先弄進來再說。」

「哼，妳說得倒是簡單。」瑾崋撇嘴橫了我一眼：「妳在宮內、他在學堂，妳怎麼弄進來？」

我扯了扯嘴角，輕輕鬆鬆地說：「我想弄一個男人進來還不簡單？不也把你弄進來了？」

「我寧可出去！」瑾崋全身繃緊，似是已經在宮裡待得渾身不舒服，只想出去跟孤煌少司大戰一番，即便戰死也強過在我後宮裡整天瞎晃。

他是武將，讓他在這裡當花瓶確實為難他了，也難怪一到晚上他就會激動地問我有沒有事做。

既然人選暫時已定，我心中也多了一分信心。我看向懷幽。

「懷幽，孤煌少司找齊你們內務部所有人是不是想統一口徑，他從未在女皇寢殿留宿？」

「女皇陛下料事如神。」懷幽頷首垂眸。

果然。

「不過，攝政王確實從未在寢殿留宿。」懷幽實事求是地補充。

「怎麼可能？」瑾崋不可置信地看懷幽。

懷幽也露出一絲不解神情。

「攝政王雖然從未侍寢，但確實深得女皇們喜愛，各位女皇最後也會對他死心塌地。」

「妖男一定用了什麼手段！」

在瑾崋憤憤不平時，我幽幽說道：「我們女人跟你們男人不同，更注重愛情，而不是床上那點事。」

聽著我雲淡風輕的敘述，瑾崋和懷幽一起朝我看來。

「女人心複雜，卻也易得。女人一旦癡癡愛上，即使對方不愛自己，也會死心塌地……」我淡淡看著遠處，幽幽嘆息：「所以……一旦愛錯了人，便無法回頭……」

懷幽和瑾崋不約而同地靜靜站在原位看我……

清風入窗，揚起我縷縷青絲，抬眸遠眺，滿天的流雲不為任何人停留，女皇之愛，談何自由？若

得自由，便入嗔癡，任人擺布了。

前幾任女皇便是癡癡愛上了孤煌少司，最後卻被孤煌少司無情拋棄，一一謀害。被最愛之人所害，會是多麼的痛？致使她們的幽魂久久不離，徘徊在皇宮陰冷的風中。淒淒慘慘，怨恨滿懷。

「叩叩。」殿門被人輕扣。我立刻收回神思與瑾崋、懷幽對視一眼，瑾崋躺回床，懷幽去開門。

開門的那一刻，孤煌少司立於門前，對我微笑揚唇：「小玉，慶典開始了。」

「好。」我站起身，厚重的衣襬拖在身後。我走過鳳床，瞧見躺在床上的瑾崋呆呆看著床頂。

真正的慶典，終於開始了！

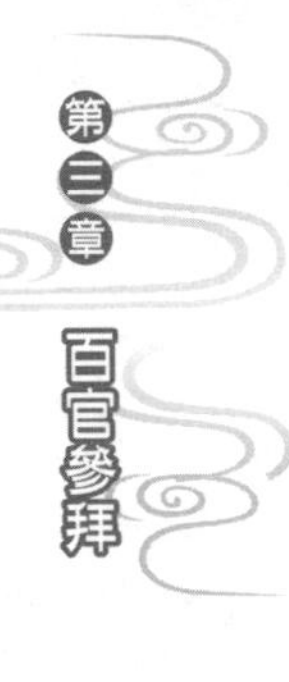

女皇即位的慶典從午宴開始，然後持續到晚上煙火結束。期間歌舞雜耍不停，樂滿宮廷。筵席設在華月殿，華月殿是擺宴或是接待他國貴賓的地方。

長長的席位一直排到殿外廣場，廣場鋪有紅色華美地毯，百官敬酒，共賀新皇登基。

我坐在殿內坐南朝北正中位，席位設於棲鳳台，高於百官，可俯視群臣。棲鳳台兩側是巨大金鳳，金鳳昂首，金色羽翼順台階而下。金鳳腹部之處，可置油燈，燈光透出金鳳鏤刻羽翼，照得此處金碧輝煌。

接下去我將接受百官參拜。孤煌少司坐於我左側，儼然一副夫王之姿。慕容燕站在我們筵席之下，面色已經恢復。懷幽靜靜跪坐於我右後側，隨時聽候吩咐。

而在我面前，擺放了三疊高高的糯米糕！

雪白的糯米糕幾乎遮住了我的臉，分為鳳凰糕、麒麟糕和福祿糕，以上面的花紋做區別。精緻雪白的糯米糕上是金箔描繪的鳳凰、麒麟和福祿，彰顯皇家的奢華與大氣。

晶瑩剔透的雪白糕有如上好的白玉，而精緻的描功讓糕面上的花紋栩栩如生，使整塊糯米糕如同一件精湛的工藝品，讓人不忍取食。

「左相梁秋瑛參拜雲岫女皇——」在慕容燕的喊聲中，梁秋瑛離席到我面前，對我行大禮。

「臣梁秋瑛拜見女皇陛下，女皇陛下萬歲萬歲萬萬歲——」梁秋瑛依然不動聲色，既不打量我，也不與我眼神交流。彷彿她先前的猜測都不存在，一切如常。

倒是坐在不遠處的曲大人偷偷看了我一眼，便速速低頭，陷入思索。

「賜鳳凰糕——」

隨即，兩名宮女到我桌前跪下，一宮女手托金盤，另一宮女用金夾挾取一塊鳳凰糕放入金盤之中，起身送至梁秋瑛面前。

「謝女皇陛下——」梁秋瑛雙手高舉，接過金盤，退回原位。

鳳凰糕用金盤裝取，麒麟糕用銀盤裝取，福祿糕用玉盤裝取。巫月在奢華上，講究極致。如一個高貴女人，對細節過分苛刻要求。

鳳凰糕賜朝中一品大員和皇族——如果巫月還有其他皇族的話——麒麟糕賜二品官員，福祿糕賜三品以下，以及前來參加宴會的其餘官員。

糕點取回後，金盤、銀盤和玉盤需留下，糕點可取走。

然而，這不是普通的福糕，在雪白粉嫩的表面下藏有乾坤世界！

「三朝元老慕容太君參拜雲岫女皇——」

在慕容燕的高喊中，慕容太君在兩位宮女的攙扶下來到我面前，這個儀式目的是讓新任女皇認識朝中大臣。

「臣慕容英拜見女皇陛下，女皇陛下萬歲萬歲萬萬歲——」

我立刻問：「奇怪，剛才那梁秋瑛跪了，妳怎麼不跪？」

慕容老太君不言，慕容燕在一旁冷臉解釋：「老太君乃三朝元老，依照巫月禮法，可不跪。」

「哦～～」我看向孤煌少司，孤煌少司對我微微點頭，面帶嚴肅。

「賜——」在慕容燕高喊時，我立刻揚手。

「慢。」

慕容燕一愣。

孤煌少司微微蹙眉，輕聲提醒：「小玉，莫要胡鬧，還有其他官員等著參拜。」

我對著孤煌少司無聊地打了個哈欠。

「這樣一個個參拜太無聊了，而且，以後也是他們兒子上朝，誰要看他們？我才不管他們誰是誰呢。來人，把糕點分了，盡快開宴，我都快餓死了。」

席下官員面面相覷，竊竊私語。

孤煌少司掃視眾人，百官立刻噤聲垂首，大殿瞬間變得安靜。

孤煌少司看了看，轉回臉看我，無奈一笑：「呵，真拿妳沒辦法。大侍官。」

「奴才在。」慕容燕老老實實上前。

孤煌少司輕聲吩咐：「把福糕分了吧，女皇陛下餓了。」

「是。」慕容燕退回原位，朗聲宣布：「分發福糕——開——席——」

百官立刻朝我一拜：「謝女皇陛下——女皇陛下萬歲萬歲萬萬歲——」

響亮的聲音在大殿中迴蕩。

慕容老太君此刻還乾站在席下，我瞥了一眼，故作驚訝，從福糕上探出頭。

「咦？老太婆，妳怎麼還站在這兒？不過是一個福糕沒發妳，有必要嗎？」

慕容老太君的面子快掛不住了，臉色瞬間轉黑。

我立刻說道：「快快快，你們還不把福糕給她，那麼一大把年紀了，讓她一直站著真是罪過。你們快啊！」

我的一席話讓百官或是面帶惶恐，或是不敢看老太君，或是噤聲不言，無人敢笑一聲。

小宮女立刻匆匆拿了福糕，送慕容老太君回席。老太君坐回原位後面色極為難看，不看福糕一眼，雙手抱握自己的鳳頭杖，側著臉不發一言。

這老太婆城府極深，方才還談笑風生，此刻卻如此在意一些表面上的東西。我阻止賜福糕，讓她乾站著聽我們說話，她便不悅了，這老太婆……極要面子啊！

也難怪，她是三朝元老，位高權重，連女皇也不放在眼中，這是被「寵」壞了。

在宮女們取福糕時，我立刻伸手各拿一個，開心地放到自己面前，擺放整齊，開心地看著。

「小玉，那是賜給百官的。」孤煌少司當我真餓了。

我立刻護起三塊福糕，噘嘴。

「不要，我要留著玩。」說完，我迫不及待拿起銀筷，翻轉鳳凰糕，然後用銀筷輕輕插入那雪白細膩帶著雪梨清香的表皮之中，緩緩挑開，如同緩緩揭開粉嫩美少年的雪白衣衫。美少年楚楚可憐，淚光瑩瑩地躺在金盤之中，雙腿委屈併攏惶恐地看我，我咧著嘴興奮地打開他的衣衫，看到了他渾身金色亮眼的紋身！

我把他一下子取出，捧在手中，赤裸裸的美少年雙腿牢牢緊閉，快要哭出來似地焦急看我，沙啞地喊著：「巫女大人，不要，不要～～不要～～」

「嘿嘿，說不要也來不及了～～」我色瞇瞇地看著，咬唇壞笑。

「小玉，不要什麼？」孤煌少司的聲音忽然出現，小小萌物消失，手心裡只是一錠普普通通的金子。

我不悅地看孤煌少司，懊惱他打斷了我美好的幻想。

孤煌少司好奇看我，滿臉不解：「小玉到底在看什麼？我似乎……感覺到了不好的事情。」

我再次咧嘴一笑，拿起麒麟糕翻轉，開始解釋：「現在我戳的不是糕點……」

「那是什麼？」他湊過臉到我臉旁，輕悠的聲音充滿興味。

我眼中再次狼光閃閃：「是美少年的身體啊。」

「咳！」孤煌少司登時咳嗽起來，單手握拳。

面前三座小山已經消失，樂聲響起，歌姬入場，侍者送上了美食佳餚，宴會開席，大殿內外一下子熱鬧歡騰起來。

百官在觥籌交錯之間，彼此耳語，欣賞舞姿，享用山珍海味。

我在重重疊疊的餐盤後重複之前的動作。

「快看快看，我把他衣服打開了，哇～～裡面是滿身通透綠色的小萌物，螢光閃閃，全身赤裸，膚質滑膩，讓人心動！烏龍麵、烏龍麵，你要摸一下嗎？」

我天真無邪地把藏在麒麟糕裡的碧玉放到孤煌少司的面前，他的臉色立時變得古怪彆扭起來。我之前的話對他起了作用，他彆扭地看看我手中的碧玉。我把碧玉比喻成美少年，看他的臉色，估計是摸不下手了。

我故意在碧玉上指指點點。

「你看，這裡是他的小手，這裡是他的小身體，這裡這裡，就是他的小翹臀！」

「小玉！」孤煌少司忽然一聲厲喝，用右手蓋住了我手心裡的碧玉，覆掌在我手上，立時，手心隔著碧玉感覺到了一股壓迫感，熱意在肌膚相觸的方寸之處浸染開來，捂熱了我們手心之間的碧玉。

他一臉嚴肅地看我：「妳從哪裡學來這些？以後不許再想這種色色的東西。」

他嚴厲的語氣宛如一位嚴父在責備愛女。

我眨眨眼，抓住碧玉從他手心下離開，指尖擦過的他的掌心，他黑瞳一緊。我無趣地瞄他一眼。

「烏龍麵好沒趣，這哪裡色色的，是好玩，你不懂！」

孤煌少司看我一會兒，輕笑一聲，抬手將指尖輕輕撫上我的側臉，熱熱的指腹帶著男人陽剛的溫度。

我不悅地拍開，轉開臉，正巧看見懷幽看似緊張地瞧我一眼，匆匆低下臉，雙手在膝蓋上握緊。

「妳這個色丫頭，若要看，宮內還少嗎？」孤煌少司的語氣含著曖昧。

我歪臉白他一眼：「看真的有什麼意思，說了你也不懂，你們男人才色呢！」

孤煌少司微微一怔：「沒意思？」

「嗯！」我重重點頭：「而且還很噁心。我不喜歡男人光著身子，美男子是用來欣賞的，給他們穿上各式好看的衣服才美，脫了有什麼好看的，而且，男人的身體不都一樣嗎？」

「咳，哈哈哈——哈哈哈——」孤煌少司握住我的手忽然大笑起來，柔柔看我。「我明白了，原來那些都是小玉的娃娃。」

我故作懵懂地看他，他反而心情大悅，捏了捏我的鼻子，拿起最後一個福祿糕。

「小玉想知道這裡面是什麼嗎？」

我好奇起來：「當然想！」

孤煌少司也把糕點翻轉，像是看出我不想破壞福糕表面那層金箔花紋，然後拿起勺子插入，瞬間，我彷彿聽到了小糕糕的呻吟：「啊～～好奇怪～～不要不要～～出去出去～～」

「現在，我要幫妳打開小美男的衣服囉～～」孤煌少司完全迎合我的喜好，他俊美無瑕的側臉也頑皮起來，似是全然放鬆，不再深沉似海，或是掛著那若有似無的微笑。

他的神情在我眼中漸漸真實起來，我深深感覺到我們此刻的距離是真的，沒有任何偽裝，沒有任何謊言，此時此刻的他，是真正的孤煌少司，他在跟我一起玩幻想遊戲。

「好了好了，我要打開囉，小玉妳來看，這個小美男合不合妳口味？」他用勺子舀出了裡面無瑕的大珍珠，放到我面前，真實的笑容讓他俊美無瑕的容顏都染上了一層無邪的光輝。

我在他沒有造作的笑容中失了神，原來陰狠毒辣的孤煌少司，也有純真貪玩的一刻。他自己此刻知道嗎？若是察覺，會不會心慌自己暫時露出了真實的一面呢？

我單手支頤細細欣賞，輕輕感嘆。

「好美啊……少司，你是我見過最美的男子，真是死也瞑目了……」

「啪答。」他手中的珍珠滚落桌面，笑容在我的目光中凝固。我伸手撫上他的臉，我冰涼的手，讓他的神色開始慢慢恢復深沉，熟悉的微笑再次浮上他的嘴角。

他用熱熱的手握住了我冰涼的手：「小玉在胡說什麼，真不吉利。」

我收回手，失意地低下臉：「我是巫女，每一任巫女得到狐仙大人庇護，會獲得少許神通，可推算巫月國運，獲得狐仙大人的預言。狐仙大人告訴我，巫月國運將會衰敗，巫月皇族將會受到詛咒，每一任女皇都活不過一年……」

我漸漸哽咽起來，雙手捂住臉。

「小玉……」孤煌少司輕輕攬住了我的肩膀，傾身貼上我的耳側。「那是無稽之談，不要相信……」

「不是的……不是……」我哭泣起來：「前幾任女皇全都活不過一年，我知道，我也快死了……可是、可是！我一個人待在狐仙山上，真的……太寂寞了……」

心酸的淚水源源不斷流出，我拚命擦著。

「小玉……」心疼的呼喚從他口中而出，他把我擁入懷中，讓我靠在他胸膛之上，熱熱的手掌輕托在我後腦，用他溫暖的手心溫暖我的身心。

我揪緊他衣領繼續哭泣。

「與其餘生在狐仙廟受寂寞折磨，我想不如下山享受一年快樂。烏龍麵……你許我的三千美男，可一定要做到啊……待我死時，你一定要把你和所有美男的畫像放入我的棺木陪我……」

「小玉，別再說了！我不會讓妳死的！」他緊緊抱住了我的身體，語氣發沉，在那一刻，我清晰地聽見他的心跳顫動了一下，但很快再次恢復正常。

我靠在他心口上，擦去眼淚。烏龍麵，能不能把那個凝霜公子弄進來，就靠你了！

所以說，有時候女人的眼淚還是有用的。

呼……哭得我好累……

「砰！」絢爛的煙花照亮了整座皇城和皇宮，讓平日幽靜漆黑的皇宮多了分生氣。

孤煌少司靜靜站在我的身旁，煙花照亮了他沒有表情的臉龐。還記得他接我下山的那一天開始，他的臉上始終掛著微笑。

而在我揭破天機之後，他的臉上卻沒笑容，再也沒說過一句話，即便是假意地寵我或是哄我。

他忽然沉寂無聲，讓百官也變得小心起來。

我和他有如同床異夢的夫婦，站在觀星台上，看似一起欣賞煙花，卻各自想著心事。

孤煌少司神情的變化在我意料之外，讓我也忽然有點摸不透他。天機已變，我也不想費力氣揣測他此刻的心思，不如享受這一刻，好好欣賞在空中綻放的華麗煙花吧。

孤煌少司想殺我，這是必然的。

但他沒想到我會自己揭穿，那一刻，他或許會懷疑，故而一時深沉；但我說是詛咒，使他消去了疑心，不過也在他心裡埋了一個結，讓他每次心生殺我之意時，會想起我今天的話、我今日的哀求和認命，以及我口中的詛咒之說。

他加害女皇是他的計謀，還是他被命運操控，使之應驗了詛咒之說？

結果或許會是一樣的，但從此刻開始，他的心境會變得不同。

夜風越來越涼，圓月高懸當空，皇宮已萬籟俱靜。

煙火會後，孤煌少司沉默離去，宛如忽然之間拉開了與我的距離，變得陌生起來。抑或，他覺得偽裝喜歡我太累了，今天，他也想休息一下。

我獨坐寢殿上，一壺酒，一塊糕，一隻鴨腿。

要把孤煌少司的勢力連根拔除，必須引發內亂，但是苦於無兵。

農民起義，時機不成熟，且訓練農夫為兵，也需時日。若等民怨至深，民間起義，那巫月皇族不保，巫月易主。

我蹙眉倒一杯酒，放在唇邊。

所以，最好的方法，是讓巫月皇族起義。

由巫月皇族舉兵討伐孤煌少司這個妖男和我這個荒唐的傀儡女皇，這才是正義之師，可名正言順根除孤煌少司所有根基。

要振興巫月，此戰無法避免。我不殺生，但為清內敵，必會血流成河。一派要上位，另一派必被肅清。

這便是皇權，便是政治。

但是，現在最大的問題是我們無兵。

莫說兵，連兵器都沒有。

要打造兵器，必須有充裕的資金。

一場仗，把國庫打空是常有之事。如此龐大的一筆資金，思來想去，也只有孤煌少司的小金庫裡才有了。

當資金、兵器和兵權拿到之後，只需推出一個民心所向的巫月皇族。

巫月皇族並未完全被孤煌少司殺害，一些被發配邊關，一些被遣去挖礦採鹽。

各種礦藏和鹽田屬於巫月國有，挖礦尤為危險，所以會把重犯押至礦藏，勞作致死，也不用分發工錢，一舉兩得。

在巫月皇族之中有一位奇才，名為巫溪雪，是前任瘋癲女皇巫淑嫻的堂妹，她才思敏捷，武藝超群。

在淑嫻女皇上位之時，她聯合眾多皇族聯名彈劾孤煌少司這個攝政王，但最終功敗垂成，成了階下囚，被發配巫川煤礦，和她的家人及親信挖煤挖到死！

巫溪雪因為武藝超群，所以跟瑾毓的母親，也就是瑾毓一直交好，並曾一起上陣殺敵，所以她也領過兵、打過仗，軍心所向，只要跟過她和瑾毓的士兵對她都十分敬重。瑾毓也會忠於她。

而瑾毓的兵依然在邊關，現在應該是屬於慕容旗下了。

我對流芳師兄說的人選便是她。要找她不難，但要等我這裡全部準備妥當。

現在糧有了，兵有了，將也有了，皇族也有了，偏偏在錢上，卡住了。

要走後面的棋，這一步至關重要！

「咻！」瑾崋翻身躍上，一身白衣飄然，坐於我身旁直接抓起我的鴨腿啃了起來。

「在想什麼？想這麼久還不睡？」

「在想孤煌少司的錢。」我飲下杯中酒。

「他的錢？」

「嗯，想用他的錢做軍餉。」

「咳咳咳咳……」瑾崋一下子像是被鴨肉噎住，咳個不停，咳了半天，擦了擦不知是咳出來的，還是笑出來的眼淚，用抓鴨腿的手肘頂了我兩下。

「雖然我覺得妳挺厲害，但這麼異想天開的事妳怎麼可能做到？妳讓孤煌少司出錢給妳當軍餉，妳當孤煌少司是傻子啊！」

我看著酒杯，心裡盤算著。

「妳……該不會真的這麼想？」瑾崋似是笑夠了，有些驚訝地看我。我瞥眸看他，他星眸閃閃，驚呼道：「妳真這麼想！」

「不然我坐這兒幹嘛？乘涼嗎？」

瑾崋眨眨眼，往我身邊挪了挪，挪到我身邊抬手架上我的肩膀，像兄弟一樣攬住我的肩膀湊到我面前再次確認：「妳……要軍餉做什麼？妳想打仗？」

我對他認真點點頭。

「太棒了！」他激動地一拍大腿，立刻追問：「什麼時候？讓我做先鋒！我一定幫妳取了妖男的首級！」

「沒錢怎麼打仗？」我白了他一眼。

「偷啊！」他興奮地勾住我脖子：「妳既然想要妖男的錢，偷還不容易？」

「偷了怎麼運？」我反問。

他理所當然地說：「就這麼運唄。」

「噗哧！」我轉開臉，給自己倒一杯酒。

「妳笑什麼？」他勾住我肩膀晃了晃。

我轉回臉，正巧對上他過於靠近的俊臉。他一怔，攬在我肩膀上的手僵硬起來。

我笑看他：「你以為我只是偷幾百兩嗎？既然要偷，最起碼千萬兩！」

他呆呆看我，雪亮的星眸裡映入空中的明月，讓他的黑瞳清澈如鏡，宛如能映出我的臉來。

「你怎麼呆住了？幾千萬兩就把你驚呆了？」我一臉奇怪地看他。

我捏上他的臉，他忽然像觸電一樣拍開我的手，急急抽回勾在我肩膀上的手。

「別碰我！」他著急地說完，轉開身體，抱膝坐在一邊，不再看我。披散的黑髮隨風輕揚，滑落他的雙臂，在月光中劃過一抹淡淡的星光。

「你這人真彆扭！」我不爽地拍他後腦勺。

「嘶！」他吃痛地摸上自己的腦袋。

「莫名其妙就生氣了，是你自己靠過來的好不好！」我也生氣起來，瑾崋這脾氣這麼古怪，難怪那個蘇凝霜要把他丟到青樓，連我也想那麼做了。

「我忘記妳是女的了。」他還找藉口。「妳為什麼不偷國庫？」

「誰知道國庫裡還有沒有真金白銀，如果只是珍珠寶器之類的，還要變賣太麻煩了。況且，國庫是巫月的財產，你難道不知道我們女人最喜歡花男人的錢嗎？」

巫月國庫裡有錢？別搞笑了。從沒聽說有奸臣把錢往國庫裡送的。

瑾崋僵硬地轉臉看我，吊起上嘴唇，臉上的表情像是極度的嫌棄。

「你那表情是什麼意思？」我沉下臉。

「沒什麼意思。」他撇撇嘴，白我一眼。

我太陽穴緊了緊，這小子難道看不起我用別人的錢？我捨不得用自己的錢，用孤煌少司的錢他嫌棄什麼？我不禁擰了擰拳頭。

「你這小子真是太過分了！一直不把本女皇放眼裡，本女皇今天一定要狠狠揍你一頓！」我霍然起身。

瑾崋也立刻起身，用手裡的鴨腿指著我，正色道：「妳敢！巫心玉，我瑾崋可不會手下留情！」

我挽起衣袖，脫下一只鞋子。

「今天我就用拖鞋大法來制裁你！」我抓起繡鞋就朝他打去。

瑾崋抬臂阻擋，我全拍在他手臂上。

「夠了！妳夠了！妳把我拍髒了！我真還手了喔！」他揮舞手臂，忽然，他像是被過長的睡袍絆倒，朝我撲來，他雙手本能地推在我身上，我驚訝地瞪著他，被他往後推倒！

「啊——」他瞪大星眸，清澈的眸中滿是慌張，他重重的身體壓向我，我因為慣性而被他推倒。

「砰！」我倒在傾斜的房簷上，後背躺在凹凸不平的瓦片上，說不出的疼，就像凸起的石頭嵌入你身體，怎是一個「銷魂」了得！

瑾崋呆呆地滿臉通紅壓在我身上，筋骨結實的身體帶著青年的火熱，透過那絲綢的睡袍瞬間滲入我的衣衫，熨燙我的身體。他像是一個燒燙的大山芋，溫度不再正常。

雪白的睡袍在月光下近乎透明，一陣不大不小的夜風似是故意吹開了他寬鬆的衣領，如同一隻手毫不猶豫地揭開了他的衣領，徹底顯露衣袍下緊繃的赤裸裸身體。

「咕咚。」他瞪大眼睛呆呆咽了口口水，滿面漲紅。

忽地，他把手中的鴨腿塞入我嘴中：「這個還妳！」

說完，他倉皇地從我身上爬起，眨眼間消失在月色之下，房樑之上！

我鬱悶地坐起，後背像是被千夫狠狠踩過，痛得直想揍人！

我拿出嘴裡的鴨腿，想喊卻不能喊。夜深人靜，稍微大聲一點，在殿外值夜的小宮女就會聽見了。

我收拾東西躍落，面前卻出現懷幽。

他靜靜站在窗後，身穿和瑾崋一樣微微透明的睡袍。他因為我躍落而愣了一下，目光與我相觸時，匆匆撇開，但我卻在他的眼神中捕捉到一抹羨慕的神色。

「懷幽，讓開。」我說。

懷幽立刻垂首後退，我從窗戶裡躍進去，隨手扔了酒壺酒杯，抓著鴨腿直接飛躍入床，紗帳被我的動作帶起，我瞬間捕捉到那裝睡的白癡！

誰能這麼快睡著？

我朝他撲去，他立刻感覺到，睜眼翻身，但是床太小，我一把就扣住他腳踝狠狠拽回，他沒能飛起來，趴在床上，我緊接著一屁股坐在他腰上，他昂起上半身痛喊著：「痛！斷、斷了！唔！」

我直接把鴨腿再塞回他嘴裡，一手狠狠按了一下他後腦勺。

「你吃過的給我吃，噁不噁心！」

「唔！唔！」

我起身，冷笑拍拍手，下床準備洗去滿手油膩。

沒想到懷幽已經手托金盆靜靜站在床邊，金盆邊放著乾淨的手巾。

「女皇陛下，請洗手。」

我心中對懷幽的欣賞之情又多了一分。

「我吃過的你覺得噁心，懷幽每天都幫妳試吃，妳怎麼不覺得噁心啊？」在我洗手時，瑾崋從床上晃了下來，把吃剩的鴨骨頭一手扔出窗外。

「懷幽已經不試吃了啊？」我疑惑地看瑾崋。

「他是在妳沒看見的時候～～」瑾崋走了過來，睨懷幽一眼：「你倒是真忠心，就不怕被妖男毒死？」

我有些驚訝地看懷幽，月光清晰地照出了懷幽微微蹙眉的臉，他低著臉，抿唇不語，但目光看向了瑾崋。

瑾崋伸手要洗手，懷幽卻撤回金盆轉身走了。

瑾崋一愣，輕笑：「哼，怎麼，還嫌我多嘴了？」

「妖男是不會下毒的。」黑暗之中，懷幽突然淡淡說道。他緩緩走回月光之中，淡淡看一眼瑾崋：「因為，妖男沒你那麼蠢。」

登時，屋內空氣凝滯，我撫上額頭。

頓時瑾崋身上湧起了殺氣。

「我受夠了！我不玩了！」瑾崋霍然轉身，衣袖飛揚，我一把扯住手所能及之處，寂靜之中傳來「嘶啦！」一聲，瞬間周遭空氣冷了下來。

我僵硬地抓著手中絲薄白衣的碎片，一旁的懷幽也渾身一僵。

瑾崋背對著我僵直而立，睡袍徹底破裂，那寬鬆絲滑到即使連繫帶鬆開也會滑落的睡袍，此刻被我扯掉一大塊，直接「撲簌」一聲墜落在地，露出瑾崋白色的內衣……

月光之中，隱隱感覺瑾崋整個人都紅了。

我立刻轉回身，匆忙扔了手裡的碎片。

「這品質也太差了，下次不要用絲綢做睡袍了。咳！我先睡了。」我溜回床。

「呵！」懷幽輕輕的笑聲響起，默默撿起地上的碎片和瑾崋腳下的殘存衣物，他走到瑾崋面前問：「要穿我的嗎？」

「不用！哈啾！」瑾崋甩臉氣鼓鼓地回床，躺在最邊邊，裹住了被子，蜷縮身體，渾身散發慘兮兮的怨氣。

懷幽把撕破的衣服疊好放於桌面，看著碎衣又忍不住笑了。

「呵呵呵……」

忽地，床明顯一沉，光溜溜的身體直接飛過我上方，穿出紗帳，以迅雷不及掩耳之勢落於懷幽身後，緊接著，又聽到「嘶啦」一聲，懷幽整個人僵硬了。

「哼，看你還笑！」瑾崋一臉報復地站在懷幽身後，狠狠瞪著懷幽後腦勺，但他卻完全不像以前那般害羞窘迫，而是毫不知羞恥地光溜溜站在月光之下，他真的不把我當女人了！

從另一個角度想，他把我當兄弟……

再看懷幽後背的衣服完全被撕裂，變成了兩片，靠前面的繫帶勉強掛在懷幽身上，從裂口處露出的瑩白肌膚在月光中如玉般散發柔光。懷幽不像瑾崋是個練家子，所以他的身體顯得肉感但不胖，有一種油脂的飽滿感。

而瑾崋因為是個練家子，所以身體相當結實，肌肉紋理非常清楚，尤其他那樣挺直站立，後背的線條立刻突顯出來，和懷幽的飽和感形成強烈的對比！瑾崋充滿男性的性感，但懷幽卻更讓人產生愛撫的慾望！

「撲簌！」勉強掛在懷幽身上的衣衫還是順著他光滑的肩膀和柔美的線條緩緩滑落雙臂、雙腿，墜落在地上，月光立刻描繪出他側身的輪廓。雖然胸膛不如瑾崋一般結實，但那飽和的線條如同世上最溫暖柔軟的枕頭，讓人想依靠。

這兩個男人，徹底裸了，還一前一後站在我面前。

這一刻，好想立馬把這兩個傢伙踹出去！他們這是在藐視我！不！是完全無視我！

他們脫光光了，教我怎麼辦？

是看？還是不看？

就算不想看，也已經看了，我根本還來不及躲，他們就脫光了啊！

他們這是在陷害我啊！我從來不扒衣的，可是，明天之後，外面又會如何說我？孤煌少司又會怎麼想？會不會覺得自己機會來了？既然我會扒男人衣了，表示我不討厭光身子的男人了！到時我還有什麼理由去拒絕和他成婚洞房？

我的媽啊！

我長嘆一聲趴在床上，把臉埋入床單。算了，反正我也「色名」遠播了，也不差這一條罪狀了。

還是想想明天怎麼跟孤煌少司解釋吧。

其實，他們才更應該在意才對。以前我不扒衣，又不跟他們行房，宮內宮外都知道我們是穿衣服睡覺，他們只是我暖床的工具和靠枕。

現在，他們脫光光了……

還是兩個一起……

他們難道已經完全不在意自己的清白和名節了？

這兩個人實在太讓我頭疼了！

「都給我滾回來睡覺！」我忍不住怒了。

兩個傢伙老老實實滾回來了，用被子把自己包得嚴嚴實實的。

我氣悶地坐起身看床上的兩條毛毛蟲：「明天你們還要跟我去神廟，鬧夠了沒！」

懷幽臉紅地翻身向下，也把臉埋入床單，似是無顏面對我，又不想看撕了他衣服的瑾崋。

瑾崋裹住被子微微抬起上身，像毛毛蟲一樣昂起腦袋，一臉沒好氣。

「為什麼我們要跟妳去神廟？」

「還不是怕你們兩個鬧翻天害到我！」我真的要忍不住怒喝了！

瑾崋抿抿嘴，不吭聲了，躺回去翻身背對我。

「女皇陛下……奴才……該死……」懷幽悶在床單裡說。

我怒視瑾崋：「瑾崋你夠了！該長大了！現在我們在同一條船上，哪裡由得你說不幹就不幹！你別忘了你爹還說過，就算讓你侍寢你也要演下去！」

裹住瑾崋的被子一緊，渾身僵直，然後傳來他悶悶的聲音：

「我只是說說……又沒說不幹……我是要親手殺了妖男的……」

他的嘟囔透著委屈，我呼出一口氣重重倒落。

「算了，我已經不指望你們和平共處了，以後你們少給我惹事，我就該拜謝狐仙大人了！」我放棄地大嘆一口氣。所以男人不娘，還是不要入後宮的好，否則整天刀光劍影，血流成河！

身後也是一聲接著一聲的嘆息，希望這兩個傢伙今晚能夠好好反省。

一直認為懷幽謹慎可靠，沒想到他現在越來越喜歡激怒瑾崋。偏偏瑾崋又是個爆竹，一點就著。懷幽到底怎麼了？怎會因為瑾崋而屢屢失常？他明明不會武功，難道不怕真的惹怒瑾崋，被瑾崋打死嗎？

懷幽，你到底吃錯了什麼藥？

⁂ ⁂ ⁂

然而，第二天早上的情景，更讓我胸口瘀血，差點內傷！

我的臉沉到極點，坐在床上看身邊的兩隻男寵。

瑾崋早就踹掉了被子，光溜溜地抱住了懷幽，而懷幽可能因為被瑾崋抱得熱了，也蹬掉了被子。

於是，兩個男人在我的床上——裸裎相對，肌膚相親。

一口血瞬間悶到胸口，我真的受不了了。

尤其看到瑾崋還貼在懷幽頸項裡，不知道作了什麼美夢，還往懷幽脖子裡蹭了蹭，發出開心的醉吟：「嗯……」

剎那間，我炸了！

「你們兩個給我滾出去！」我的一聲大吼立即把兩個男人驚醒。

他們還懵了一下，緊接著，各自驚叫起來。

「啊——」

「啊！」

「啊——」

「啊！」

瑾崋和懷幽交替驚叫，我一腳踹一個：「滾！滾！給我滾！」

兩個男人倉皇地抓起被子裹住身體，滾下床。

我飛躍下床直接踹瑾崋：「滾！滾出去！你真是太噁心了！」

瑾崋被我踹著踉蹌前進，也沒有反抗，而是滿臉通紅，緊緊抓住裹住自己的被子，瞪著星眸一邊踉蹌後退一邊指我。

「妳別再踹了！我會反抗的！我真的會……啊——」

他話還沒說完，我直接一個迴旋踢把他踹出了門。

「砰！」殿門瞬間倒塌，驚壞了外面的宮女和男侍，他們各個下巴脫臼地看著躺在破碎門上痛得哀嚎的瑾崋。

「算妳狠！」瑾崋咬牙切齒地說。

我轉身朝懷幽射去冷光，懷幽老老實實地低下頭，也是抓著裹住自己身體的被子，光著腳，長髮凌亂地默默從我身前走過，跨過躺屍的瑾崋，在宮女和男侍們更加驚詫的目光中，匆匆逃離。飄盪的長髮間，隱約可見紅透的耳根和微微粉紅赤裸的雙肩。

「呼！還不進來收拾！」

隨我一聲厲喝，外面驚呆的桃香立刻回神，拉了拉還沒回神的小雲匆匆朝我走來，我冷冷指向地上的瑾崋說：「是收拾這裡！」

「是！女皇陛下。」

立刻，眾人匆匆上前，扶瑾崋的扶瑾崋，收拾破門的收拾破門。

我拂袖入內，蘭琴和碧詩匆匆進入服侍我洗漱。

今日要去神廟，也看不見那破門了。

辰時，前往神廟的儀仗隊在早上的插曲後，準時出發。

高舉巫月國旗的騎隊先行，然後是我華麗的車輦，孤煌少司依然與我共乘，後面跟著長長的隊伍和馬車。

慕容襲靜騎馬在孤煌少司一側，一身銀甲紅披風，紅巾包頭，氣宇非凡。

我的鳳輦後是與我一同前往神廟的朝中三品以上官員，當然，還有瑾崋和懷幽。

我特意把他們放在同一輛車裡，讓他們共處一個幽閉環境，好好「培養培養」感情。

與孤煌少司請我下山時不同，這一次，路邊圍滿了看熱鬧的老百姓。明知女皇車輦經過，他們必須下跪，可是還是無法阻止源源不斷前來看熱鬧的人們。

兩邊已經跪滿了百姓，他們老老實實趴在地上，趁官兵不注意時，壯大膽子偷看一眼，然後又匆匆低下頭。

車輦裡鋪有厚實華美的地毯，擺放了矮桌，桌上香茶、水果、糕點零食一應俱全，背後擺滿了各種靠枕，還有一條褥子。

我不開心地拿起一顆核桃從這隻手滾到那隻手，隨著車輪滾動，核桃失去了方向，滾落矮桌。

倏地，錦繡的袍袖掠過眼角，孤煌少司接住了那顆核桃，放回我的面前，修長暖玉般的手指，讓人心動。

他今天又換了一身較為輕便的華服，月牙的顏色溫暖如同月華，隱隱的同色暗紋使整件華服顯露一種低調的奢華，雖不見繡線，但這種暗紋製作起來卻更加繁瑣精緻，突顯了巫月皇家繡女們的精湛技藝。

「怎麼？不開心？」孤煌少司單手支頤微笑看我。

「嗯。」我拋了拋核桃，悶悶回應。

他伸手握住了我的一隻手，包裹在掌心，溫暖的手心可以融化你的心，讓你對他推心置腹。

「是懷幽和瑾崋不願侍寢嗎？」他握住我的手，大拇指的指腹在我的手背上輕輕摩挲，那輕柔的動作像是在輕撫你的心臟，消去你所有的怒氣。

「什麼侍寢？」我瞥眼看他。

孤煌少司深邃的眼睛漸漸半彎，看似瞇眼而笑，卻是藏起那眼中所有不想讓你看到的心思。

「那瑾崋和懷幽怎會赤身露體地出來？」他像是故作不解地問。

我就知道，宮裡的人一定以為我色到要兩個男人侍寢了。

我噘嘴甩臉：「還不是想適應男人光身子，結果……」

「結果怎樣？」他追問，握緊了我的手。

「還是覺得噁心！」我低下臉。

握住我的手緩緩鬆開，他變得沉默無聲。

我低著臉看桌上的水果。

「以前覺得男人光身子噁心是因為去市集會遇到很多打赤膊的男人，不是殺豬的就是打鐵的，渾身汗漬，還有難看噁心的胸毛和腋毛。最受不了的就是……」

我受不了地抬臉看孤煌少司，他微微蹙眉：「是什麼？」

「是汗臭！」我鼓起臉：「又是狐臭又是汗臭，你們男人真臭！」

孤煌少司一愣，俊美無瑕的臉出現了片刻的呆滯，隨即，他大笑起來。

「哈哈哈——哈哈哈——」

我睨他一眼。

「我本來想瑾崋和懷幽長得不錯，可能打赤膊沒那麼噁心，兩個人一開始還不肯脫，我就把他們衣服扯了，結果，看著還是覺得渾身寒毛直豎，果然你們男人還是穿著衣服比較好看！」

「哈哈哈——哈哈哈——」他在一旁大笑不已，伸手攬住我的肩膀把我往他身邊帶了帶，下巴抵上我的頭頂。「我的小玉啊，妳怎麼那麼可愛？說吧，要怎樣妳才能開心起來？」

我靈機一動：「我要花錢！」

「好，隨妳花。」

我立刻從他懷中站起，他疑惑看我：「小玉，妳做什麼？」

「花錢啊。」我大步跨過矮桌，他立刻拉住我的手，面帶微笑和寵溺。

「現在我們要去神廟，等回來我再帶妳上街。」

「我不逛街，我就花錢。」我笑著咧開嘴，一臉的人畜無害樣，天真無邪。

他還是不解地伸手拉著我的手，我晃動手臂開始跟他撒嬌。

「你說讓我花的，你就由著我吧！我都噁心了一個早上了～」

孤煌少司在我的撒嬌中，無奈地笑了，放開我的手，雙手插入華美的袍袖中，對我微笑點頭。

「好吧，不要亂來。」

「知道啦～」

我開心地「呼啦！」一聲掀開面前紗帳，嚇到了車夫。

車夫受驚，慌忙轉身朝我下拜：「女皇陛下！」

慕容襲靜不悅地看我一眼，高喊：「停——」

立刻，整個皇家車隊因我而停。

兩邊的官兵驚訝地看我，甚至忘記去喝止好奇的百姓抬頭。

我大聲道：「不用跪了，都站起來吧！」

百姓們惶惶不安地看向彼此，無人敢起身，但是，已經有了小小的騷動。

攔在兩邊的官兵們先回神，轉身低喝：「快起來、起來！女皇陛下叫你們起來沒聽見啊！」

這時，百姓們才一個個惴惴不安地起身，一瞬間，我看到了站在人群中的椒萸，目光短促地掃過他，感覺到了他眼中的深深恨意。他低下頭站到人群的最後，雌雄莫辨的臉因為那份恨意而變得不再柔和。

我笑眯眯地掃視一圈，然後說道：「今天，本女皇心情不好！」

立刻，百姓們騷動了，紛紛後退，甚至有人開始逃跑，宛若害怕心情不好的女皇突然大開殺戒。

我對著那一張張驚慌失措的面孔，朗聲道：「所以，想花錢！」

登時，來不及逃跑的百姓頓住了，第一排面目最清晰的百姓臉上全是呆滯的神情。

我笑嘻嘻說道：「本女皇喜歡貌美之人，所以，凡是長相貌美者，無論男女老幼，都可以到攝政王府領取十兩銀子！」

剎那間，萬籟俱靜，比半夜還靜！

無論是兩邊的百姓還是兩排站崗的官兵，甚至連前面的騎兵都一個個回頭瞪大眼睛。連滿懷仇恨的椒萸也愣怔地抬起臉，筆直朝我看來。

「咻——」整條官道靜得可以聽見風聲，以及馬兒的呼哧聲和旗子飄揚的呼呼聲，但是，唯獨聽不見半絲人聲。宛如在我宣布這道命令之後，所有人都忘記呼吸了！

而我身後的車輦裡，卻迅速地降溫、降溫、降溫……

我在燦燦的陽光下咧嘴一笑，撐開手臂。

「啊……花錢真開心。你們還不謝恩！誰不謝恩，就沒銀子可領！」

下一秒，「呼啦啦」的聲音瞬間打破了之前的寧靜，百姓爭先恐後地跪下，朝我連連磕頭。

「謝女皇陛下！女皇陛下萬歲萬歲萬萬歲——謝女皇陛下！女皇陛下萬歲萬歲萬萬歲——」

呼喊聲連綿不絕，響徹天際。

我開心地回到車輦，車輦立刻再次啟動，而整條街已經熱鬧非凡。沒了方才的緊張凝滯和沉悶，只有那震天的歡呼聲。

「烏龍麵，我爽了！你看，大家都在謝我！」我咧著嘴坐在孤煌少司對面，與他隔桌而坐。

然而，我在孤煌少司臉上可看不到半個爽字。他雖然嘴角帶笑，雙眼卻快要瞇成一條線。

「小玉可知皇都有多少人口？」

我掰了掰手指，搖搖頭。

孤煌少司還是瞇著眼，掛著有些僵硬的笑。

「總共十五萬三千戶，算它每戶最少三人，也有四十五萬九千人，根據戶部去年的核算，整個皇都人口近百萬！妳若賞每人十兩紋銀，那就是一千萬兩！小玉……」

他睜開了眼睛，笑容快要掛不住，嘴角也微微有些抽搐。

「妳這錢花得可真是爽了！」

「啊！這麼多啊！那、那怎麼辦？」我故作大吃一驚，像是做錯事的孩子般攪動手指：「我又不知道皇都有這麼多人……可是……說也說了，如果取消，我會很沒面子的，我可是女皇……」

我小心翼翼看他，他深吸一口氣，緊抿雙唇閉目平靜了一會兒，再次睜開時，已揚起暖人的微笑。

「幸好妳是說貌美之人才可領取銀兩，我會好好安排，最重要的還是我的小玉開心。」他溫柔地撫上我的臉：「只是下次不要再信口開河，妳是女皇，金口玉言不是兒戲……」

「嗯！嗯！」我像懂事的孩子般重重點頭：「下次我絕不亂說了，以後想說什麼會先問烏龍麵！」

「乖……」他微笑地摸了摸我的長髮，緩緩吐出一口氣。

「烏龍麵不會不發吧？」我眨眨眼，再次說道。

「咳咳！」他咳嗽起來。

我立刻到他身邊殷勤地撫拍他後背：「我可是女皇，如果你不發，我會很沒面子的。」

「咳咳咳……」他又咳嗽一會兒，喘了喘氣，我立刻為他倒上一杯茶。他喝了一口，無奈搖頭。

「妳放心，皇都真正稱得上美人的不會太多，這小錢我還是給得起的，百姓喜歡妳，我也高興。」

「嘿嘿……」我開心地笑了。果然沒猜錯，孤煌少司家裡藏了不少錢。

整支隊伍行行停停，停停行行，直到第三天晌午才到狐仙廟。

上山的大路只到山腰行宮，之後需要步行。

回到狐仙山，我的心情很激動。狐仙山的山風徐徐吹拂在我的臉上，帶著狐仙山特有的清新，讓人感覺到風的自由，不想離開。

山上的楓林已經被秋意徹底染上了紅色，遠遠看去，如同一片紅雲覆蓋在山間，美得動人心魄！

男侍和宮女們正在行宮廣場上忙著整理宮內帶來的食材和器物，因為稍後要帶上山，新任女皇和官員在神廟留宿是慣例，只是男子不能入神廟。

「小玉，來。」孤煌少司下了車輦。

「啪！」一聲，慕容襲靜和上次一樣，已經為他撐起了傘，而他只是溫柔地笑看我。

今天天氣很好，萬里無雲，碧藍的天空裡飛鳥掠過，自由地翱翔與歡叫。牠們在我上方盤旋了一陣，歡快飛離。

我知道，牠們是趕著去告訴流芳師兄，我回來了。

「呼——」山風掠過，揚起我的華裙與長髮，絲毫不覺山風的寒冷，反而帶著一絲家人的溫暖，這裡的一草一木，都在歡迎我回家。

孤煌少司在陽光中向我伸出手，我把手放到他手中，一躍而下，他輕輕扶住我的腰，寵溺地笑看我：「妳總是這麼頑皮。」

周圍的馬車裡，官員也開始陸陸續續下車。

懷幽和瑾崋走下車，隨同而來的桃香、小雲、蘭琴、柔兒立刻上前，整理瑾崋的衣衫。瑾崋依然形如木雕，面無表情。

倒是梁相在這麼久之後再見他，目露憐惜和心疼。

曲大人和其他忠臣走到她身旁也是看了一眼行屍走肉般的瑾崋，搖頭嘆息。

「女皇陛下怎麼把瑾崋也給帶來了？」慕容老太君那裡又有官員在竊竊私語。

「是啊，瑾崋只是一個公子，怎麼可以出後宮？我們這個女皇真是太亂來了，有違祖宗禮法。」

「我們這位女皇何時正經過？」慕容老太君開了口，面容微沉。看來之前的事，她還沒消氣，這老太婆，氣勁夠長啊。

但是，奇怪的是末尾一輛看似不怎麼奢華的馬車裡，卻久久沒有人下來，那輛馬車被一種詭異的靜謐包裹，猶如鬼車自動行駛一般讓人不寒而慄。

怎會有一輛空馬車？疑惑之時，感覺到官員正偷偷看向我，我裝作沒看見地立刻拉起孤煌少司。

「烏龍麵快！跟我一起進神廟！」

「隨妳入神廟？」孤煌少司微微一愣。

「是啊。」我理所當然地笑著：「神廟就像是我的家，我想讓你看看我住的地方。」

「原來如此。」孤煌少司笑了，溫柔似水的笑容美得讓人心弦顫動。

我立刻拉起他：「走！」

我拉起烏龍麵就往前跑，身後緊緊跟隨著慕容襲靜和她的近衛軍，我朝懷幽的方向大喊：

「懷幽，帶小花花一起上山，他悶久了，帶他去溜一圈～～」

懷幽朝我的方向深深一拜，而瑾崋已經滿身殺氣地朝我斜睨而來。

我一笑，轉回臉拉起孤煌少司繼續往前跑。

腳步生風，平地飛起，孤煌少司也運起輕功緊跟著我，月牙的華袍在翠林之間飛舞，他的目光不再離開我燦燦的笑容，和我一起自由飛翔。

紅楓飄落滿地，踩在紅色的樹葉上，是美妙的「嚓嚓」聲，軟軟的樹葉像是一張橘紅色的地毯鋪滿腳下，一直到狐仙神廟的台階下。

漫天的紅楓遮蓋在我的頭頂，只有從樹葉的縫隙之間，才能窺見一抹碧藍的顏色。

孤煌少司也靜立於紅楓林中，月牙色華服因為雙腳踩入厚實的樹葉，有如墜地，風過之時，片片楓葉飄落在他華服之上，有如為他月牙色純潔的白衣繡上了一片片火紅的楓葉。

他抬起臉伸手接住了緩緩飄落的楓葉，垂臉靜靜注視，俊美的側臉變得沉靜，似是世間在此刻停止流動，他是否會想起遙遠的過去，也曾經在這楓林中駐足，在山風中寧靜地傾聽楓葉墜地的聲音？

「叮鈴——叮鈴——」我立刻遙看神廟，那是神廟裡鈴鐺的聲音，是流芳，一定是他在迎接我的歸來。

我立刻朝神廟奔去，身後的世界依然安靜地只有楓葉隨風起舞的「沙沙」聲。

當我的腳尖落在神廟大門之內時，流芳師兄已經站立在狐仙神像之前，對我激動地微笑。

他的銀髮更長了，染上了秋的暖金色，在風中飛揚。一身樸素簡潔的白衣，簡單的黑色花紋，讓他看起來純淨而神祕。

依然是平直的袖口、褲腿，褲腿裡露出的雙腿已經褪去了狐毛，變成了光潔白淨、肌膚通透的人類皮膚。

他的雙手插在袍袖之中，依然還有點像狐狸的臉對我一笑，雙手從袍袖中伸出，立刻一雙白淨通透的玉手出現在我眼前，我欣喜不已，卻不能與他說話。

他的目光朝我身後看去，我只有收回所有激動興奮的目光，轉身，看著提袍緩緩而來的孤煌少司，他的身後，是急急追趕而來的慕容襲靜和近衛軍。

隱隱可見梁相和慕容老太君也姍姍而來。這一次真是特別，慕容老太君居然也來了。

孤煌少司停在神廟門前，抬臉細細觀看神廟，不經意之間，他的目光流露出一抹懷念。他看著神廟大門每一處，如同用自己的目光描繪著神廟大門，像是迷惑、像是熟悉，如同在他的記憶深處有著一幅模糊的畫面，畫面裡有一扇和這裡一模一樣的大門。

「烏龍麵，快進來！」

我在門內伸手拉他，他微微一愣，抬步跨入神廟大門。就在他的右腳落入神廟大門之內時，忽然狂風乍起，掀飛了台階上的楓葉，楓葉狂亂地在風中飛舞，掠過我的臉龐，與此同時，神廟裡的鈴鐺也混亂地響了起來。

「叮鈴、叮鈴、叮鈴！」

鈴鐺雜亂地響個不停，莫名地帶出一絲不安與惶恐。

我驚訝回頭看流芳師兄，他神色微露凝重，只看著孤煌少司。

倏地，有人緊緊握住了我的手臂，如同陷入痛苦，手指深深嵌入我的皮肉。我立刻回頭，卻看見孤煌少司像是極其痛苦地捂住頭，在狂風之中長髮亂舞，華服「呼呼」作響。

「啊！啊——」他竟是痛呼起來，膝蓋瞬間發軟，他的呼喊也戛然而止，就在那一刻，他在狂風中仰面緩緩倒落。

「攝政王！」慕容龔靜急急飛奔而來，不遠處的官員也驚訝地看向這裡。

突然間，一抹白影飛速掠過紅色的楓林，穿過百官之間，瞬間躍過慕容龔靜，帶起強勁的風掀起了慕容龔靜紅色的披風，眨眼間，停滯在孤煌少司的身後。雪髮掠過孤煌少司昏迷的臉，白色的衣袖環過孤煌少司的腰，將倒落的他接入懷中，並且「啪！」一聲打掉了我拉住孤煌少司的手，將孤煌少司拖出了神廟。

就在孤煌少司的腳離開神祕大門之時，狂風頃刻停止，一切再次歸於寧靜，只有片片紅色的楓葉從上空緩緩墜落，落在他那一頭似雪的白髮上，也掠過他那詭異的白狐面具。

從那面具後，一道銳利的目光正穿過片片墜落的楓葉，冷冷看我。透著殺氣的目光，宛如要把我碎屍萬段！

我被他打得手依然發麻，刺痛狠狠扎在我的心上，那輛像是鬼車的馬車散發出絲絲熟悉的詭異感，原來是他——孤煌泗海！

一道神廟大門，隔開了我與孤煌兄弟——這對妖狐！

下一刻，明顯感覺到他的目光從我臉上移開，竟移向了我身後，我心中不由一驚。他居然看得見！他居然看得見流芳師兄！

怎麼可能？

可是，從他目光的方向判斷，他確實是在看流芳師兄，並且明顯感覺到他的殺氣更濃了。

手背還在發痛，我拿起一看，完全紅腫了！

孤煌泗海與孤煌少司完全不同，他對我顯然是下得了手！完全不會因為我是個女人而手軟。這點，在我與他對戰時已經知曉。

「啊——」我立刻尖叫起來，孤煌泗海立刻收回目光冷冷看我。我看著自己的手，大叫：「腫、腫了！你居然打我！你、你怎麼敢打我？你到底是誰？快把烏龍麵還我！沒看見他暈了嗎？我要帶他進神廟醫治！」

我故意伸手去拉烏龍麵，立時白色的衣袖揚起，「啪！」一聲，他毫不客氣地打開我的手。

「別碰我哥哥！」他冷冷說完，抱起孤煌少司，無視眾人般飛躍而去，白色身影在那片紅雲之上飛躍，瞬息消失。

所有人因為他的到來，呆呆地驚立在原地，久久沒有回神。

因為，沒人見過孤煌泗海，即使是一直效忠他們的慕容襲靜。

慕容襲靜站得離我最近，應該聽到了孤煌泗海的話。她已經徹底呆滯，水眸顫動，完全的不可置信！

沒有人想到，孤煌泗海比他的哥哥孤煌少司更加俊美、更加魅惑，即使我，也無法與他對視太久，深怕被他吸引。

我摸著自己的手，轉身看向流芳師兄。他凝重地垂眸轉身，銀髮在秋光之中揚了揚，漸漸消失在空氣之中。

孤煌泗海一定看得見師兄，他果然會點巫術！

而他們這對妖狐兄弟，似乎不能進神廟。

孤煌少司進入時發生的異象，還有他頭痛到昏迷，這一切匪夷所思的事件，便足以證明。而孤煌泗海突然現身，並將孤煌少司拖出神廟大門，更加驗證了這個猜測。

可是，為什麼？

我仰望神廟，神廟的上空是高闊無雲的天空。師傅，你到底隱瞞了我什麼？你其實比我所想的知道更多吧？

「鈴——鈴——」

清脆的鈴聲打破了這密不透風的寧靜，眾人在鈴鐺中如夢方醒般緩緩回過神，露出驚訝神色。

慕容襲靜看看我，毫不猶豫地轉身帶隊離去，宛如那近衛隊守護的根本不是我這個女皇，而是攝政王。

見近衛隊匆匆離去，官員們的神色也變得不安和揣測起來。再看神廟之時，竟是目露敬畏。

慕容襲靜跑過老太君，對她深深一禮，繼續下山。

官員們圍上了老太君，似在詢問什麼，朝我這裡頻頻看來。

就在這時，梁相神態平靜地朝我這裡走來，她的身後跟著曲大人及其他官員。

慕容老太君身邊的官員也不說話了，一起看著梁秋瑛。

梁秋瑛走到我的面前，對我一禮：「女皇陛下。」

「是梁相，快進來、進來。」我笑了。

梁秋瑛如常地邁開腳步，跨入神廟之門。別看她這小小一步，卻牽動了無數人的視線。當他們看見梁秋瑛順利進入神廟後，無不鬆一口氣，接著才緩緩朝這裡而來。

接著，跟隨梁秋瑛的女性官員一一入內，只有男性官員和曲大人留在廟外。

「你們也進來啊！神廟可大了，住得下。」我對他們說。

曲大人連連擺手：「不不不，根據巫月禮法，男子是不得進入神廟的。」

「有什麼關係，神廟是我家，我說了算！進來吧！」

曲大人一臉猶豫，看向已經入內的梁秋瑛。梁秋瑛轉身，擺明了見死不救，要曲大人自便。

曲大人求救無門，只有硬著頭皮，抬起腳步，惴惴不安地踏入門檻。顯然剛才孤煌少司的事情把這些男人嚇壞了，還以為是不准男人進入呢。

然而，曲大人進入後絲毫沒有引發異象，這讓其他男性官員們大大鬆了口氣。

「女皇陛下——女皇陛下——」懷幽的喊聲遠遠傳來。他來到高高的台階下，已是氣喘吁吁。爬山對足不出戶的懷幽來說，萬分吃力。

倒是瑾崋面不改色、心跳不紊，不過那步子似是有意一拖一拖，讓拉拽他的懷幽好不吃力。桃香那幾個小宮女也緊跟著氣喘吁吁跑來。懷幽已經累得說不上話，朝桃香她們揮揮手，桃香那幾個小宮女匆匆跑上來，朝我一禮。

「奴婢們該死，沒能伺候女皇陛下，奴婢們這就打掃神廟。」

我笑道：「神廟不用妳們打掃，神廟自有人打掃。」

我一說出口，讓桃香幾人以及我附近的官員無不臉色驟變。誰都知道，神廟裡除了我，再無他人。而我已下山，那還有誰會打掃神廟？

一縷陰冷的山風吹過，銀髮掠過我的面前，流芳師兄已經站到我的身旁，純真地笑看我。

「心玉，妳又嚇唬人了，要不要我幫幫妳？」他清澈的銀瞳裡閃出狐族的狡黠。

我不看他，但是咧嘴而笑。

立時，流芳揚起手，指尖輕劃，那縷陰風像是有了意識一般，一個個掃過官員的衣襬，調皮地有如小蛇鑽過每個官員的雙腳間，最後在他們之間打著圈，帶起楓葉形成一個小小的龍捲風，登時驚得官員們大驚失色，失聲驚呼。

「啊！」

「啊！不要過來！」

「啊──」

「啊！」就連一直看似穩若泰山的慕容老太君也驚嚇地踉蹌一步，險些摔倒，頭上髮簪掉落，華髮一片凌亂。

「哈哈哈──哈哈哈──」我大笑不止：「看看你們，不過是普通的小龍捲風就把你們嚇成這樣，哈哈哈──」

官員們在我大聲的嘲笑中，個個面色緊繃，一臉鐵灰。

久久無人的神廟，終於在這一天熱鬧起來。宮女和男侍為了將地板擦拭光亮而來來往往，寧靜的神廟裡不斷迴響著他們匆匆的腳步聲。

官員們下榻神廟的東殿，我自然睡在師傅的寢殿之中。

懷幽指揮桃香她們布置臥榻，擺放地毯靠墊。瑾崋獨自坐在門外走廊上，呆呆仰望漸漸被夕陽染紅的天空。

狐仙山的傍晚是最美的，宛若整片粉色的晚霞籠罩在神廟的上方，將神廟的一切都染上了浪漫的粉紅。

流芳師兄也好玩地坐在瑾崋身邊，雙腿掛落走廊外悠閒地晃動。他純真地笑看發呆的瑾崋，然後壞壞地在瑾崋耳邊輕輕吹了口氣。

瑾崋登時戒備轉身：「誰？」

但是他什麼都沒看到，反倒是嚇壞了收拾房間的桃香她們。她們緊張、害怕地看著瑾崋身邊，渾身打著哆嗦，抱緊被褥跪到懷幽面前。

「懷幽大人，我們、我們真的要在這裡過夜嗎？」

懷幽正跪坐在我身邊為我擺放茶具，然後冷冷看她們一眼：「妳們可去行宮過夜，這裡有我。」

「謝、謝懷幽大人！」桃香和柔兒她們害怕地對視一眼，甚至連孤煌少司的密探小雲，居然也露出惶惶不安的神色。

再看瑾崋莫名其妙地猛瞧自己周圍，即使流芳師兄對他燦笑，他也不知。他疑惑地摸摸耳朵，狐疑了一會兒，繼續仰臉對著天空發呆。

流芳師兄開心地轉過臉，對我說：「心玉，我喜歡這個瑾崋。」

我笑了，低下臉，懷幽為我倒上了芬芳的茉莉花茶。

「女皇陛下請先喝茶潤喉，晚膳很快送到。」

我執起茶杯，身邊有股風襲來，一隻碩大的銀狐已趴在我的身邊，巨大的狐尾盤繞我的身後，落在我另一邊腿側，感覺暖暖的。

銀色的狐臉放上我跪坐的大腿，嗅聞桌上的茉莉花茶：「好香啊……難得山下也有好茶。」

今天，流芳很開心，因為有那麼多人來了神廟。我知道一個人在狐仙山的寂寞，所以我常對狐仙像說話，解他寂寞。

我看了看已經收拾完畢的宮女們，對懷幽說：「讓她們下去吧。」

懷幽似是察覺到什麼，點點頭：「是。」

隨即，他遣散了桃香和小雲她們，然後面朝屋外的瑾崋，淡淡而語：「別裝了，來喝茶吧。」

瑾崋依然看著漸漸昏暗的天空，忽地發出一聲輕嘆。

「好美啊……如果我住在這裡，也不想下山了……」

靜靜的山風帶著清幽的花香拂起了他長長的髮絲。懷幽還以為他是裝發呆，卻沒想到，他今天是真的看呆了。

我伸手去取白瓷浮雕飛鳳的茶壺，懷幽立刻說：「女皇陛下，讓奴才來。」

我擺擺手：「不，這茶得我倒。」

我攔住懷幽的手拿起茶壺，往白瓷空茶杯倒上了一杯茶，放落時瑾崋毫不客氣地要接過去：「謝謝啊。」

我立刻收回，放在桌子空無一人的一邊，他們看不見的流芳面前：「這是給狐仙大人的。」

懷幽微微一怔，但沒有說話，低下臉為瑾崋倒上了一杯。

流芳師兄還是狐狸貌，銀瞳燦燦地坐在桌邊，銀色的狐耳高高聳起，輕輕轉動，顯然他此刻心情特好。他前爪放於桌面，大大的蓬鬆狐尾在身後搖擺，偶爾掃過我的腿側。
「妳一直在神廟裡玩這種扮家家酒遊戲？」瑾崋一臉古怪地看我。
他自然看不見狐仙大人，他以為是假的，不過是小女孩在玩扮家家酒。
我轉臉對流芳師兄一笑。他笑著點頭，揚手揮過瑾崋和懷幽面前之時，兩人的動作和神情就此凝固。
瑾崋依然古古怪怪地好笑看我，懷幽依然默不作聲地低頭品茗。
「我喜歡這兩個人。」
流芳師兄漸漸顯露出來，現身於我的面前，銀髮輕揚之時，狐形從頭到腳開始慢慢褪去，半人半狐的臉帶著笑意，狐毛褪盡雙手，白皙的手指讓你分不清是手白還是茶杯更白。
他執起茶杯抿了一口，一臉的滿足：「他們對妳很好，我放心了。」
我也拿起茶杯，笑看他：「說正事，孤煌兄弟進不來，是不是你做的？」
笑容從流芳師兄臉上漸漸淡去，屋外越來越紅的目光將他的銀髮染成了豔麗的金紅色，他面露一絲嚴肅，放落茶杯：「是結界。」
「結界？」我疑惑看他：「結界不是對凡人沒有作用嗎？」
流芳搖了搖頭：「神廟如家，結界如門，我出不去，孤煌兄弟他們也進不來，因為他們的魂依然是狐，而且是狐妖。」
狐仙只要離開狐族或是神廟便是狐妖，身上如同打上標記，再也無法跨越結界一步。若是硬闖，會兩敗俱傷。

這也就解釋了孤煌少司為何在跨越神廟大門之時，會如此痛苦。

「原來如此……可是，孤煌泗海為什麼能看見你？他們不是投胎做凡人了嗎？」

「應該是他們在投胎前把所有法力集中在一人身上了。」流芳認真而語：「孤煌泗海能看見我，說明他們在投胎前，孤煌少司把自己的法力全部給了孤煌泗海，這讓孤煌泗海的法力增強，投胎時，得以留存。」

「什麼？孤煌泗海有妖力？」

流芳師兄微微而笑：「心玉不必擔心，投胎之時無論神魔仙妖法力都會被褫奪，但是如果足夠強大，會有所遺留，不過不會太多，至多三口氣……」

「三口氣？像師傅給我的那點？」我問。

「師傅給妳的可能還多一些。這三口氣的妖力可讓孤煌泗海在投胎後擁有陰陽眼，以及可以施展一點巫術。」流芳細細思索了一下。

「果然！我現在明白師傅為何要給我仙氣保命了。」若我依舊是個凡人，根本無法與孤煌泗海對抗！

「他們前身到底是誰？」我立刻追問。

流芳面露為難之色，默默低下臉，銀色的狐耳在漸漸黯淡的夕陽中慢慢垂落。

見他為難，我立刻說：「如果是天機，我不問了。」

流芳緩緩抬臉，銀瞳眨了眨。

「也不是什麼天機，妳是師傅的徒弟，是我的師妹，也是我們狐族的朋友，所以，告訴妳也無妨。如果按輩分，孤煌兄弟應該算是我的叔叔。」

「叔叔？」我一驚：「我記得……師傅也是你叔叔來著。」

流芳點點頭。

我大驚：「這麼說！孤煌兄弟的前身是師傅的兄弟？」

流芳抿抿嘴，再次點點頭，有些落寞地低頭。

「他們和師傅一樣，曾是狐族裡的候選狐仙，最美的狐族……」

流芳說到最後，流露出一絲自卑來。

我知道他是在意自己還沒完全化成人形，即使化成人形也擔心自己不夠美貌。狐族是一個很在意自己長相的族群，因為他們愛美，愛美並沒有過錯。

我伸手握住了流芳師兄的手，他微微一怔，朝我看來，顫顫的銀瞳中藏著淡淡的擔憂。

「我很怕自己會變成醜八怪，心玉會嫌惡，不會回狐仙山了。」

我笑了。

「流芳師兄一定會美美的，即使是醜八怪，也依然是我的師兄，我一定會回狐仙山陪師兄的。」

流芳因為我的話，釋懷而笑，他眸光之中微露一絲靦腆，起身走到我身邊再次跪坐，伸手輕輕環抱住我，半人半狐的臉靠上我的肩膀。

「我想妳……」輕輕的話語如花瓣飛入風中，漸漸遠去，帶著一絲暖意的風拂入師傅曾經的寢殿，流芳的聲音變得遙遠而悠遠，宛若師傅那漸漸模糊的，消失在時間河流中的身影。

他們是仙，我是人，我又能陪伴他們多久……

但是，我真的很想和他們永遠地……在一起……

我也伸手輕輕環抱住流芳溫暖的身體，埋入他輕輕飛揚的銀髮之間。

「我也想你……」流芳師兄身上如同秋菊一般雅淡的清香，包裹了我周圍的世界。真不想放開這個擁抱……

我們像是久別重聚的親人，擁抱彼此，感受彼此的體溫，相互依偎，溫暖彼此，不想放開……

忽地，流芳師兄放開我，扭頭朝外面看去，銀色的狐耳轉了轉，飛鳥從黃昏的暖光中飛落，停在屋外的走廊上，「喳喳」叫了兩聲飛離。

「他醒了。」流芳說。他轉回臉握住我的手，他不再毛絨絨的手依然溫暖。「心玉，不如我幫妳除了他們吧。」

「你犯什麼糊塗？不想做神仙了嗎？」我立刻板起臉。

流芳看著我發愣。我握了握他柔軟細滑的雙手。

「這是凡間的事，是我的事，你干預越多，反而會變得越複雜。若是最後天界涉入，不僅僅是你，我也要萬劫不復！」

流芳銀瞳一顫，似是察覺到了事態的嚴重性。為何師傅要離我而去，因為他選擇成仙，可以在天上更好地護佑我，而不是留戀一時的兒女私情，最終致使我們雙雙遭天劫。

流芳是狐仙大人，即使是實習的，也不能干預人間之事。

「我明白了。」流芳師兄變得認真起來：「我應該好好修仙！」

聽他這麼說，我放心了。狐仙大人雖然是仙，但其實只是像在窗口辦事的公務員，權力並不大，只是將大家的祈福送達天界，最後的決定權還是在天界。

「然後像師傅那樣！」他繼續說道：「位列仙班，他日等妳死了，我和師傅可以把妳帶到仙界，和我們永遠在一起！」

「……」這句話說得我不知道該高興與否，宛如他和師傅現在就等著我死。果然天上有人好辦事，老娘可以升天了！

流芳笑了笑，看看瑾崋和懷幽，揚手揮過，瑾崋和懷幽眨了眨眼，忽地同時皺起眉來。

瑾崋摸向自己的臉。

「啊！好痠，我的臉怎麼僵硬了？」他難受地使勁揉自己的臉，把他那張俊臉都揉得發紅變形。

懷幽則是揉自己脖子，嘶嘶地抽氣，也是僵了，一時無法恢復。

我暗暗一笑，流芳師兄在一旁雙手托腮看著他們燦燦而笑。

外面傳來匆匆的腳步聲，桃香跪在了門前。

「女皇陛下，大人們已經安頓完畢，梁相想求見女皇。」

梁秋瑛想見我？

瑾崋看看我，轉身繼續揉臉。

懷幽揉脖子的手開始變得緩慢。

我也知道梁秋瑛想見我，但是，我不能見她。

我煩躁地說：「不見不見，看見這些人就煩，肯定又是說什麼祭祀的事，反正一切按規矩來，我現在要去看烏龍麵。」

「是。」桃香起身匆匆離去。

瑾崋第一時間轉回身，星眸瞪得比葡萄還大：「妳還要去看望那妖男？」

「當然。」我說得理所當然，飲盡杯中剩餘的茶：「不然怎麼體現我對他喜愛有加呢？」

我笑嘻嘻地對瑾崋眨眨眼，瑾崋白我一眼，別開臉，雙手環胸。

「我看妳就是喜歡他！是不是，懷幽？」

懷幽不語，沒有接瑾崋的話，依然默默揉著自己的脖子。懷幽是個聰明人。

瑾崋見懷幽不語，不悅地伸腿踹踹懷幽的腿：「你又在那裡裝蒜！」

「你好煩！」

忽的，平日老實寡言的懷幽竟嫌惡地睨向瑾崋，讓瑾崋一時呆住了。懷幽沉著臉一邊揉脖子一邊沒好氣地說：

「女皇陛下有自己的打算，你不要成天像吃醋的小妾一樣，很無聊！」

「你、你！」瑾崋居然被懷幽說得語塞，指著他一陣子才怒道：「你才煩人呢！」

瑾崋甩臉不再理睬懷幽。

流芳師兄看得開心，大大的狐尾在身後怡然自得地搖擺。

我起身看互不理睬的兩人：「我去了，你們不許打架。」

「懷幽不會。」懷幽對我一禮，瑾崋則是渾身的殺氣。

我笑了，走出殿門，穿上布鞋，縱身一躍，飛離神廟，往山下行宮而去。

夕陽漸漸落下，收起了豔麗的晚霞，留下一片淡淡的暖黃色餘光。

我落在行宮大殿青黑的房樑上，放眼看去，看到了東面一座宮殿近衛軍最多，孤煌少司應該在那裡。

我飛躍而下，落在殿內，正看見慕容襲靜站在殿外，臉上是不安的神色。

我大模大樣走上前，她發現我，有些驚訝，立刻伸手阻攔。

「女皇陛下！攝政王身體不適，請您還是回神殿！」她表面上低臉頷首，看似比上一次對我尊敬許多，但那語氣分明還是命令。

我一步上前，站到她近前，她下意識後退一步，我盯著她眼睛。

「烏龍麵一定更希望我來探望他！」

慕容襲靜美豔的雙眸睜了睜，緩緩垂下眼瞼，長長的睫毛覆蓋了她的眼睛，她頹然地放下了攔阻我的手臂。

我揚唇一笑，擦過她的肩膀脫鞋入內。

踩在夕陽餘光灑滿的地板上，暖暖的，映出我白色的襪影。我走到寢殿門外，小心地貼著門，然後探身一看，看到了那個坐在臥榻邊的白影，立刻收回身體，眨著眼睛。

「小玉，進來吧……」殿內響起孤煌少司依然有些虛弱的聲音。

我再次探出頭，鼓著臉戒備地看向那個已經朝我釋放殺氣的白毛。他坐在孤煌少司身邊，那張詭異的白色妖狐面具正對著我，滿頭雪髮在傍晚的幽風中卻紋絲不動，靜得很詭異。如同陰森森的人形木偶。

孤煌少司看起來臉色還有些蒼白，靠在臥榻上，身上蓋著錦被。

我有些害怕地看他，低聲委屈地說：「我怕你弟弟打我……」

「呵……」孤煌少司看著我笑了，略微蒼白的面容在淡淡的夕陽中顯露出一種病弱之美。他看了一眼身邊的孤煌泗海，才再次溫柔看向我。「進來吧，他不會打妳……」

我在門口猶豫了好久，摸了摸自己被孤煌泗海打得還有些痛的手，才緊貼木門進入，小心翼翼地靠近孤煌少司的床。那張面具隨著我的動作一點一點地轉動，詭異得懾人。

我趕緊跑到孤煌少司臥榻背後，躲在床腳遠遠盯視孤煌泗海：「他真不打我？」

「不打。」孤煌少司笑容中多了分寵溺，看著我的目光越發柔和，笑意融融，格外有趣好玩。

我登時放鬆了戒備笑著站起：「嚇死我了……」

剛說到一半，孤煌泗海突然甩手而來：「蹲下！」

我立刻故作驚嚇地蹲回抱頭：「啊！他又要打我了！」

「泗海，不要嚇小玉。」床榻上傳來孤煌少司無奈的話音。

我趴在臥榻邊緣慢慢探出頭，只露出一雙眼睛遠遠看孤煌泗海，他依然冷冷盯視我。

「哼！裝無辜嗎？」冷笑從那白色滴血的面具下傳來：「巫心玉，妳有點本事，連我哥現在也寵愛妳了。其實妳是知道狐仙的存在吧！」

我奇怪看他：「你真奇怪，狐仙大人一直存在啊，只是沒人相信我……」

我無辜地坐在孤煌少司臥榻邊，孤煌少司面露驚訝，孤煌泗海也像是有些意外地微怔身體，緩緩抬起雙手插入白色的衣袖之中。

孤煌泗海想試探我是不是能看見狐仙大人，我乾脆順水推舟，讓他對我無從試探。

敵人對你的戒備來自於未知，有時候把答案揭曉，會讓他們放鬆警戒，不再關注你。

我繼續有些生氣地說道：

「我總是跟大家說狐仙大人是存在的，可是大家總笑話我。雖然我看不見狐仙大人，但是我能感覺到，我很清晰地感覺到狐仙大人就在那座神廟裡，看著我打掃神廟，吃著我做的貢品。看不見又不代表不存在，那些不相信狐仙大人的人一定會遭受懲罰的！」

我故意加重了語氣，以示我對狐仙大人的忠誠。

孤煌泗海不再說話，只用那張陰森蒼白的面具對著我的臉，似是不放過我任何神情和眼神的變化。

「泗海，小玉看不見，你可以放心了。」

孤煌少司抬手放落孤煌泗海的肩膀，孤煌泗海依然用面具正對我。孤煌少司收回手看向我，笑了起來。

「小玉，妳能來看我，我很高興。」

「我不放心。」我立刻拍馬屁，抬臉擔心地看孤煌少司：「烏龍麵你怎麼啦，難道是高山症？」

「高山症？」他微露疑惑，而他身邊的某人依然冷冷盯視我。

「聽說有的人平地住慣了，如果突然到很高很高的山上，會昏迷，甚至會死掉！之前你跟著我又跑又飛，一定是高山症發作了！烏龍麵，你如果不舒服，等祭祀大典結束，我們就下山吧。」

我難過地趴在床沿看他虛弱的面容。

「都是我不好，硬拉著你陪我玩……」

「小玉……」孤煌少司的黑眸中浮上一抹濃郁的感動之情。

我接著嘟囔道：「明明你內功挺深的，怎麼這麼弱……」

孤煌少司的那絲感動瞬間封凍在黑眸之內，化作一個白白亮亮的冰點，神情也開始僵硬。

「妳說誰弱！」異常冷酷的聲音從那白色面具下傳來。

「跑兩步就暈了，像個女孩子一樣，體力太差勁了……」我鼓臉指指床上的孤煌少司。

倏然，一陣寒風襲來，雪髮掠過面前，孤煌泗海瞬間已在眼前，脖子上感覺一片冰涼，他那如同死人一般沒有溫度的手已經掐住我的頸子！

「泗海！」孤煌少司竟是情急了，起身扣住了孤煌泗海的肩膀。

孤煌泗海並沒收回手，面具後的眼睛閃過一抹冷笑：「要不要比一比？」

我眨眨眼：「好……啊……」

孤煌泗海倏然又收回手，飄忽的身影掠過房間時，手中已舉著一把劍，指向我，異常冷酷。

「起來！」

我呆呆站起，轉眼間，孤煌少司月牙的身影出現在我面前，將我拽往身後護著。

「泗海，不要胡鬧！」孤煌少司的聲音竟嚴厲了起來。

我立刻探頭：「來呀！我們比一下！」

「妳也是！」孤煌少司登時回頭，狠狠瞪我！

我噘起嘴，躲回孤煌少司身後對戳手指。

「哼，你護她？」孤煌泗海冷笑：「再乖的貓兒也會反過來撓主人。哥，我勸你還是小心她比較好。」

「泗海，別鬧了。」孤煌少司的語氣開始放柔：「你知道小玉不是你的對手。」

「我一直好奇一個久居狐仙山的巫女，怎會有如此深厚的內力？這狐仙山到底藏了什麼祕密？」

孤煌泗海的語氣裡充滿了興味，讓我想起他嘴角那抹充滿慾望的邪笑。

「泗海……」孤煌少司的神情因為孤煌泗海執意而為，浮上了無奈。他是寵孤煌泗海的，流芳師兄說的關於孤煌兄弟的前生倘若都是真的，那孤煌少司是何其寵愛自己的弟弟，甘願將所有法力都給孤煌泗海，以護他些許妖力。

即使，他們在輪迴之前便商定此事，但犧牲的始終是孤煌少司，愛護弟弟之情可見一斑。

見孤煌少司竟也會陷入為難，我立刻激動興奮地在他身後高舉雙手。

「我可以告訴你啊！」面前的身影微微一怔，似乎很驚訝。

「哦～我倒想聽聽。」孤煌泗海的語氣顯得狡黠和慵懶，似是已經準備聽我怎麼編造。

我走出孤煌少司的身後，激動興奮不已地說：「一直沒有人相信我說的話，我很寂寞的。既然你們相信狐仙大人也相信我，我願意告訴你們！」

孤煌少司垂臉朝我看來，孤煌泗海執劍的手緩緩放落，雪髮輕揚地站在地板上，光亮的地板倒映出他修挺的身姿，那一頭雪髮在地板的倒影中，宛如一條長長的白色狐尾。

我隨即在他們之間說了起來：

「其實我剛上山的時候，前任巫女大人還沒過逝，她教會我很多東西，比如認字、辨認草藥，以及一些功夫的基礎。可是，巫女大人很快就病逝了，只剩我一個人，我很害怕，好在神廟裡有很多書，我就去看書，看著看著就會忘記害怕了！」

「小玉，若我知道，我早該接妳下山的……」孤煌少司不知是向我示好，還是故作憐惜，心疼地看著我。「妳那時還只是個孩子，一定很害怕吧。」

「還好啊，我有狐仙大人。」我咧嘴一笑，笑得純真燦爛：「反正我能感覺到他陪我一起看書，而且那些書很厲害的！有研製靈丹妙藥，還有很厲害的功夫，我學著學著就會了，我自認為功夫一定天下第一了！」

我充滿自信地仰起臉。

「我一直想找人練練，我很厲害的！喂！白毛！我們來練練吧！」

「妳叫誰白毛？」孤煌泗海的聲音瞬間低沉，但是依然好聽地如同泉水般清澈，白色面具在夕陽最後一縷陽光淡去時，變得陰沉。「不要隨便給我取綽號！妳這個弱智！」

「泗海！不要這樣說小玉。她只是覺得單純好玩。」孤煌少司第一刻站在我這一邊。

「單純好玩？哼，怎麼，哥，看來你很喜歡烏龍麵這個綽號啊？這算什麼綽號？你成了一碗麵！現在，她又叫我白毛！這是在侮辱我！」孤煌泗海忽然有些激動起來。

殺氣立時布滿孤煌泗海全身，他的雪髮瞬間在陰暗的空氣裡飄飛起來！

「你頭髮是白的嘛……」我委屈地說，忽然被孤煌少司一把用力扯回身後，嚴厲看我。

「妳也別說了！」他低聲告誡我。

我鼓鼓臉，默默退回，他是真的不希望我和孤煌泗海打起來。他了解自己的弟弟，孤煌泗海必定不會放水，他怕我被孤煌泗海打死，就沒人給他生孩子了。

哼！有意思。看來今後我可以依靠這點有肆無恐了！

我再次噘起嘴，看看天色。

「好吧，天黑了，我先回神廟，還要跳祭祀大典的祈福舞獻給狐仙大人。」每任女皇即位，巫女會跳舞祭祀祈福，沒想到這次是為我自己。

孤煌少司落眸看我，若有所思：「這舞妳在何處跳？」

因為男子不能入神廟，以前孤煌少司和他那派的男性官員們索性不上神廟。慕容老太君也是他那派，也是不把歷任女皇放在眼中。

這次慕容一派前來，想必是因為孤煌少司來了。

「狐仙神像前。」我聳聳肩，見孤煌少司微微點頭，我隨口輕聲道：「反正跳一個死一個。」

孤煌少司聽我這句隨口之語，面色微沉，一道陰冷的目光也從孤煌泗海冰冷蒼白的面具後射來。

「是那個詛咒嗎？」孤煌泗海這句話帶有一絲冷嘲。

「嗯。」我淡淡應，也不看他。

「妳不怕？」他反問。

「怕有什麼用？反正人早晚要死，我才不要在狐仙廟裡寂寞死去。我還那麼年輕，狐仙大人長得再好看也只是一座石雕，真正的我又看不見。」

我哀哀淒淒地看著地面，嘟囔著：「看得見我說不定就不下山了……」

「看得見妳就不下山？哼，妳可真是好色。」孤煌泗海含笑譏諷，我抬臉奇奇怪怪看他一眼。

「喜歡好看的有什麼錯？我就不信你會娶個醜女人。」

「小玉。」孤煌少司再次把我往身邊拽了拽，宛若怕我惹毛了孤煌泗海，連他也無法保我。

這一次，孤煌泗海意外地沒有釋放殺氣，而是雙手插入袍袖，面具上詭異的笑容宛如化作了他真正的邪笑。

「是啊，愛美之心何錯之有？與其寂寞一世，不如享樂一時，美男環伺，逍遙人間。小巫女，但願妳的詛咒來得晚點，陪我哥哥多玩一會～～哈哈哈——」他忽然狂放地大笑起來。

這讓我想起之前他重傷時，孤煌少司想要殺我卻被他阻止，那時孤煌少司也說了類似的話，讓我活下去，跟孤煌泗海多玩一會兒。

這兩個兄弟，真是無聊！

我小心翼翼踮起腳尖，拉下孤煌少司的耳朵：「你弟弟瘋了吧？」

「他和妳一樣，只是愛玩。」孤煌少司寵溺地笑了。

玩？在他們眼中驅逐皇族、迫害忠良、排除異己，取人性命都是玩？很好，下次我取他們人頭時也會告訴他們，我只想拿他們的人頭當球踢，玩一下。

我平復了一下心中的憤怒，轉轉眼珠，對孤煌少司頑皮一笑。

「烏龍麵，等你身體好了，我們來比一比？」

「好。」他露出一抹微笑，溫柔地摸摸我的頭。

「不許讓我！」我立刻認真說。

孤煌少司溫溫柔柔地點頭，看了看在黑暗中已經不再大笑，但渾身透著陰邪之氣的孤煌泗海。

「小玉，我還記得妳之前想讓泗海入宮，現在可還想？」

「不想了、不想了！」我連連擺手。

「為何？」孤煌少司笑了。

我害怕地偷偷瞄孤煌泗海一眼，低下頭，摸著自己的雙手。

「他打我……我、我還是走吧，我怕他。」說罷，我轉身躍出殿門，在濃重的夜色下揚唇而笑。

孤煌泗海，我們終於在明處見面了，但是，你卻不知道，站在你面前這個被你當作弱智好色的女人，正是打到你吐血的玉狐女俠！

祭祀祈福之舞每年只跳一次，還在開年之時，以祈求巫月國國泰民安，風調雨順。但這幾年，顯然毫無效用。

人造孽，報應在人。

國造孽，報應在國。

巫月貪腐至深，非一日冰寒。孤煌少司只是順應了當下，如那妲己，順天而生。所以，女皇之死到底是孤煌少司所為，還是天意安排，真的說不準。

✣ ✣ ✣

換上白色的麻質素裙，在月光中更添一分銀白和飄逸。手執火杖站於神殿大門前的地板上，火光在地板上映出了我微微暖黃的身影。

官員站立廣場兩旁。懷幽和瑾崋跪坐在殿門口，目光落在我的身上。

「叮鈴——」神像邊的鈴鐺隨風忽然響起，官員們露出一分緊張之色，左顧右盼，目光恐懼。

流芳師兄端坐狐仙神像上，身上鵝黃的華服閃爍霞光，如聖僧的袈裟莊嚴而神聖。他的銀髮整齊地垂在背後，狐耳高豎，在夜風中微微輕顫，這表示他此刻心情很興奮。他喜歡看我跳祈福舞，這是他一年一度唯一的娛樂。不過，這兩年是每年兩次，因為女皇每年換。

手中的火杖也與平常的火把不同，桐木做成的長杖，黃金包裹在外，杖身刻有三隻盤鳳，三隻鳳頭形成火炬，火焰在其中燃燒。

「鈴——」我雙手舉起火杖，鳳頭翎毛上的鈴鐺便會作響。

「鈴——」

「鈴——」

我一邊揮舞火杖，一邊一步步走入廣場，火把在揮舞之中發出「呼呼」的聲音。

火杖往右揮舞，點燃右邊的火把，火杖往左揮舞，點燃左邊的火把。火把一右一左一一點燃，照亮了狐仙廟上方的天空。

站定在狐仙神像前，流芳師兄激動地俯看我，銀瞳之中是閃耀的火光。

我緩緩抬起腿，麻質的裙襬漸漸揚起，如同白鳳漸漸張開羽翼。

「鈴——」鈴聲再次無風自響，在官員驚恐的目光中，我迅速揮舞起火杖來，「呼呼呼呼」劃過他們一張張驚呆的臉，照出他們眸中那抹害怕鬼神之色。

風起，鈴動。

鈴聲不停，舞不停。火光在我的揮舞中形成金紅的金線，隨著我的裙襬一起飛揚旋轉，化作我的裙邊，隨我一起飛起，一一點燃高高的火炬，和神廟大門的明燈！

火光掠過神廟大門上空的那一刻，我看到神廟大門外高高的梧桐樹上，孤煌少司悠閒的身影。

他怡然自得地靠坐在樹幹上，手執一壺翠玉酒，長長的墨髮沒有用王冠豎起，而是隨意地放落身後，用一根髮帶寬鬆束起，垂落樹幹，與垂下樹幹的衣襬一起在風中輕輕飛揚，如黑狐的長尾在月色下悠閒地搖擺。

朦朧的月色籠罩在他黑色的身影，將他的面容映襯得朦朧起來，宛如戴上了一層薄薄的，幾乎透明的面紗。枯黃的梧桐樹葉時不時飄落他身周，使他的身影在黑暗中若隱若現。此刻的他，竟有了一種慵懶寧靜之美。如夜色中隱藏的黑狐，神祕而充滿魅惑。

忽明忽暗的火光中，他向我舉了舉酒壺，水潤飽滿的紅唇微揚，看著我微微眨了眨眼睛，喝下了杯中酒，酒液潤濕了他的雙唇，讓那珠光的紅唇更加誘人。他放落酒杯抬眸深深看向我，注視我的目光，除了溫柔，還多了一分濃濃的情意，那抹情意讓我心一緊，充滿困惑。孤煌少司情動了，是為誘惑我？至少，不會真的對我動情。

我在火光中燦燦對他一笑，揮舞火杖飛落地面，裙襬飛旋，快速旋轉，放落火杖，火焰隨我旋轉在地面畫出一個巨大的火圈，在我身邊燃燒，映紅了我的裙襬！如火鳳重生！

「咚！」我重重放落火杖，火光映紅了我的臉，汗水微微滑落鬢角，所有火把火炬點燃，讓神廟亮如白晝。

閃耀的火光中，看見群臣敬畏的臉，和瑾崋、懷幽呆呆的眼神。他們是第一次看到祈福舞，我們大巫月的祈福舞不比周圍男人國家的祭祀舞差，一樣的大氣！

「啪啪啪啪……」這時響起流芳師兄激動的掌聲，但是，那只有我一人能聽見。他躍落狐仙像，抬手輕拭我額頭的汗水。

「辛苦了，跳得很美。」

我目視他而笑，別人會以為我是看著狐仙神像而笑。

流芳師兄開心地張開雙臂緊緊擁住了我。他這樣我沒法動啊！

我僵直地手執火杖，僵硬地大喊：「祈福結束！」

「請狐仙大人護佑巫月，護佑雲岫女皇──」眾人朝狐仙像下拜。

我依然站立，輕語：「快放開，我動不了了。」

「不放。」流芳師兄忽然調皮地說，開心地蹭我的臉：「不想放。」

我無奈地只好繼續站立。

官員們起身，一一離去。

梁秋瑛卻微頓腳步，曲大人隨即停在她的身後。梁秋瑛擰擰眉，走向我，流芳依然抱在我身上。

梁秋瑛走到我面前，曲大人緊張地站在不遠處察看，甚至連瑾崋也起身張望，懷幽隨即把他拉回殿內。然而，走到殿門的慕容老太君停了下來，微微轉身，目光如鷹地朝這裡看來。

「女皇陛下，關於由各官子嗣替代上殿之事，臣想與女皇陛下商議。」梁秋瑛向我一禮。

梁秋瑛這個理由找得很好，不會引起別人懷疑。

其他官員一聽，也紛紛面露期待。慕容老太君奸詐一笑，宛如梁秋瑛這種忠臣就是炮灰的料，替他們奸臣擋炮彈。

慕容老太君身周的官員也含笑點頭，心中定是覺得梁秋瑛提得好！若是成了，大家受益；若是不成，也只是她梁秋瑛一人得罪了我這個任性的女皇。

流芳還抱在我身上，側臉看梁秋瑛：「她是個好人。」

我則是露出不悅。

「商議什麼？妳煩死了！我現在累死了，要回去休息，攝政王身體不適，明天我們就下山！」

「女皇陛下！」梁秋瑛登時發急了。她的確該著急，她只有這個機會可以接近我，我卻說明天就下山。回宮之後，我周圍又都是孤煌少司的人，她想再見我，如隔千山萬水。

「煩死了！老太婆！」我拂袖，往前邁步，結果因為被流芳抱緊，我能感覺到他的體重，無法再向前。我擰擰眉，又不能瞪他。

正好梁秋瑛不死心地攔到我身前：「女皇陛下！讓我們的兒子上殿真的有所不妥啊！」

我登時舉起火杖往地上重重一敲：「咚！」

立時，梁秋瑛蹙眉頷首，不再作聲。

流芳師兄笑呵呵地放開了我，小腿掃過他柔軟蓬鬆的狐尾，感覺癢癢的。

「妳真的好煩，我再也不想看到妳！」我拂袖離去，梁秋瑛不再追趕。曲大人站在一旁嘆了口氣，那口氣被寒冷的山風迅速吹散，如此輕微。

我往前走了兩步便停住，立刻轉身，在梁秋瑛和官員疑惑的目光中，反方向地燦笑跑出狐仙廟的大門，站在那高高的梧桐樹下，揚起臉笑看高高在上，隱於黑暗中的孤煌少司。

「烏龍麵、烏龍麵，我跳得好看嗎？」

「呼！」黑色的衣袍掠過眼前，墨髮飛揚，孤煌少司已落在我的面前，兩縷髮絲調皮地垂落他的鬢角，讓他俊美無瑕的臉越發美得動人心魄。

他伸出手，溫柔撫過我的臉，深深注視我含笑的眼睛。

「好看，我的小玉真好看……」他的聲音帶著一絲酥啞，開口之時，帶著玉蘭花香的清新酒香也從他口中溢出，飄散在空氣中，惑人心神。

他微捧我的臉，掌心溫熱，然後緩緩地朝我俯下，濃密的黑色睫毛輕輕顫動，緩緩遮蓋住了他迷離的眼神。

我一驚，立刻把他推開，他睜開眼睛微露一絲失落地深深看我，我緊張不安地回視。

帶著一絲落寞的微笑在他嘴角揚起，他微垂眼瞼淡淡而語：

「小玉不想與我成婚，是不是不想與男人行房？」

「嗯嗯嗯！」我重重點頭。

他卻是了然地笑了：「是因為怕？」

「嗯嗯嗯！」

他再次抬眸，目露寵溺和溫情。

「小玉，我不會傷害妳，所以，妳不用怕。只要妳不願，我願永遠只做妳的靠枕。」

心中一驚，孤煌少司以退為進？

「真的？」我故作猶豫：「那……我考慮考慮……」

我側下臉，捏了捏手中的火杖。

「你……早點休息，我們明天下山回京……」

我說罷，轉身，看到了梁秋瑛寫滿失望的表情。她緩緩轉身，背影竟顯得有些蒼老起來。她抬起腳步，往前邁步時，竟是踉蹌了一下，周圍的大人立刻上前攙扶，她一步一步沉重地走向殿內。

她的心……受傷了……

她所有的猜測……都錯了……

不過，我會讓她振作起來的，而且很快的，這一劑強心針會讓她再次充滿力量，助我剷除奸黨，振興巫月！

幽幽的花香滿溢整座神廟，一切都安靜下來。

孤煌少司這招以退為進，出乎我意料，他是在說他願意和我做有名無實的夫妻，他這一步，讓我一時將死，沒有別的理由不和他成婚。

現在只有暫時拖著吧。先把那個凝霜公子弄進來。

懷幽為我鋪好了臥榻，瑾崋不客氣地佔據，單腿翹起，雙臂枕於腦後：「妖男跟妳說什麼？」

我跪坐在茶几邊，單手支頤：「沒什麼，他說願意跟你和懷幽一樣，不跟我行房。」

懷幽整理臥榻的手一頓，轉身看我。瑾崋立時坐起，目露驚訝。

「那妳同意了？」

「還沒，只有先拖著。」

「聽大人們說出現了一個戴白狐面具的神祕男子和妖男在一起，那是誰？」

懷幽問，他和瑾崋上山時和孤煌泗海錯過了。

我轉臉對他們兩個神祕一笑。

「你們沒看見真是可惜，那就是……」我故作停頓，在他們極度好奇的目光中一字一頓說道：

「孤、煌、泗、海。」

「什麼？」懷幽和瑾崋同時驚呼。

我轉回身悠然地喝口茶：「白毛終於現身了，這遊戲真是越來越好玩了……」

孤煌泗海可從沒在大庭廣眾之下現身，一直保持著神祕，刻意被人們忽視。大家對他擁有諸多猜測，不過大多說他體弱多病，不出家門。

今天之後，大家又要猜測這神祕的白衣男子到底是誰？相信慕容老太君很快會從慕容襲靜那裡得到答案。

「你們先睡吧，我出去走走。」我起身，流芳師兄已經站在門邊，在皎潔的月光下純真笑看我。

「女皇陛下，讓懷幽陪您……」懷幽要上前，我揚起手。

「你也睡吧。」

立刻，流芳師兄揚起袍袖，幽幽花香迅速襲來，穿過我身旁，緊接著身後響起「砰！砰！」兩聲倒地聲。

我直接走出殿門，流芳師兄好玩地擺弄雙手，我看向他。

「師兄你還在玩？」餘光之中，瞄到懷幽飄浮的身體。

流芳師兄純真地笑著。

「山上天涼，睡在地板上會得風寒的。這個懷幽還要照顧妳，他不能生病。」說罷，他把懷幽放置到了臥榻上，替他和瑾崋蓋好了被子。

「師兄總是那麼善良。」我笑看他半人半狐的臉。

流芳師兄眨了眨銀瞳，略帶靦腆地笑了。

「都睡了嗎？」我問。

他笑著點點頭：「嗯，都睡了，今晚他們會有個好夢。」

我揚笑點頭，單手負在身後，與流芳師兄在明麗的月光下，散步在光潔的地板之上。

月光如霜，灑在本就光亮的地板上，如同打上了一層蠟，讓地板如鏡一般閃亮。

狐仙山的夜晚，也是那麼的美……

還記得以前和師傅總在走廊上一起撫琴，月光讓琴弦變得如同銀絲一般閃亮，落指之時，那琴聲像是帶上了月光的魔力，傳遍狐仙山每一個角落……

「過會兒一起撫琴好嗎？」流芳師兄開心地走在我的身側，伸出已成人形的雙手。「以前的手沒辦法彈琴，只能在一邊看著妳和師傅彈，現在可以了。」

他笑了起來，笑容在月光中一樣燦爛。

見他興致如此之高，銀瞳之中又充滿期待，我自然同意：「好，我們先把事做完。」

「嗯。」他開心地點頭，我們已經站在女官落腳之處。

梁秋瑛想見我，那我們就見上一面，消她憂慮，讓她安心。

推開殿門，正是梁秋瑛的臥房。

抬步入內，站到了她的床邊，她在月光下已經熟睡，但是雙眉卻深深緊蹙。

「她心事好重啊。」流芳師兄可憐地看她：「我的花香都沒能讓她作個好夢。」

「是啊……」我不由嘆息：「她的心裡，裝的可是整個巫月的心事。讓她醒來吧。」

流芳師兄輕抬右手的袍袖，右手輕輕撫過梁秋瑛臉部，梁秋瑛的雙眉皺了皺，緩緩睜開了眼睛，瞳仁在月光中還有些初醒的渙散，下一秒，瞳仁卻猛地收縮，她驚嚇地跳起。

「啊！啊！啊——」她看著我驚叫，這個時候，她像一個正常而普通的婦人了。

我站在床邊負手而笑：「梁相，您這般尖叫，教我情何以堪吶。我真的是凶神惡煞嗎？」

驚叫聲停下，梁秋瑛才像是完全回過神，長髮披散在背後，讓她少了一分官員的英氣，多了一分平常百姓家婦人的柔弱。

「女、女皇陛下？」她驚訝地看著我，已經忘了君臣禮儀。

我微笑點頭：「是，妳不是一直想見我？我來了。」

月光照亮了她驚詫的臉，她眸光忽然顫動起來，緊接著，她慌忙看向屋外。

「放心吧，沒人會醒，即使妳再驚叫一次，他們也不會醒。」我笑道。

她驚訝地收回目光，似是沒想到我看出了她的心思，她的神情開始複雜起來，眸光顫動，似有千言萬語想對我敘說，卻情緒過於激動、混亂而不知從何說起。

她起身跪坐在床上，眸光顫抖之時，她竟是朝我拜伏下來，哽咽呼喚：

「女皇陛下——女皇、陛下——」最後一聲如同乾嚎一般的呼喚出口之時，她竟趴伏在我的面前嚎啕大哭起來……

我的心也在她痛哭之中慢慢下沉。四年來的隱忍，四年來的冤屈，四年來的忍辱負重，四年來的小心謹慎，在此刻，她徹底地在我面前崩潰了。此時此刻的梁秋瑛只是一個普通的婦人，一個快要抵抗不下去的柔弱女人……

流芳師兄靜靜站在一邊，哀憐看著梁秋瑛顫動的身體，低下臉發出一聲長長的嘆息：「哎……」

狐仙活千年，各種苦痛看在眼裡，那是天定的命運，那是前世的孽債，狐仙無法改變，也不能改變。誰知這小小的幫助，會引發怎樣的波瀾？到最後，反而害了他人。

「我出去了。」流芳師兄低頭離開，他最受不了女人的眼淚，他不想看，不看便不想，不想便不憐，方能靜心。

今晚，他幫我的已經夠多了。

我提裙緩緩坐在梁秋瑛身邊，她看出來了，知道我此行的目的，所以她才敢在我的面前完全卸去偽裝，嚎啕大哭。到底是在哭這四年來的冤屈仇恨，還是在哭終於有了一個明白她心思的女皇……這已經不再重要。只要哭過，還能站起來，成為支撐巫月的梁相！

我抬手輕輕撫拍梁秋瑛的後背：「妳這樣，讓我壓力更大了……」

「對、對不起……」梁秋瑛擦了擦淚水，起身道：「臣……臣失態了。」

「沒關係，妳慢慢平復一下。」

「是。」她深吸了幾口氣，努力讓自己平復，可是每每看到我，又忍不住心酸哭泣起來，雙眼已然紅腫不堪。

我無奈看她，這淚水真的是止不住了，她忍了四年的眼淚又豈是靠幾口深呼吸就能停住的。她不像我一樣一直身處事外，她可是在那沼澤之中忍辱負重，掙扎了四年。可以想像她夜夜難眠，日日為忠良的逝去而心痛。

「對、對不起，女皇陛下，臣、臣這眼淚不知為何止不住了……」梁秋瑛一邊擦著眼淚，一邊笑了出來。「臣、臣太高興了！真是太高興！」

「那就邊哭邊說吧。」我微笑坐在榻邊：「梁相不必當我是女皇。」

「女皇陛下……」她含淚激動地看向我，紅腫的雙眸裡閃著星星點點的希望。她似是想起什麼，急急問：「瑾毓是女皇陛下救的嗎？」

我點點頭。

「太好了！」她激動不已：「那、那瑾毓現在在哪兒？」

我搖搖頭：「現在還不能告訴妳，等時機成熟，瑾毓自會出現。」

「好、好！」梁秋瑛激動地連連點頭，忽然朝我再次磕頭。「女皇陛下真乃狐仙大人賜予巫月的明君！只是、只是……」

梁秋瑛緩緩起身，滿臉疑惑。

「臣不明白，女皇陛下自小在神廟，如何運籌帷幄？莫非狐仙山上另有高人？」

「若我說狐仙大人就是那高人，妳可信？」我笑了。

梁秋瑛怔怔看我，下意識摸向了自己的胸口，似乎裡面有狐仙大人的護身玉墜。但她的脖子上並無線繩，可能曾經戴過。

「所謂天機不可洩露，梁相，今夜妳我見面，妳也不能告訴任何人，包括曲大人。」我認真叮囑。

「曲大人……」梁秋瑛緩緩放落摸胸口的手，大吃一驚。「那日在朝鳳殿提醒我與曲大人的也是女皇陛下您？」

「是。」我在梁秋瑛驚喜的目光中點頭：「曲大人……臉上表情實在過於豐富，所以還是暫時不告訴他比較好。」

「女皇陛下真是觀察入微，考慮周全。臣真是愚鈍，之前還在神廟前想要面見女皇陛下，險些壞了女皇陛下的大事。」

梁秋瑛終於平復心情，再次鎮定下來，她面露認真。

「女皇陛下可有事吩咐臣去做？臣必當鞠躬盡瘁，死而後已！」她異常堅定地跪坐在我面前，一臉隨時準備赴死的凜然神情。

我不由揚唇而笑：「梁相，現在你們可千萬不能死啊。」

梁秋瑛深吸一口氣，露出一分感嘆後，臉上神情多了分焦急：「那、那我們做什麼？」

「玩。」我笑語。

「玩？」梁秋瑛一臉莫名。

我點點頭：「你們現在最重要的是保存實力，能多活一個，就是多一分力量。所以，現在你們什麼都不要做，去玩、去吃、去睡、去發呆，但是，唯獨不能動孤煌少司，不然，我可沒信心能再從他手中救下，讓你們全身而退。」

梁秋瑛細細想了想，恍然大悟。

「臣……明白了！」隨即，她再次面露疑惑：「那我們到底要玩多久？」

我微微蹙眉，起身，單手負在身後，細細思索。梁秋瑛跪坐在床上一直看我。

我想了想：「不會太久，我需要再去一趟孤煌少司家踩一下點，才能有下一步計畫。」

「踩點？」梁秋瑛驚呼：「女皇陛下是要去偷兵符？」

她不安起來。

「女皇陛下請慎重，現在巫月武將皆是慕容派系，只拿到兵符，是無法調兵遣將的。」她滿是擔心，勸阻我偷兵符。

「誰要去偷兵符？」我笑了。見梁秋瑛微愣，我繼續道：「年底他們自會送來兵符。」

「什麼？」梁秋瑛變得更加一頭霧水，不可置信地詫異看我：「女皇陛下智謀過人，果然不是我等常人能夠猜測。臣願聽女皇陛下任何吩咐！」

「好！那我去完孤煌少司家，就去妳家。」

「臣、臣的家？」梁秋瑛又擔心起來：「這、這不妥吧，若讓孤煌少司有所懷疑，豈不……」

「我是去看妳兒子啊。」

我的話頓時讓梁秋瑛目瞪口呆！

我笑瞇瞇看她：「所以，回朝後，妳不要讓妳兒子來上朝，不然，我是真沒理由去妳家了。」

梁秋瑛眨眨眼，也是哭笑不得地行禮。

「臣，遵旨，女皇陛下英明！」她緩緩起身，臉上布滿了笑容。

「現在可安心了？」我笑著俯看她。

她宛然一笑，點點頭：「只是，今日突然出現在孤煌少司身邊的神祕男子……」

「是孤煌泗海。」

「什麼？」梁秋瑛今晚不知驚訝第幾次了。

我淡淡道：「此人絕不簡單，他武功深不可測，而且陰險毒辣，你們最好當作不知，這樣才不會招惹他。一旦惹上他……」

梁秋瑛目露緊張：「會怎樣？」

我鄭重看她：「會死。」

梁秋瑛雙眸睜了睜，月光映在她雙瞳裡，帶出了一片寒意。她身體繃緊，眉間凝重起來。

「我似乎明白何以至今無人見過孤煌泗海了。」

我綿長地深吸一口夜的涼氣，單手再次負在了身後。

「攝政王府的暗衛便聽命於孤煌泗海，而伏擊瑾毓一家的也是這個孤煌泗海，所以，孤煌泗海是一把隱藏在暗處的匕首，替孤煌少司暗中剷除異己！他是一個殺手，他沒有感情！他若要殺妳，只需夜晚行事，不受任何律法約束，所以，你們切記這段時間不要與孤煌少司為敵！」

「臣遵旨！」梁秋瑛也有點全身繃緊，似是快要爆發了。不知有多少忠良死得不明不白，而現在，似是找到元凶了。

我看著她，月光透過圓窗照在她的身上，身形較弱的女人卻要在如此危險的環境中存活，還要護住其他忠良，是何等的不易。

而她還排除萬難，在滿是孤煌少司人馬的深宮之中，安插了她的眼線，她的能力絕不止於此！

「女皇陛下，您也要小心！」梁秋瑛一臉擔憂，目光有如慈母看著自己的親生孩兒。

我思索了片刻，沉沉而語：「梁相，妳跟焚凰是不是有關？」

梁秋瑛立時一怔，目瞪口呆地看我一會兒，竟是目露驚喜。

「女皇陛下真是料事如神！不錯，臣的確是焚凰的成員！」她激動難抑地雙手合十：「狐仙保佑，我巫月終於迎來明君！」

她欣喜地在月光下深深一拜。

「焚凰領袖是誰？」在她起身時我再問。

梁秋瑛一怔，此番反而露出一抹尷尬來。

見她一臉尷尬，我恍然大悟：「莫非也是皇族？」

梁秋瑛一驚，再次目瞪口呆。

「女皇、女皇您……您怎會、怎能？」她似是已經有些不可置信，不知該說什麼。「您怎會如此料事如神？」

「這位皇族是誰？梁相可放心告訴我。」我微露喜悅。

梁秋瑛此時不再猶豫，平復了神情之後，雙眸之中閃過一抹精銳之光：「是巫溪公主。」

「巫溪雪？」我驚喜地笑了起來。見梁秋瑛微笑點頭，我也難抑心中激動之情，沒想到這麼快，我就與她有了聯繫。

我想了想，說：「梁相，我要入焚凰！」

「這當然好！」梁秋瑛驚喜不已：「自巫溪公主被陷害後，雖然我們祕密聯繫，但山高路遠，鞭長莫及，現在若由女皇陛下親自帶領我們焚凰，定能剿滅攝政王一黨！」

「不。」我揚起手，見梁秋瑛一愣，我說道：「你們要依然忠於巫溪雪，我是以玉狐女俠加入焚凰！」

「原來女皇陛下就是傳說中的玉狐女俠！」梁秋瑛驚呼起來。

「今日我對妳和盤托出，是希望將來我們彼此信任。」我微笑看她。

梁秋瑛受寵若驚地朝我再次一拜：「臣必不負女皇信任！」

我點點頭，伸手扶起她：「現在我還不適合用巫心玉的身分加入焚凰，也不宜讓巫溪雪知道。」

「為何？」梁秋瑛疑惑看我。

「因為不夠信任。」我話說出口時，梁秋瑛也面露深思。「今日妳我會面暢談，才知彼此。但巫溪雪身在巫川，她應該和他人一樣無法信任女皇，若是心生罅隙，被小人利用，他日我做事會阻礙重重，壞了大計。」

「女皇陛下考慮的是。」梁秋瑛也是連連點頭：「若非女皇陛下今夜前來與秋瑛面談，秋瑛也已心冷。雖然巫溪公主同樣睿智過人，但她一時無法脫身，又無兵權……」

梁秋瑛的語氣越來越黯淡，目光漸漸落到我的身上，眸光再次閃亮，宛若看到了希望。

「現在有了女皇陛下，巫月有望了！」

梁秋瑛將希望放到了我的身上。儘管他們曾經都相信巫溪雪，忠於她，但是巫溪雪還是被孤煌少司給陷害了。即使依然有所聯繫，但也受到地域限制，無法成大事。

梁秋瑛審時度勢，為了巫月她更願相信眼前可見之人。

我微微點頭：「梁相，巫溪雪是焚凰頭領之事還有誰知？」

焚凰是單線聯繫，知道巫溪雪是首領之人應該不多。

「只有曲安了。」梁秋瑛認真回答。

「曲大人……」果然只有兩人：「很好，你們可繼續向巫溪雪彙報事態進展，為他日巫溪雪離開巫川做準備。」

「女皇陛下能救出巫溪公主？」梁秋瑛驚喜萬分。

「嗯，不過此事暫時不能告知她。」

「臣明白！女皇陛下，臣還有事稟報。」梁秋瑛微微起身。

「請說。」

她面露凝重地說：「焚凰內已經混有奸細，故而焚凰許久沒有議事了。所以，女皇陛下要加入焚凰之事，可能也要在除掉奸細之後。」

「沒關係，我來幫你們找奸細。除掉奸細之後，焚凰聽我號令！」

梁秋瑛的眸光立時激動地顫動起來，忍住興奮的笑容，朝我深深一拜：「臣遵旨！」

我揚唇而笑，手中的棋子終於越來越多，不再是孤軍奮戰，面對孤煌少司布滿棋盤的精兵良將，這次總算可以放手一搏了！

神廟再次恢復寧靜，梁秋瑛在與我夜談後，在流芳師兄的花香中安心睡去，眉間的那抹不安和憂慮也終於化去，雙眉舒展，皮膚飽滿，竟是精神煥發，年輕起來。

「她是一個值得信賴的臣子。」流芳師兄看著梁秋瑛和善的面相說：「她是忠臣相。」

「呵，我這樣算不算作弊？」我歪著臉笑看流芳師兄：「誰好、誰壞你一眼便知。」

流芳師兄有些靦腆地笑了，摸了摸自己銀色的毛茸茸耳朵。

「我可不能隨便洩露天機害了妳。」

「嗯～～嗯～～有進步，這樣我才能安心去對付孤煌兄弟。」我笑看流芳，很多事不能越界，有些規則還是不要破壞比較好。

我現在能看到一切，但如果命盤稍變，未來就真的不可知了。

「師妹得師傅真傳，我相信不用我幫助，拿下孤煌兄弟也是輕而易舉。」流芳師兄說得輕描淡寫，宛如大局已定。

我笑著拉起他的手。

「走，彈琴去！」

他開心地笑了起來，拉起我一起跑向華美的月光。

琴聲悠悠，花香四溢。

流芳師兄的銀髮在月光下微微飛揚，他銀耳上的絨毛在月光中根根纖細分明，我和他一起在廊下撫琴，他毛茸茸的狐尾靜靜放在我的身後，軟軟綿綿，為我的腰護起一片溫暖。

這就是我為何想回神廟的原因……

如此逍遙自在，美男相伴，四季景色更替，誰又捨得丟下這如仙人般的悠閒？

然而，為何當年白狐黑狐下了山？

師傅說，是因為他們禁不住人間權力金錢的誘惑。

狐仙山上的修仙生活確實枯燥，讓色彩斑斕的人間生活變得更加誘人。

我曾經歷人世繁華，所以才喜歡現在這悠然閒淡。

而他們生來枯燥寂寞，才羨慕人間的精彩。

但是，修仙百年，只為貪一世榮華富貴，放棄了成仙的機會，這個犧牲會不會太大了？還是……

其實有更深的不為人知的原因，讓這對兄弟毅然決然下了狐仙山？

黑狐、白狐，你們當年，到底是怎麼想的……

✤ ✤ ✤

甜美的夢中是一片繁花似錦的仙境，小小的瀑布在身側流淌，縷縷仙氣繚繞在裙邊，仙氣之中，一朵朵色彩斑斕的鮮花爭相開放。

我緩緩上前，到瀑布下方小溪處，仙氣飄浮在清澈的小溪上，絲絲縷縷，掠過我在清澈溪水裡顫動的臉龐。

一縷仙氣飄過我的面前，倏然間，我的倒影成了師傅！

他微笑地透過那一片清澈的溪水凝視著我，我吃驚地看著他。他的衣袍出塵脫俗，不再像狐仙神廟裡那般豔麗，看似簡單的白卻隱隱帶出月光一般的柔光來。

「師傅……」

他在水中對我嫵媚一笑。

「玉兒，妳移情別戀了哦～～妳有那麼多男人陪伴，讓為師好生吃醋哦～～為師也要抱抱～～」

我秀眉揚起，師傅這股騷勁還是沒變！

「難道讓我一直守著你這神仙嗎？」我冷臉反問。

「嗯～～玉兒，我是可以為妳放棄仙位的～～」

「滾！」我毫不客氣地賞他一個字！

「只是等我做夠這神仙。」

果然。

「等你做夠了，老娘都不知道輪迴多少次了！」我冷冷俯看他。

師傅揚唇而笑，神情忽然柔和起來。一旦沒有了騷勁，我知道，師傅是有正經事要對我說。

「玉兒，情劫難逃，不如順其自然，應劫，才能過劫。」

我深深看著他的金瞳，他的金瞳之中難掩擔憂之情。

「師傅，你這般看我，莫非是我的情劫很危險？」

他薄唇微動，卻什麼也沒說。他微微垂眸，金髮在水影之中飛揚，他微微抬眸，深深看我。

「常回神廟，陪陪流芳，我也能常來見妳。」

他緩緩的消失在空氣之中，這一次，我的心很平靜，沒有哭。雖然刺痛依舊，但已可忽略。

愛上神仙，除非你自己做神仙，否則注定沒有結局。

緩緩醒來，身周溫暖。我趴在流芳師兄溫暖的身上，他細細的毛髮在我的呼吸中微微吹拂。身上蓋著他毛茸茸的大大狐尾。

我伸手抱住流芳師兄微微起伏的溫暖身體，他就像我的絨毛玩具，從小陪伴在我的身邊。

我們是青梅竹馬，兩小無猜。

從他來神廟的那一天開始，我們一直同吃同睡，我一直抱著他，他也很喜歡，他還帶著動物的一些習性，喜歡被人擁抱撫摸，喜歡和我睡在一起。

「呼……呼……」他平穩地呼吸著，晨光灑落在他的身上，又將他渾身的銀毛染成了淡淡的金色，像師傅……

我翻了個身，撫摸蓋在身上的蓬鬆柔軟的狐尾，仰望上方變成金黃色的銀杏樹。千年的銀杏樹高聳入雲，葉大如掌，將天空變成了斑斑點點的藍色，嵌在那一片金黃色樹葉的縫隙間。陽光被分割成一束又一束投落，我伸手摸向那一束束陽光，感覺到陽光的溫暖，一切都染上師傅的金色。

「醒了？」流芳師兄也醒過來了，他抬起身體，扭頭看我，大大的狐臉在我的臉龐，狐尾掃過我的身體。他站了起來，走到我的上方，擋住了那一束束的金光，只剩下他的身體和他的臉。

他站在我的上方，我笑著撫上他狐狸的臉，毛毛絨絨，溫溫暖暖。他銀瞳顫動起來，緩緩俯下頭，伸出舌頭舔了舔我的臉，留下一臉的濕熱，我笑著擋住。

「流芳！你已經是大狐狸了！」

「大狐狸就不能舔了嗎？」他無辜地反問。

「大狐狸口水也多了，我都不用洗臉了。」我笑了，擦了擦臉上的口水。

「啊，對不起……」流芳師兄眨眨銀瞳低下臉。我伸手抱住了他的脖子，他緩緩趴下，趴在了我的身上，臉像乖乖的狗兒一樣貼在我的臉邊，身上是他沉沉的重量。

「流芳師兄，你變重了。」

「我……可能吃得太多，胖了……」

「噗哧。」我開心地抱緊他：「我要下山了，你在山上要乖乖的。」

「嗯，我會好好修仙的。」

我撫摸他的後背，他在我的撫摸中徹底放鬆了身體，銀耳舒服地輕動，呼吸再次在我耳畔變得平穩。我凝望上方那片金色中的斑駁藍色，清閒總是短暫的，難怪總說偷得浮生半日閒……

忽的，流芳師兄似是感應到了什麼，突然站起，修長的脖子高揚，狐耳豎起，凝視神廟大門的方向。

「怎麼了？」我坐起問。

「他來了！」說罷，流芳師兄從我身上躍開，朝神廟大門的方向跑去，他的身體在空氣中漸漸變化，化作人形飛躍而起，銀髮和狐尾同時揚起，衣襬飄揚。

我跟在他不遠處之後，他停落在狐仙神像上，高高站立。我遠遠駐足，悄悄觀看，竟是他來了。

一身雪白無痕的衣衫，一張詭異滴落血淚的白狐面具，孤煌泗海獨自一人，站立在神廟大門之外，雙手插入袍袖之中，雪髮在晨風中詭異地一動也不動，宛如他周圍的空氣都是凝固的。他像是站立在與這個世界隔離的另一個時空中，用他那雙藏於面具後的眼睛，陰翳地看著這個世界的一切。

「嘶——」孤煌泗海緩緩揚起臉，吸了一口長長的氣，然後緩緩放落下巴，面具後的視線筆直射向高高立在狐仙神像上的流芳師兄。

「不知道為什麼，這裡的一花一草，每一絲空氣、每一樣東西都讓我很、不、爽！」陰雲遮住了他上方的陽光，讓他格外陰邪起來。

「你只能看到我一個模糊的身影是嗎？」流芳師兄只是淡淡看他。

原來孤煌泗海看不清流芳師兄。

「哼。」孤煌泗海冷冷一笑：「看得見或看不見有什麼關係？反正你這狐仙也只是個擺設，哈哈哈——」

孤煌泗海張狂地大笑起來，流芳師兄看著他微微蹙眉。

「別怪我沒警告你，狐仙不能干涉人間之事，那個小巫女雖然可愛，但是她的命，我要了！」孤煌泗海緩緩收回雙手。

流芳師兄依然淡淡看他。

「怎麼？你不生氣？看來你並不在乎啊。昨日巫心玉上山，你站在那裡，特地來接她呢，我還以為她對你很重要。」孤煌泗海歪了歪面具。

「她對我是很重要。」流芳師兄淡淡地答。

我心中一暖，流芳師兄，謝謝。你也是我很重要的人。

「那你怎麼不生氣呢？你不是該來殺我嗎？」

孤煌泗海站在神廟之外像是有意激怒流芳師兄，語調也變得格外詭異。

「不然，等她一下山，我就要殺她了。」陰森森的語氣裡竟帶著一種嗜血的興奮，讓我渾身寒毛戰慄！

「你殺不死她。」流芳師兄嘴角揚起，微帶一絲輕蔑的語氣讓孤煌泗海瞬間整個人靜謐下來。又是那種詭異的靜包裹了孤煌泗海，讓人膽戰心驚，連空氣也彷彿因為害怕而凝固，不敢再動一分。

流芳師兄從神像上一躍而下，銀色的身影在晨光中掠過，穩穩落在孤煌泗海面前，神廟大門之後！他們之間，隔著那層我無法看見的神祕結界。

兩人面對面靜立在各自的邊界之後，四目對視。

「你激我，是因為你怕了。」流芳師兄洞悉一切地說。

「我怕誰？」孤煌泗海依然狂傲。

「怕我這個神仙干涉，你想誘我出神廟，受天界懲罰，除去我這個隱患。你放心，我不會做任何事，因為我是狐仙，為何要與你這個凡人計較？」流芳師兄淡淡一笑。

頓時，殺氣從孤煌泗海身上驟然爆發，飄起他的衣襬和雪髮。

「孤煌泗海，你真的看不透你的前世嗎？」流芳師兄的語氣帶有一絲憐憫：「你若是看到前世，便知為何不喜歡這裡的一花一草，每一絲空氣、每一樣東西了。」

「少狂妄了！」孤煌泗海赫然拂袖，白色袍袖掠過流芳師兄的面前。「最討厭的就是你們這些自認為高高在上，前知五百年、後知五百年的神仙！你們知道又如何？你們幫助誰了嗎？在我殺人的時候你們阻止了嗎？哈哈哈——你們才是這世上最冷酷無情的人！」

孤煌泗海冷笑起來，宛如在證明自己可以這般肆意妄為，是因為大家崇拜的神仙如此冷漠。

他居然在嘲笑天神，挑釁天神！

一直知道孤煌泗海目中無人，卻沒想到他更是目中無神！

「孤煌泗海，你不要再造孽了。」

「怎麼，你想說我會下地獄嗎？」

孤煌泗海雙手再次插入袍袖之中，白狐面具的笑容格外詭異。

「我已經準備下地獄了……而且，我要到地獄裡去做惡魔！可以盡情折磨每個下地獄的靈魂！然後……」

詭異的白狐面具貼上了那層看不見的結界，宛若貼近了流芳師兄的臉。

「回到人間，蠱惑人類，誘出他們的心魔，讓他們禍亂人間，你們……管得著嗎？哈哈哈——」

孤煌泗海猙獰地揚天大笑，收回下巴冷漠地看流芳師兄。

「你們管不了，因為，你們從來不管人間疾苦！既然你們拋棄了人類，不如讓我來摧毀它，重建秩序！」

流芳師兄的身體漸漸緊繃起來，仙氣從他衣襬下蕩漾開來。看來孤煌泗海真的把流芳師兄激怒了！

「呼——」一陣猛烈的山風驟然揚起，掀起了無數楓葉，揚起了流芳師兄的絲絲銀髮和衣襬，將流芳師兄的殺氣帶出了結界，吹拂在孤煌少司妖邪的面具上。在掀起他雪髮之時，他猛然怔住了身體，倏地朝神廟深處看來。

風停之時，響起了他咬牙切齒的聲音：「玉——狐——」

我心中一驚，孤煌泗海怎麼知道我在？不對，我並沒運用師傅的仙氣——是流芳師兄的！

「玉狐——」孤煌泗海忽然發狂般朝神廟內喊來：「我知道妳在——讓我見妳——哈哈哈——妳居然也來了——太好了——太好了——」

孤煌泗海竟是興奮難抑地撐開雙臂。

「怎麼，妳不敢出來見我嗎？我們還未分出勝負，還是……妳的傷還沒養好？我明白了，我明白了！妳躲在這裡養傷是不是？是不是？我要見妳！我要見妳——」

孤煌泗海忽然陰邪的內力爆發，朝神廟大門衝來。

我大吃一驚，連流芳師兄也驚詫地呆立在原地。

「啊——」孤煌泗海伸手推向流芳師兄面前空無一物的空氣，然而，像是有巨大的無形牆壁阻擋了他，讓他無法進入。他使出全力推動，像是發了瘋一般大吼：「啊——」

頓時，狂風驟起，神像旁邊的鈴鐺又狂亂地搖擺起來，發出那凌亂嘈雜的鈴聲。

「叮鈴！叮鈴！叮鈴！」

孤煌泗海的雪髮在爆發的妖氣和狂猛的風中凌亂飛舞，如同九尾狐九條白色的尾巴在他身後狂亂地搖擺！

「住手！」流芳師兄忽然揚袖，登時，一股巨大的無形力量衝向要試圖衝破結界的孤煌泗海。下一秒，孤煌泗海整個人被撞飛起來，狂風戛然而止，他像一片蒼白的樹葉，從空中緩緩墜地，「砰！」一聲落在那滿地落葉的地上，濺起片片紅葉落在他雪白的袍衫上，如同一塊又一塊斑駁的血跡。

我，徹底目瞪口呆。

孤煌泗海，絕對是個瘋子！

他為了見我，居然要衝破結界！

他為了殺我，竟然敢與天神為敵！

這樣的人，若得百分妖力，絕對成魔！

「你瘋了！」流芳師兄焦急上前一步，看著門外咳嗽連連的孤煌泗海。「你會死的！」

流芳師兄的語氣裡，依然帶著關心。是因為他知道孤煌泗海前身的緣故嗎？

孤煌泗海踉蹌地往後挪了挪，靠坐在大大的梧桐樹下，在枯黃的梧桐枯葉之中，肩膀輕輕顫動，一聲又一聲笑聲從面具下溢出。

「哈哈、哈哈哈——哈哈哈——玉狐，妳現在不出來殺我，將來會後悔的！咳！咳！」

他咳嗽了兩下，靠在梧桐樹幹上氣喘連連，然後，漸漸沒了聲息。

「真是個人魔。」流芳師兄感嘆地搖頭。我走到他身邊，與他隔門看孤煌泗海。

「我現在去殺了他，你幫我埋了他。」

流芳師兄身體一緊，轉過狐臉僵硬看我：「心玉，妳從不開殺戒的。」

我轉臉對他瞇眼一笑：「凡事都有第一次。」

流芳師兄僵硬看我，銀瞳裡的水光不停顫動。

他呆呆看我許久，緩緩低下臉，眼瞼微垂。

「我還是不想看妳殺人。而且，他現在雖然昏迷了，但他體內的妖力會護他，妖力會喚醒他部分狐妖的靈魂。那部分靈魂雖然平日處於意識深處，妳若要殺他，另一個他會本能保護自己，要是讓孤煌泗海醒來，妳就暴露了……」

我蹙眉：「怎麼弄得那麼複雜？知道了！哎！麻煩，那就利用他去討好一下孤煌少司吧。」

說罷，我踏出了神廟之門，流芳師兄在門後可憐巴巴地不捨看我。

「不要這樣，我會常回來的。」我笑了。

「嗯……」流芳師兄上前一步，雙手放在面前的空氣上，與我隔門相望。

我伸手穿過那層對我毫無影響的結界，抱住了他的身體。

「乖，好好修仙，護我平安，做我靠山。」我滿意地笑著。

「嗯……」他點了點頭，雙手輕輕放在我的手臂上。在我放開他時，他依然輕輕拉著我的手臂，一點點從我手臂上滑落，拉住了我的手掌，然後，他光滑纖細的手指從我的手上一點一點離開，直到拉住我的手指，他才低下了臉，緩緩放開。

我心裡的痛也在他這依依不捨中一點一點加深，我也知道偌大神廟一個人的寂寞，可是，我沒得選擇。

我轉身：「流芳師兄，你還是去叫醒大家吧，不然你這樣，我沒辦法安心離開。」

良久，身後傳來他低低的話音：「嗯……」

然後再無聲息，只有輕幽的晨風吹拂著地上的落葉。

我鬆了口氣，流芳師兄和我一起長大，我們不是親人但更勝親人。他離開狐族、離開家人，來到這裡，和我、和師傅一起生活，他也會想念自己的爹娘和兄弟姊妹啊。

不知何時再次灑落的晨光落在梧桐樹下的孤煌泗海身上，就在昨晚，他的哥哥——孤煌少司站在同一處，深深地凝視著我，對我說：「妳跳得很美。」

而今天，他的弟弟，被流芳師兄打昏在此處，這是殺他的最好機會！除掉孤煌泗海，就能除掉孤煌少司背後最大的力量！

然而心中一動，流芳師兄一直心善，不會殺生，更別說是他的同族。流芳師兄會不會是不想我殺生而故意那樣說的？

嗯……我試探一下！如不醒就直接滅了這禍害！

我緩緩走到他身邊，腳下的枯葉被我踩碎，發出「簌簌」的聲音。我的身影籠罩在此刻毫無防備的妖男孤煌泗海的身上。這個謎一樣的妖男，擁有著世上罕見的雪髮，而那張妖媚豔絕的臉要是被人看見，又要如何禍國殃民！

他身上的妖，讓人心醉，他身上的邪，又讓人心迷，他身上的每一處，看似妖邪無比，卻無限惑人，在不知不覺間受他吸引，貪戀他的一切。

這個妖孽，必須要除！

我蹲下身，手緩緩伸向了他的脖子。他此刻是那麼的安靜，雪髮在輕柔的晨風中微微輕揚，掠過那張用來掩蓋他豔絕無雙的容貌的詭異面具，絲絲縷縷的銀絲掠過他面具上滴著血淚的狐媚眼睛，那狹長的縫隙下是那雙緊閉的眼瞳，雪白的睫毛平直地鋪蓋在下眼瞼上，腦中忽然拂過師傅那雙風騷嫵媚的眼睛。他們……竟是兄弟……

殺念因而更加強烈，送他去見師傅那隻騷狐狸算了！反正死亡對他們來說，不過是換個方式！

忽然，那狹長縫隙下的睫毛輕顫了一下，我立刻收起殺念，手從他脖子處往上，摸上了他面具的邊緣。

「啪！」右手就此被一隻冰涼蒼白的手扣住，白色睫毛緩緩抬起，露出了那雙布滿邪氣的眼睛。

「妳想幹什麼？」雙眸之中已經湧出輕蔑的冷笑。

我故作慌張，想收回手，卻忽然被他用力拉入懷中，他的左手已經緊緊扣住了我的下巴，白色面具瞬間到面前，那描繪出來的冰涼唇線壓在了我的唇上。

「怎麼，吃著碗裡的，還想要鍋裡的？哼！要不要我現在滿足妳？」他猛地翻身壓下，雪髮鋪天蓋地而下，遮蓋了我的世界。

重重的身體壓在我的身上，陰冷的面具欺在我的臉上，感覺不到他半絲氣息。

我呆呆看他一會兒，他面具後的眼睛渙散了一下，蹙眉閉眸。

「倒……楣……」白色的睫毛再次緩緩蓋落，那雙眼睛掙扎了一下，還是被自己的眼瞼覆蓋，埋在了黑暗之中。

「砰！」他的臉垂在了我的臉邊，我翻了個白眼。

「這麼弱，還想野戰，呿！」

「妳說什麼？」像是用氣息勉強吐出的輕語依然陰冷狂妄，冰冷的手緊緊捏住了我的手臂。「我還醒著！」

我扶起他，他緊緊捏著我的手臂繼續用他那氣若游絲的聲音說著：「扶穩點！摔了我，我打死妳！」

「知道了～知道了～我現在就送你回去～」

「知道了～就你敢打我，我怕了你了～」

我扶著他站起，他完全軟綿無力地靠在我身上。我挪到他身前，把他揹在了身後。真鬱悶，現在竟不能殺他。如果按照流芳師兄的理論，若我現在想要殺他，他會爆發潛能，也就是他的妖力，就像我運用師傅的仙力那樣，雖然他不一定打得贏我，但他一定能逃掉，我也就暴露了。這樣我就功虧一簣，這個險，我不能冒。

現在，不僅僅是瑾崋、懷幽把命交給我，就連梁相和整個焚凰，也把命交給了我！

我揹起他。

「你們兄弟倆怎麼身體都這麼差勁？昨天烏龍麵暈了，今天換你暈了，下次你們別來神廟了。」

「再說一句……」他憤憤地吐出話語：「我殺了妳！」

「知道了、知道了。」我揹起他：「走了。還是我比較壯！」

我提氣躍起，揹著他飛躍在紅楓之下。片片楓葉隨著我的勁風帶起，向前盤飛，飛了片刻，又緩緩墜落。

孤煌泗海的右手緩緩鬆開我的脖子，慢慢抬起，在我的臉邊接下了一片楓葉，捏在了手中，似是久久凝視……

孤煌泗海，你……是不是想起了什麼？想起了這片楓林？就像昨日的孤煌少司，在這片楓林裡久久駐足……

一路揹著孤煌泗海，又不能動用師傅的仙氣，走沒幾步已是氣喘吁吁。

雖然孤煌泗海不知是否因為身帶妖氣的關係，體重輕於常人。但以他身高一百八十公分左右，就算再柔弱纖細，我揹起來也相當吃力。

眼前已是行宮，我直接飛落，飛過牆內高樹時，一時提不上氣，失控往前撲去。

「真沒用！」孤煌泗海用雙手圈緊我的脖子冷冷地說。

隱約感覺有什麼東西被樹枝勾住，似是拉扯，傳來絲帶被拉開的聲音，輕微而短暫。落地之時，正好站在慕容襲靜身前。她驚訝地打量我和我背上的孤煌泗海。

突然「簌！」一聲，眼角瞄到有個白色物體墜落，我下意識伸手接住，竟是孤煌泗海那張詭異的面具！面具兩邊的白色絲帶無力垂落，原來剛才是樹枝勾開了他面具後的繫帶。

雪髮滑落我臉頰，絲絲縷縷、冰冰涼涼地貼在我的臉上，不知是他的髮，還是他的臉。

面前的慕容襲靜，已經看得目瞪口呆。她紅唇半張，紅霞迅速遍及她的臉龐，水眸盈盈顫動起來，裡面是少女的一汪春水，我隱約感覺到她的呼吸已經凝滯，只能呆呆盯視我的臉側。

我伸手握住她的手腕，她也沒有反應，依然呆呆地，滿面潮紅地看著孤煌泗海。我把上她的心脈，發現已經跳得完全失去節奏。

「哼！」耳邊傳來孤煌泗海的冷笑，他垂落的雪髮應該遮住了他大半的容顏，卻依然讓慕容襲靜看得春心萌動，此等絕世美男，果真是個禍害！

忽然，白衣的衣袖飛速掠過眼前，孤煌泗海的手竟直接朝慕容襲靜的眼睛戳去。我驚然後退一步，但孤煌泗海的手指還是戳到了慕容襲靜。

「啊——」只見慕容襲靜痛苦地捂住雙眼。孤煌泗海緩緩收回手，環在我的肩膀上。

「再看一眼，就殺了妳！」陰冷無情的語氣，讓人膽顫心寒。

我及時退步，孤煌泗海沒能戳瞎慕容襲靜的眼睛，但也會讓她疼好一陣子。

以前我說挖她眼睛，只是說說罷了，但孤煌泗海是來真的啊！

慕容襲靜捂住眼睛，緩緩跪了下來，竟然像是完全不恨孤煌泗海，反而忍痛一拜：「是。」

我看呆了，這個該死的看臉的世界！孤煌泗海難道已經美到即使被戳瞎眼睛，光看一眼便知足瞑目的地步了嗎？

「哼！」孤煌泗海從我手中取回面具，敲了我一下頭：「還不走！」

看著跪在一旁的慕容襲靜，我慢慢進了屋，心中大嘆不可思議。

「小玉，妳下山了。」面前迎來了滿心喜悅的孤煌少司，可當他看到我身後的孤煌泗海時，笑容立時凝固，憂急從眸中溢出：「泗海！」

我像狗一樣趴下喘氣：「呼呼，累死我了，呼呼……」

孤煌泗海倒是不疾不徐地從我後背離開，盤腿坐在一邊再次戴上面具。我朝他看時，他正雙手環過自己耳邊，在雪髮之間繫上了絲帶。

詭異的白色面具再次鑲在他的臉上，他冷冷朝我看來。

「看什麼？再看也挖了妳眼睛！」他說話陰冷有力，已不再氣若游絲，顯然已經恢復大半。

我懶懶地睨他一眼，他面具後的眸光竟閃過一抹愣怔，我直接趴在了地上，再也不想起來。

「泗海！」孤煌少司以最快的速度到孤煌泗海身邊，基本上直接忽略累趴的我。他擔憂地把上孤煌泗海的手腕：「出什麼事了？」

「我沒事了。」孤煌泗海依舊看我一會兒，才轉臉看孤煌少司：「那座狐仙廟裡有古怪，下次你不要去了。」

說罷，他閉眸調息，絲絲陰邪的寒氣從他衣襬下蔓延開來，甚至傳到了我這裡。我清晰地感覺到他的功力是如此的陰寒，讓我的周圍幾乎沒了溫度。

「小玉。」孤煌少司這才想起我，來到我身邊，溫熱的手放落我的後背。「起來，地上涼。」

「嗯～～起不來，累死了。你們兄弟倆體力那麼差，下次就別爬山了。白毛今天也暈了，害我一路揹下來……」

「妳說誰體力差？」赫然周圍的寒氣瞬間凝固，殺氣隨即而至，孤煌泗海右手朝我直劈而來。忽然，身體猛地被提起，巨大的內力讓我從地上飛起，在空中轉了一圈，落入了一個溫暖有力的懷抱中，孤煌少司淡淡的麝香味瞬間撲鼻而來。

我被孤煌少司穩穩接入懷中，抬臉便見到他近在咫尺的俊美容顏，他將我橫抱在懷中，如抱一件衣物般輕鬆。

「泗海，不要再打小玉了！」孤煌少司竟露出了嚴厲之色。我笑了，在孤煌少司懷中狐假虎威地對孤煌泗海挑釁：「來打我呀！打我呀！」

「小玉！妳也不要再激泗海！」孤煌少司同樣嚴厲地俯臉瞪我，宛若我和孤煌泗海是讓他最頭疼的兩個孩子。

我噘起嘴，在他懷中戳手指。

「哼！你管她吧！別管我了！」忽然，孤煌泗海憤然起身，陰狠的目光狠狠瞪我一眼，拂袖離去！身影飄忽如同鬼魅，瞬息不見。

「泗海！」孤煌少司追了一步，停下，大嘆一口氣：「哎！」

「我是不是……惹他生氣了？」我不好意思地說。

「妳說呢？」孤煌少司沉臉看我，我老實地收起下巴。

「哎……」孤煌少司又是一嘆，轉身走向臥榻，把我輕輕放上臥榻。他的面容變得溫和，輕柔地撫上我的臉。「到底發生了什麼事？」

我坐起來，搖搖頭。

「不知道，早上聽到神廟鈴聲亂響，就出來看看，結果看到你弟弟暈倒在神廟門口了。」

孤煌少司聽罷微微蹙眉，心事重重。

我拉住他胳膊，小心翼翼問他：「我……惹你弟弟生氣了，他……會不會打我啊……」

「呵……」他笑了起來，撫上我的臉：「放心吧，有我在，他不會打妳。」

我眨了眨眼睛，立刻緊緊挽住他胳膊：「那你可千萬不要離開我！」

「那回宮之後呢？」他忽然這麼說。我心跳漏了一拍，沒料到反被將了一軍，孤煌少司為入宮還真是無縫不鑽啊。

「你和你弟弟不是住一起嘛，你看住他就行了啊。你還是在攝政王府把他看好，最好吃睡都一起，千萬別給他機會來殺我，你弟弟真可怕。」我故意避重就輕地說。

孤煌少司揚起了笑，一直看我，我故作心虛看向別處。

「我知道了。」他伸過手臂將我環抱入他懷中，輕聲笑著。似在笑他看穿了我不想他入宮同房的小把戲。

看來孤煌少司現在完全相信我之所以不跟他成婚，除了我對男人有「潔癖」之外，還有對初夜的懼怕。

不久之後，官員陸陸續續從山上下來，第一個跑來的是懷幽。

他又是氣喘吁吁跑入行宮，看到我沒事，他才長舒一口氣，朝孤煌少司行禮，不敢流露出對我的關心之意，像是更怕跟丟了我。

「奴才失職，跟丟了女皇陛下。」他自責地對孤煌少司說。

「小玉頑皮，又有武功，你怎能追上她？起來吧，準備下山。」孤煌少司和顏悅色地看他。

「是。」懷幽匆匆起來，不看我一眼，吩咐大家盡快收拾。

漸漸的，行宮的廣場裡站滿了官員。

梁秋瑛和曲大人從門外進入，梁秋瑛的臉上也是了無神采，也不看我一眼，似是徹底心灰意冷地和曲大人走到自己的馬車邊。倒是曲大人看了我和孤煌少司一眼，大嘆一口氣。

「安大人，昨晚睡得可好？說來也奇怪，昨晚我睡得格外香甜。」一些大人在一旁交流心得。

「我也是啊，之前總睡不好，昨晚睡得特別舒服。」

心中暗暗輕笑，你們整日山珍海味，無憂無慮，居然還睡不好，真是吃撐了。

「咳……」老太君威嚴一咳，不悅地看眾人：「這狐仙廟有古怪，每個人都睡得深沉又同時醒來，這不太正常！」

老太君一句話，讓所有官員都臉色蒼白。

見孤煌少司也留意老太君的話時，我立刻說：

「我早說有狐仙大人了，你們就是不信！狐仙大人不喜歡有人睡覺打呼嚕、說夢話或是夢遊亂走，所以讓你們睡舒服點，你們還不感恩狐仙大人！」

孤煌少司的目光落在我嚴肅而有點生氣的臉上。

立刻，官員們一個個也敬畏起來，紛紛朝神廟拜謝：「謝狐仙大人賜我們一夜美夢……」

「這還差不多。」我昂起下巴。

抬眼間，男侍們抬著大大小小的箱子，在桃香她們的催促中匆匆而來，後面跟著瑾崋，他遠遠仇視地瞪了一眼孤煌少司，轉臉故意看向了別處，走向自己的馬車。

大大小小的箱子在我面前擺了一排，孤煌少司面露疑惑：「這是……」

「這是我的行李。」我得意笑道：「之前下山太急，沒帶上。這裡面有很多我的寶貝，嘿嘿。」

我打開了其中一個箱子，裡面是大大小小的用桃木做成的狐仙木牌吊墜護身符，我隨手拿起一個，遞給孤煌少司。

「喏，讓狐仙大人保佑……」

話還沒說完，忽然白影帶著寒風一起掠過面前，緊接著「啪！」一聲，我的手又被重重打開，手中的狐仙木牌護身符「啪答」掉落箱中，整隻手痛得如針刺一樣發麻。

「拿遠點！不要靠近我哥！」異常冷厲的聲音傳來，又是孤煌泗海！

立時，全場寂靜。所有人都目露驚訝，甚至在看到孤煌泗海時，露出一抹發自本能的懼怕來。

瑾崋和懷幽驚詫地站在了一起，瑾崋的目光由驚訝漸漸轉為憤恨，這是他第二次見到孤煌泗海，第一次便是孤煌泗海追殺他家人之時！

昨天在神廟他也沒遇上，幸好沒遇上，不然距離過近我擔心他顯露出認識孤煌泗海的神情，那就麻煩了。

瑾崋在我的目光中低下了臉，隱忍心中的仇恨與殺意。

孤煌少司微微蹙眉，低語：「泗海，回車上。」

孤煌泗海冷冷環視眾人，目光所及之處，官員無不低頭，似是不敢與他對視。這份敬畏並非來自於他們知曉孤煌泗海的身分，而是來自於孤煌泗海本身散發出來的，那種讓人戰慄的詭異妖邪感！

孤煌泗海似是不太介意自己暴露在眾人目光中，現在他們兄弟已是人上人，在巫月國也再無天敵，他們何須遮遮掩掩？

孤煌泗海不喜歡出現在人前，我猜他的性格不喜歡被人圍觀。慕容襲靜只是看他看到發癡，他就要取她雙目，可見他有多麼厭惡被女人盯視。

若非我拿出狐仙護身符，想必他也不會出現。

他雙手插入袍袖，雪髮在山風中依然詭異地靜止不動。他一步一步走在靜謐無聲的廣場上，站在他面前的官員都慌忙退開讓出了道路。今天，這些百官總算是見到傳說中神祕的孤煌泗海了！

這一趟神廟總算沒白來，意外誘出了孤煌泗海！

不過，我要讓孤煌泗海徹底暴露在人前，讓梁秋瑛知道，她們曾經輕視了一個多麼厲害的敵人！

我摸了摸紅腫的手，生氣地狠狠盯視孤煌泗海後背：「死白毛！」

立時！孤煌泗海的腳步頓在半空，空氣瞬間凝固，官員們像是本能地感覺到危險，紛紛縮緊了脖子，女人靠近男人，男人縮到一旁。

「小玉！」在孤煌少司厲喝之時，孤煌泗海已經幽幽轉身，飄浮的步伐像是整個人在空氣中緩緩轉過來，而不是腳步挪動轉向。

詭異的面具布滿陰邪笑容地正對我。

「妳說什麼～～」陰邪的聲音似笑非笑，但已經明顯感覺到了他渾身的殺氣！

我也故作憤怒：「死白毛！你又打我！想想今天早上是誰把像死狗一樣的你揹回來的！」

「找死！」

「泗海！不要！」在孤煌少司疾呼之時，孤煌泗海的身形猛然飄忽起來，眨眼間寒氣已經逼來。

我立刻躍起，直接踹開另一個箱子，腳尖一勾，勾起了裡面的紅綢，紅綢飄飛在身邊，我伸手握住紅綢首端的白銀雕鳳細棍，轉身甩起紅綢，紅綢在面前如蛇飛舞，擋住了飄飛而來的孤煌泗海的掌風。

「你們兩個給我住手！」黑色的身影躍入我和孤煌泗海之間，我和孤煌泗海都當作沒看見似地轉身躍離，落在廣場中央時，孤煌泗海陰冷的掌風迅速襲來！

為了不暴露玉狐的身分，我用的是另一套功夫。手中的紅綢並非凡物，綢身用冰蠶絲織成，刀劍不摧，末端是一把精鋼袖裡劍，吹毛斷髮。紅綢甩起之時，袖裡劍時隱時現，讓人防不慎防！

孤煌泗海的身影極其鬼魅飄忽，殘影和真身無法分清，紅綢揮斷殘影，袖裡劍擊穿真身，這件武器可謂是為他量身訂做！

忽然，雪髮掠過我的面前，孤煌泗海的面具已經逼近，緊接著，他指尖如同利劍朝我喉間刺來。

「哼！結束了！」

這時，「啪！」一聲，黑色的衣袖掠過面前，孤煌少司倏然出現在我身邊，扣住了他刺來的手，面色極為陰沉，怒道：「都給我住手！」

然而，我和孤煌泗海身上的殺氣絲毫不退，我們都知道彼此想要的更多。

我隨手一收紅綢，紅綢末端的袖裡劍立時刺向孤煌泗海後頸，這時黑色袍袖又揚起，孤煌少司另一隻手夾住了我的袖裡劍，俯臉朝我厲喝：「妳也是！」

我生氣地抓緊紅綢：「他打我！我的手都腫了！我忍不下去了！」

孤煌少司想說話，孤煌泗海已經冷冷而笑，輕悠而語。

「既然忍不下去，就不用忍了。」清泠的話音充滿了挑釁。

「泗海！」孤煌少司竟是著急起來。

倏然，孤煌泗海身上內勁爆發，異常陰冷的寒氣吹開雪髮之際，也將孤煌少司逼退，孤煌少司不得不鬆開我們退開。孤煌泗海的手隨即朝我刺來，我立刻閃身扣住他的手腕，緊接著轉入他懷中，緊貼他的身體，腳步飛快旋轉，停下之時，紅綢已經纏緊他全身！

我拉緊紅綢，紅綢之間是他雪白的衣衫，紅白相間，宛如將他割裂，我得意而笑。

「終於抓住你了，死白毛！」

「是嗎？」他忽然內勁爆發，寒氣從衣襬下沖出，巨大的氣勁掃開腳下塵埃，地面上竟形成了一個巨大的氣浪。

「啪！」一聲，冰蠶絲織成的紅綢竟然完全崩斷！化作片片紅色的碎片四散飄飛，如同一朵朵紅花，從空中飛落。

袖裡劍也被震飛，飛入高空後墜落。我伸手接住，呆愣地看手裡的袖裡劍，精光的劍身上映出我微微蹙眉的容顏。果然只用自己的力量，是鎮不住這個妖孽的！

面前寒風再次而起，我立刻揚手：「慢！」

白色的身影就此停在我的身前，雙手依然插在袍袖裡，詭異的面具對我陰邪笑著。

「怎麼？想求饒？」我聽出了他話裡的笑意，他心情已經好了。

從空中翩翩而落的紅綢包裹住我和他，他面具後的目光已經殺氣盡失，他打夠了，舒坦了。

我慌慌張張地在飄飛的紅綢中收回手。

「打不過，沒勁，回去了！」說罷，我轉身走出紅綢飄飛的世界，在百官震驚的目光中，立刻逃向自己的馬車，身後卻傳來他一聲冷笑。

果然不用師傅的仙氣，是打不過這妖孽的！

不過，梁秋瑛他們應該知道孤煌泗海的實力了，這才是他們真正應該害怕的人！

孤煌泗海獨自立於紛飛的紅綢之中，宛若片片紅色的花瓣在他周圍飛舞。他揮舞起白色袍袖，從紅花之中飄然而起，雪髮飛揚，那紅色花瓣隨他的勁風又再次揚起，彷彿他正飛舞在紅花之中，雖是妖邪，雖是危險，卻美得讓人無法移開目光。

他緩緩地落在自己的馬車上，紅花墜落，他傲然環視看呆的百官，那詭異的面具讓他宛若凌駕於眾人之上的妖皇。

冷冷一笑，劃破寂靜，卻讓人膽顫。雪髮飛揚，帶起紅花，恰似斑斑血跡染上髮絲，如天生嗜血的妖魔讓人畏懼。

直到他的身影消失，百官依然沒有回神。

我收回目光坐回自己的華車，手裡只剩袖裡劍和銀色的細棍。

孤煌少司掀簾而入，身上帶著怒意。他不言不語地坐進車中，冷冷開口命令：「出發！」

馬車緩緩前行，外面傳來慕容老太君的驚呼：「靜兒！妳眼睛怎麼了？」

我回神，掀簾看向車外，只見慕容襲靜的雙眼綁上了紗布，在人攙扶中走出行宮大殿。慕容老太君和官員們驚訝不已，已經上車的官員們也紛紛探出頭。

懷幽和瑾崋第一時間看向了我的方向。怎麼，他們以為是我做的？

「祖奶奶，我沒事，是蜜蜂螯的。」慕容襲靜匆匆說完，帶著一絲慌張地讓人帶她上車。

慕容襲靜竟然護孤煌泗海。

「真奇怪。」我縮回腦袋。

「奇怪什麼？」孤煌少司淡淡地問，臉上沒有任何表情。

我把玩手裡的袖裡劍和銀棍。

「慕容襲靜說謊啊，我還以為慕容襲靜喜歡你，原來她現在更喜歡你弟弟了。」

「哼。那是她聰明。」孤煌少司語氣極淡，卻是極冷，他抬手執起青瓷茶壺，替自己倒了一杯茶。「誰教她看了不該看的。」

他拿起茶杯，一飲而盡。

「為什麼看了你弟弟就要瞎眼？」我更加奇怪看他。

「因為他不喜歡！」孤煌少司忽然眸光銳利地朝我看來。我故作驚訝呆在原位，他伸手取走了我手中的袖裡劍：「女孩子，不要玩這種東西。」

「你怎麼突然對我那麼凶？是因為我跟你弟弟打架嗎？」我眨眨眼，低下臉。

「我不想再提此事。」他收起袖裡劍，臉色微沉，不再看我。

「是他先打我的……而且還是兩次……還把我的流星追月也給弄壞了。這是骨董～～！」我也鬱悶地嘟囔。

我用力晃著手裡唯一殘存的銀棍，孤煌少司無動於衷，反而更加撇開臉。

「那紅綢也是冰蠶絲做的，刀槍不壞，現在哪裡還能找到冰蠶那種神物？我才鬱悶呢。哼！」

我繼續嘟囔著。但孤煌少司還是不理我，兀自喝茶。

馬車緩緩前行，下山，鳥兒掠過馬車旁，我知道是流芳師兄在送我。

我無聊地拿銀棍敲桌面。

「答、答、答。」

孤煌少司微微蹙眉，放落茶杯，整理自己衣衫。他很注重自己的衣服是否有褶子。

我又敲上自己的空茶杯。

「噹、噹、噹。」

接著再敲孤煌少司的半杯茶：「咚、咚、咚。」

我靈機一動，把面前六個茶杯翻開，紛紛倒入不同高度的水，然後敲了起來：「叮叮叮噹噹咚。」

簡單的敲擊有了音律，我笑了起來，再拿起一根銀筷，敲出了旋律。

「叮叮咚咚噹，匡！」最後一聲是敲打茶壺的聲音。

孤煌少司微微一怔，朝我看來。我敲了敲，唱了起來：

「從前有座山，山上有座廟，廟裡有個美狐仙，常被頑童鬧。頑童爬上狐仙身，抓他頭髮摸他臉，狐仙哈哈笑……」

「叮叮噹噹咚咚叮。」

「狐仙狐仙你看我，頑童已經成美少女，你可愛我如從前？我願為你把歌唱，我願為你來跳舞，只為你能再展笑顏……」

「叮——叮——」

「狐仙狐仙為什麼，你總鎖雙眉，是誰讓你愁，是誰讓你煩？生老病死你不哀，滄桑變遷你不嘆，人間淚水你不痛，戰火綿綿你不憂，你到底為何而心傷，為何而心傷……」

「是妳！」

「啪！」手腕被火熱熱的手緊緊扣住，斷了我的聲和琴。

我呆呆看孤煌少司，他雙目之中噴吐著熊熊火焰，深邃的黑眸之中湧起滔天巨浪，複雜的情愫狠狠糾結在一起，讓他欲言又止。

倏然，巨大的力量將我往他懷裡拽去，我撞上他胸膛之時，有力的雙臂也把我鎖在了他的懷中。他緩緩收緊雙臂，側臉貼上了我的頭頂。

「妳不是他的對手，妳會被他打傷的……」他憂切的話語沉重地只能用氣息吐出。

我的心不知為何一緊，聽到他胸腔內的心跳，卻是從未有過的凌亂。

「你的心跳很亂。」我摸上了他胸膛：「哪裡不舒服嗎？」

「是因為妳！」他又狠狠地說。忽地扣起我的下巴，眸光熾熱地埋臉而下，我驚訝地捂住嘴，他的吻隨即重重落在我的手背上！

火熱熱的吻印在我的手背上並沒退開，而是半閉雙眸依然在我的手背上細細吮吻，飽滿的雙唇柔軟地吮吻著我的手背，如同流芳師兄還是小狐狸時，用他的軟舌輕舔我的手。即使我擁有再好的定力，被男人如此親吻，也無法不混亂。

我慌忙推開他，握住被他吮吻過的手轉身背對他。

「烏龍麵你真奇怪，害我也心跳加快了，我的心臟很不舒服，我……我變得很奇怪，你、你離我遠點！」

微微蹙眉，平靜了內心也無法平靜思緒，孤煌少司越來越危險了，下次我總不能打暈他。

奇怪，他今天有點反常。往常都是用他的溫柔攻勢來步步進逼，而今天，他忽然失控了。他到底怎麼了？

「對不起……」身後竟傳來他的歉語：「我……嚇到妳了。小玉，轉過來，看看我好嗎？」

我偷偷轉頭看向他，他的臉上已經再次布滿溫柔，看到他嘴角的微笑，我大大鬆了口氣。

他溫柔注視我的臉龐，但是眸中的熱意卻依然未退。那份熱意讓我再次感覺到了危險的氣息，那分明是情慾！

可是，為什麼？

我不覺得自己美到能隨時隨地勾起男人情慾的地步。

我也不覺得孤煌少司是那種隨時隨地會發情的男人，他的定力很好，甚至可以感覺到他對此並不感興趣。

那到底又是什麼誘發了他的情？

「過來。」他耐心地朝我伸出手，宛如在安撫一隻受驚的貓兒。他見我不過去，無奈一笑，拿出袖裡劍。「我幫妳修好妳的流星追月，我家裡有冰蠶絲。」

「真的？」我雙眸發亮，立刻回到他身邊期盼地看他：「我不要回宮了！我要去你家！」

「這……不妥吧，妳可是女皇。」他立時蹙眉。

「不要不要～～」我在馬車裡撒起嬌來：「我好不容易出來，才不要那麼快回去呢！你答應我的，要帶我出宮看看的～～」

我抓起他手臂一同搖擺。

「我不要回宮～～讓懷幽和小花先回宮好了～～我要去你家玩，去你家嘛～～」

他悠悠地笑了，半瞇雙眸：「妳……不怕？」

「啊！」我瞪大眼睛，見他雙眸瞇得更細，我害怕道：「你弟弟會不會打我啊？」

他一怔，睜開的美眸中滿溢著呼之欲出的笑意：「原來，妳只怕我弟弟，不怕我嗎？」

我奇怪地看他：「你有什麼好怕的，你對我這麼好，我為什麼要怕你？」

他愣愣看我一會兒，突然大笑。

「哈哈哈——哈哈哈哈——小玉啊小玉，我的小玉真是可愛。哈哈哈——」

他在桌邊笑得暢快無比，我坐在一邊一直愣愣看他。

等他笑罷，他的雙眸卻如池水一般清澈，笑看我。

「能再唱一些像剛剛那首童謠似的歌給我聽嗎？」

「你不覺得我吵嗎？」

「我喜歡妳鬧我、妳吵我，但是，不能不理我……」

他深深的目光落在我的臉上，我能感覺到他此刻的情意是真摯的。我不明白他為何會如此不小心對我流露了真情，或許是老馬也有失蹄之時，老虎也有打盹之刻，不過此刻雙眸不再深沉的他，清澈無垢，散發出一絲溫柔乾淨之美……

我咧開嘴在陽光下燦燦而笑：「好啊。」

於是，我再次敲敲打打起來。

「子曰：禮尚往來，舉案齊眉至鬢白，掃徑迎客蓬門開，看我泱泱禮儀大國……」（※註：歌詞取自「禮儀之邦」，作詞：安九）

孤煌少司唇角含笑地閉眸在旁，我看他許久，垂眸淡淡而笑，與敵同車，又歌於他，也屬人生難得之事。

回來的路上，我反省了很久，反省自己還不夠淡定。可是，我非慾女，夜夜滾床，面對突如其來欺近的男人，我出於本能地驚慌失措。

罷了，或許正是我這正常反應，才讓孤煌少司對我深信不疑，不如就做自己，如師傅所言，順其自然。

❈ ❈ ❈

第二天一早，順利回到皇城，遠遠看到了皇城標誌性建築──清風塔。

獨狼，你該回來了，我們再一起大鬧京都如何？接下來預定發生的事，你一定會喜歡的！無論是你，還是你的另一個身分，都將屬於我──巫心玉了。

攝政王府在京都東區，皇族及朝中大員的住宅區。我還是第一次大白天來攝政王府，朱門大院的王府在青天白日下果然氣勢雄偉。

在我們抵達時，官兵進行了清道，長長的車隊佔滿了整條官道。百姓被驅趕到了一邊，在這片貴族區，很少會見到衣衫襤褸的普通百姓。

正疑惑老百姓怎麼來了這裡，看到了在王府大門石獅邊擺有一張長桌，桌上還有銀兩。

哦！原來老百姓是來領銀子的！

就在這時，王府裡的家僕匆匆從攝政王府裡跑了出來，為首一人長相乾淨，有種懷幽的味道，一身褐色長褂，烏髮全部在頭頂盤起，用木簪固定，裝扮簡潔樸素。
他匆匆到馬車前，鞠躬哈腰：「奴才見過王。」
緊接著，懷幽也匆匆到馬車上，為我和孤煌少司掀開了車簾，垂首站在一邊。
孤煌少司看向來迎他的僕人。
「文庭，吩咐奴才們給女皇陛下準備安寢的房間，女皇陛下要在攝政王府住上幾日。」
叫文庭的奴才一驚：「女皇陛下？」
下意識看向孤煌少司身邊的我，清清秀秀的臉登時愣住了。
我對他一笑，他才惶然回神，立刻下跪。
「奴才該死！女皇陛下傾國傾城，奴才竟是看呆了，奴才真是該死！」
孤煌少司倒是心情不錯：「起來吧，快去準備。」
「是。」文庭匆匆起身，帶其他下人匆匆入內。
整個過程沒有我發言的餘地。
我看向懷幽：「懷幽，你帶小花回去，把我的行李放在我房裡，我箱子裡都是骨董，誰敢亂動就剁了他的手！知道嗎？」
懷幽垂首退下馬車：「是。」
他微微一頓，悄悄抬臉看孤煌少司一眼，輕語：「女皇陛下入住攝政王府，可需懷幽御前伺候？」
懷幽這句話既是說給我聽的，也是說給孤煌少司聽的。他很聰明，在問之前，看了一眼孤煌少司，讓孤煌少司以為懷幽是在詢問他。

「不必了。」孤煌少司為我做了決定：「王府自有侍者，你且看顧好內宮，隨時等候女皇陛下回宮。」

「是……」懷幽默默低頭，不敢表露對我的擔憂。但我聽出他的語氣，他在對我牽腸掛肚。

幾個奴婢從王府中走出，攙扶我下馬車。我往後一瞧，百官齊刷刷站在馬車兩側。我看了一眼為首的慕容老太君和梁秋瑛，現在只剩不知道梁秋瑛安插在內宮的線人是誰了。不過，我並不急，這個人還是讓他在暗處比較好，他過早與我聯繫，對他而言只會越危險。唯有讓他繼續把我當作敵人，才會越安全。

而且，內宮太寂寥，之後就靠這猜謎遊戲來打發了。內線啊內線，你可得隱藏好，若是讓我一下子就找到，就實在太無趣了。

我看著百官揮手：「你們都回去吧，這幾天本女皇新登基，就不上朝了，你們也去玩吧。」

這一次，百官沒有表露過多驚訝或荒唐之色，似是對我這荒唐女皇已經見怪不怪了。

他們只是齊齊朝攝政王一拜：「臣——告退——」

百官一一上車，紛紛離去。

官道瞬間變得空曠，只留下一陣久久不去的塵煙。而塵煙之中，孤煌泗海的馬車卻不知在何時已經消失不見，空曠的車道上，不見他那輛鬼車的身影。

攝政王府不僅有正門，孤煌泗海定是走邊門了。

我笑嘻嘻轉身，對已經站在我身邊的孤煌少司眨眨眼：「終於自由了，可以玩了。」

他也揚唇而笑，寵溺看我：「想玩什麼？」

我轉轉眼珠：「這我還真得好好計畫一下。啊！我先看銀子發得怎樣了！」

孤煌少司點點頭，揚手之間，僕人牽馬車離開，其餘婢女跟在我和孤煌少司身後。

百姓依然遠遠觀望，人群裡果真是個個美人！

孤煌少司帶我來到桌邊，桌子擺放在攝政王府大大的石獅邊，並不起眼。桌上放有一盤盤白銀，雪花花的白銀在陽光下個個飽滿，大小相同。

銀子旁邊放有兩個簽名用的名冊，用來記錄領取銀子的人名，但是上面一片空白，沒有半個人名。

桌前已經跪有三人，看樣子是負責發銀子的。

我奇怪地拿起本子：「怎麼是空的？你們不發銀子嗎？真是不給我面子！」

我生氣起來，三人渾身一抖，一人壯大膽子回報：「這兩日確實看的人多，但沒人來領啊。」

沒人領？是沒人敢領吧！

我故作疑惑地看孤煌少司，他依然掛著微笑，這混蛋肯定知道，即使他發，也沒人敢領！

我抓起桌上的銀子，拋了拋，轉身看遠遠圍觀的百姓。

「為什麼不來領銀子啊，你們不給我面子嗎？」

登時，百姓呼啦啦惶恐地跪了一地，就在這時，有人突兀地顯露出來，他懷中抱著琴，似是沒想到周圍的人忽然跪下，反而讓他變得鶴立雞群。

看著他雖然有些蒼白，但依然不失俊美且雌雄莫辨的臉，我笑了。

「放肆！還不跪下！」士兵厲喝。

他才匆匆下跪，渾身瑟縮不已。

我拿著銀子走向他，擋在他面前的百姓紛紛散開。我站到了他的面前，淡粉色的裙襬在他面前輕輕飄擺。

「你，抬頭。」我說。

他的身體微微一顫，雙手越發抱緊了懷中的古琴。

「女皇陛下讓你抬頭。」身邊忽然傳來孤煌少司輕柔的聲音，而那溫柔似水的聲音卻讓那人全身顫抖得更加厲害。他面色蒼白地緩緩抬起了臉，孤煌少司微笑看他：「椒萸，好久不見。」

「椒、椒、椒萸，見過攝政王，女皇陛下。」他哆哆嗦嗦地說著，讓他雌雄莫辨的臉多了一分楚楚可憐的淒美。

我立時彎腰扣住了他的下巴，他登時全身僵硬，那雙秀美無比的鳳眸裡，水光登時顫動，讓他的水眸更加撩人。

身邊的孤煌少司身姿微挺，散發出絲絲寒氣來。

十兩銀子，富人不過一頓飯錢、一件奢華的衣服、一樣精美的首飾、一帖補身的上湯，但對於正在挨窮受苦的百姓來說，不是小數目，甚至可以維持半年生計。可以買上優質的大米，可以治病買藥，可以做太多太多他們平日無法做到的事情。

若非十兩銀子對椒萸無比重要，他是斷不會來這攝政王府的。這裡大多數的百姓，皆是如此。

發銀子，是希望椒萸這類在京都受苦的忠良之後前來領取，先解決他們的燃眉之急，解他們後顧之憂，才能全心全意為我辦事。
我無視從孤煌少司身上散發的寒氣，細細觀看椒萸精緻賽過女人的臉蛋。
「欸～～你長得不錯啊……只是有些營養不良、膚色黯淡，給，這銀子賞你了，去買些好吃的吧。」
我把銀子端端正正放在他的額頭上，他顫顫地不敢低頭。
「謝、謝女皇陛下。」
我燦燦地笑了。
「美人就該笑，你哭什麼？而且，你還是個大男人。你放心，我不太喜歡你這種長相偏向女孩的，不會把你帶進宮的，你別怕了。」
他顫顫的目光就此頓住，呆呆地看著我在陽光下的笑臉。
我放開了他小巧的下巴，輕輕拍了拍他的臉。在離開他的那一刻，孤煌少司身上的寒氣也在陽光中消褪，對我笑語：
「椒萸算是京都第一琴師，小玉妳真該聽聽他的琴聲。」
「真的？」當我充滿興趣地這麼說，椒萸又是渾身一緊。我嘟起嘴，得意揚臉：「有什麼了不起，我琴彈得也很好啊。他算什麼？」
孤煌少司的目光流露出些許驚訝：「哦？小玉也會彈琴？」
「山上無聊，能彈的都彈了，我才是彈得最好的那個，我才是京都第一，不不不，是巫月第一琴師！」

我雙手負在身後，洋洋得意起來。孤煌少司搖頭而笑，顯然是當小孩子吹牛了。

我遙望遠方：「現在，我要好好玩玩！」

我開心地對孤煌少司咧嘴笑，滿臉寫著「你要負責陪我玩」的期待。

孤煌少司在暖暖的陽光中無奈而笑，朝一旁的百姓柔聲道：

「都起來去領銀子吧，你們難道還想讓女皇陛下親自發給你們嗎？」

百姓們在孤煌少司的話音中紛紛一顫，立刻接連起身往領銀子的地方跑去，排好了隊。可是他們臉上的神情卻並非喜悅，而是多了一分惶恐和惴惴不安，宛如他們領的不是銀子，而是隨時會爆炸的炸彈。

手中還剩兩錠銀子，正巧看見一對窮苦的龍鳳小孩躲在自己母親身後。

我走向那個婦人，那婦人倒也不慌張惶恐，只是匆匆低垂臉拉兩個孩子一起跪下。

「小婦人拜見女皇陛下。」

「拜見女皇陛下……」兩個孩子用稚嫩的童聲說著。他們的年紀比瑾崋的弟妹還要小些，看上去只有五、六歲。雖然穿著破舊，但是臉蛋和衣服都很乾淨整潔。他們的母親亦是如此。

而他們的母親神容鎮定，但有些窘迫，還略略感覺到她有一絲羞恥感。這名女子的出身想必不是普通百姓，所以她還有初次向人伸手索要施捨的羞恥感。現在京都多是落魄的忠良之後，想必他們也是其中之一。

兩個孩子長得非常輕靈秀美，水汪汪的眼睛黑白分明，靈氣十足，足見他們的母親和父親也是美人，只因落魄而面容萎黃。

「你們兩個真可愛，給。」我笑了，給他們一人一錠銀子。他們呆呆地看著我，小男孩還流出了鼻涕，他的臉很紅，應是發燒了。

「多謝女皇陛下……」女子伸手顫顫地接下了我的銀子，聲音帶顫，如同萬般無奈。

出於書香門第之人多有傲骨，恥於嗟來之食，然而現實折斷了他們的傲骨，踩碎了他們的尊嚴，這才是孤煌少司和那些趾高氣揚的奸臣想看到的，就像椒萸說的，孤煌少司有意留他們活命於京都，以欺辱他們為樂。

我又從懷裡取出兩個狐仙木牌護身符，一一戴在兩個孩子脖子上。

「好好戴著，狐仙大人會保佑你們，你們會越來越好的，不枉……今日我給你們錢花。」

女子微微一怔，驚訝抬臉時，我轉身揮袖而去，淡粉的裙襬在風中飛揚，如一朵粉色的祥雲環繞在我的腳下。

「娘，這個姊姊好漂亮，像仙女一樣。」

「她身上也好香，我聞了感覺身體舒服多了……」

「是嗎……那我們這就去看大夫……」

我無法再看那母子三人，我怕我的笑容被淚水衝垮。臉上笑容燦爛，心中已是熊熊怒火，那群奸臣，我巫心玉一定要榨乾他們每一分銀子！用他們的錢，來照顧這些忠良之後，重建巫月！

我大步跨入攝政王府，直接盯視目標，不想再跟孤煌少司周旋，直取目標——攝政王府那座七層藏珍閣！

「小玉在看什麼？」

我迷惑地指向那座寶塔：「那裡是哪裡？烏龍麵你真厲害，在家裡還造塔，是為欣賞風景嗎？」

家中造塔之人不少，目的有藏書、藏寶、供奉靈位，或是觀景。

「小玉想知道？」孤煌少司笑看我，我立刻點頭，他執起我的手：「隨我來。」

他帶我真正步入他的攝政王府！他的老巢之中！

青天白日之下，我終於走入了敵人的巢內，而他還不知，我正希望他帶我入塔，好好踩點。

孤煌少司有一座珍寶塔，塔內藏有他所有珍寶，可謂他攝政王府的府庫。真要說起來，到底是他錢多還是國庫錢多，也不好說。

畢竟現在他是一把手，國庫歸他所有，所以，他也會好好照顧國庫。

有史以來，不會有臣子帶帝皇參觀自己的寶庫，那是一種炫耀，是一種找死的節奏。若是庫內寶物比皇帝更多、更奇，就等著被抄家吧。

所以歷代貪官都很低調。

但孤煌少司不同，他不是普通臣子，而我也不是像樣的女皇。我覺得對他而言，我現在應該更像他的女兒，他寵著我、護著我、寶貝著我，他願意看我笑，至少這段時間相處下來，我能明顯感覺到這點。

雖然我對此仍心存疑惑，但或許我是他現在最喜愛的寵物。因為孤煌泗海曾說過，再乖的貓兒也會撓主人。

所以，我是他的貓。

無論他現在把我當作什麼，我必須好好利用現在這個情況，對自己做最有利的事情，孤煌少司心

性難測，難以預料他下一刻會不會對我翻臉無情，拋在一邊。

一路上，孤煌少司帶我遊覽他的王府，但我已是心不在焉，一路拉著他只想快點到寶塔之下。

巍峨的寶塔矗立面前，孤煌少司的藏物全在塔中，若是猜得沒錯，應該還有我想要的——黃金！

孤煌家在巫月也算是皇親國戚，曾也有夫王出於孤煌氏，但孤煌一族還是漸漸沒落了。直到，孤煌兄弟的出現。

在皇親貴族裡，和外面的世界想出皇后一樣，為了家族中能出一個夫王，大家都是滿拚的。所以孤煌少司想做夫王，如果說是家族願望，也不會有人懷疑。但是，他不做慧芝女皇的夫王，也不做後面三任女皇的夫王，只做我這最後一任女皇的夫王，司馬昭之心，是路人皆知了。

孤煌少司是想徹底結束巫月女人統治的歷史，開闢男人掌權的新政治格局，與外面世界大統，從此把女皇掃出歷史舞台。

站在藏珍閣前，心情很複雜。這座宅邸，原本是巫月第一皇族所住的地方，也就是慧芝女皇的娘家。

慧芝女皇算是我的大皇姊，父親是巫月最大的皇親貴族之一，出過夫王，又是出自月姓一氏，慧芝女皇可謂皇族純種中的純種。

這座宅邸，便是月氏一門所住。

慧芝女皇駕崩後，我三皇姊昌華女皇繼位，昌華皇姊的家族跟慧芝皇姊的家族一直是政敵，於是在昌華皇姊繼位後，孤煌少司鑽了個空子，聯合昌華皇姊的家族，以貪汙賣官、謀反之罪將月氏一族殺的殺、趕的趕，應該還有一些留在京城，像椒萸一樣，賣作奴婢，受盡屈辱。

想到此，心就一陣揪痛，別誤會我是疼這個家族，我跟他們沒血緣關係，而且我對皇族一直沒什麼好印象，宮鬥得厲害。

我疼的是——月家一直是出美男子的大戶！

哎……可惜了，不知殺了多少美顏。

然後，孤煌少司就住進了這座大宅，成為攝政王府！

這些事也就發生在瞬息間，可謂應了那句話：「瞬息萬變。」

月氏一族到底乾不乾淨，難說。家族大了，蟲子也就多了，但是，正因為是一個大家族，所以也會有良才，可惜一竿子打翻一條船，全部斬草除了根。

現在這座藏珍閣裡的寶物，說不準很大一部分是月氏家族的。

七層的樓閣高聳入雲，京都裡誰敢造這樣的高樓，也只有曾經耀武揚威的皇族了。

樓閣分六面，窗戶緊閉不透風。飛揚的六個角上是鳳凰的頭，與後面的瓦片相連，片片翠瓦如同鳳凰的羽翼，遠看只覺是鳳凰棲於樓閣間，造工精湛。既然此處是皇族，那應該是出自椒家之手！

椒氏家族可謂藝術家，藝術家格外清高自傲，有自己的骨氣！也難怪在孤煌少司要椒萸父親做面具時，椒萸父親會寧死不屈。除了他對皇氏的忠誠，也有他對孤煌少司的鄙視。想必是後者激怒了孤煌少司，砍掉了他的雙手。

樓閣六角飛簷的鳳頭，皆是金嘴張開，如對六方高吼，有辟邪之效。

樓閣下，通水渠，若是有火災，可及時救援。

我看了許久，也沒看出這座樓閣有何奇特之處，一般藏寶的地方多會有防盜的機關。也許我對建築並不熟悉，可能無法看出。

樓閣下，有衛兵把守，不僅是衛兵，我還明顯感覺到了暗衛的氣息，他們隱藏在周圍，即使白天，這裡也守衛森嚴。這有點像是金庫了。

孤煌少司執起我的手，走過通水的小橋，站在藏珍閣匾額之下，我興奮地扒在門前看。

「裡面是什麼？是什麼？有那麼多人看守。」

「是寶貝。」孤煌少司笑著說，從深色的袍袖裡取出一把鑰匙，打開了門上九子連環鎖。這種鎖，有如現在的密碼鎖那麼厲害！

我不擅長開這種鎖，因為我數學不好。

當朱門打開，陽光傾瀉進入門中之時，我看到了一排又一排精美的瓷器！

「怎樣？」孤煌少司略有些得意地微笑看我，卻因為我並不興奮的表情而一時頓住了笑容。

我看了一會兒，有些失望：「就瓶瓶罐罐啊……」

「小玉，那些都是骨董，都是！」他一時頓住了口，似是明白什麼，笑了，再次拉起我的手腕。

他輕輕拉起我走入樓內，瓷器這種高雅的玩意兒，一個山間妹子怎麼會喜歡？別說山裡的，就算是京都裡的女人，你放一個白瓷茶杯，再放一個寶石戒指，你看她拿哪個。

「我知道妳喜歡什麼了，隨我來。」

樓內左右兩側各有往上的樓道，當我經過一排又一排瓷器時，忽然一抹彩光吸引了我的注意。

「等等。」我停下腳步，走入內，在一排又一排瓷器的中央，見到一個單獨的紅木雕花几，上面放有一個精美的琉璃花瓶！

現在這個年代，做硫璃花瓶是非常困難的。正因為困難，才格外珍貴，可謂國寶！

七彩斑斕的顏色在陽光下折射出七彩霞光，瓶身上還有遊龍戲鳳的花紋。太讓人驚嘆了！誰做的？

我好奇地拿起，孤煌少司立刻扶住我的手臂。

「小心。」他的語氣中竟透露一絲緊張，可見他對這個琉璃花瓶的珍視與喜愛。

「這是七彩琉璃瓶，十分珍貴。」孤煌少司直接從我手中取走了，我看到瓶底有椒家的徽章。

椒萸家做的！

他們居然已經有這樣的技術了！

「舉世只有這一只啊……」孤煌少司輕放花瓶珍愛感嘆。

「你確定只有一只？」我反問：「別人不會再做一只嗎？」

他放好花瓶，看著花瓶，嘴角緩緩揚起，那笑容卻是格外的陰冷可怕。

「不會再有了，會做這個花瓶的人已經沒有手再做了。」

椒萸的父親！

難道，當初砍了他的手，還有此一目的？

孤煌少司轉身微笑看我。

「我帶妳上去，上面會有妳喜歡的。」說罷，他把我拉出了這裡，似是怕我搶走他的花瓶。

孤煌少司真的很喜歡這只花瓶啊！

藏珍閣第二層是藏書樓，古卷書籍，數不勝數。

第三層是字畫樓。名人書畫，有的掛出，有的擺放。

第四層，撲鼻的藥香味，千年的人參，百年的何首烏，還有一隻據說是萬年的蜈蚣乾！那東西只怕已經是化石，不能吃了吧！

孤煌少司的藏珍閣，簡直是巫月博物館。

終於，我們到了第五層，立刻滿目的奇珍異寶奪人目光！

紅珊瑚、夜明珠、翡翠、寶石應有皆有！我看得目瞪口呆！

孤煌少司輕拉我到一盒錦箱前，對我迷人一笑，打開，立時，滿箱的珠寶首飾閃瞎了我的眼睛。

我開心地一件一件往身上戴，每根手指戴三個戒指，手上套滿手鐲，頭上插滿髮簪，然後我開心地對孤煌少司笑。

「我夠不夠閃？」

孤煌少司寵溺地笑了起來，還配合地用手微微遮光。

「夠閃、夠閃～～閃得我無法睜眼了～～」

「哈哈哈——哈哈哈——」我抓起滿滿的珠寶首飾拋扔，然後抓起一把每顆一樣大小的大珍珠項鍊，想把它拽斷。

「小玉妳要做什麼？」孤煌少司疑惑看我。

「拽斷玩滾珠啊。嘿嘿，這幾顆大。」

「呵……」孤煌少司無奈而笑，輕輕按落我的手，把珍珠項鍊放回錦盒。

「你捨不得嗎？」我天真疑惑地看他。

「不，我捨得。」他看了看我滿身的首飾，又笑了出來，抬手到我髮間，青黑色金紋的衣袖垂在我的臉邊。他微微上前一步，靠近了我，他身上淡淡的麝香時有時無地進入我的鼻息。

他輕輕地拆下了我滿頭髮簪，放入錦盒，雙手環過我的脖子，取下一串串金鍊珠鍊也放回，最後，他抬起我的手，輕而緩慢地取下我手指上的戒指，輕柔的動作似是怕弄壞了我的手指，緩慢的動作延長了與我肌膚相觸的時間，每一次取下，他的指腹都輕輕滑過我的手指，帶來的搔癢分外撩人。

他取下了我身上所有的首飾，輕執我的雙手，細細觀瞧我的臉龐，黑澈澈的雙眸裡，是那一汪溫柔的春水。他輕輕撫過我的臉，微笑感嘆。

「我的小玉像山間的野花，無需任何裝飾，也已美若山間仙子……」

我第一次聽他這樣說。甜言蜜語的暖男，永遠是女人無法逃離的情劫。

他垂眸看落錦盒，從中細細挑選了一番，只取出了一支分外簡潔的白玉簪，插入了我的髮髻。他的唇角緩緩揚起，滿意而笑，紅潤潤的雙唇緩緩落下，輕輕落在了我的瀏海上，如同露珠滴落；氣息吹拂瀏海，宛若一個看不見的吻，印落。

我眨眨眼，低下臉，轉身，看到了上去的樓梯，我故意轉移話題：「上面是什麼？我要去！」

我跑了過去，身後傳來孤煌少司的呼喚：「小玉！上面沒有寶物！」

我直接跑上了樓梯，身後傳來一聲輕嘆，但隨後也追上了。

當我的視線越過樓梯時，我看到了一個又一個貼有封條的玄鐵箱！

我手扶扶手緩緩上樓，陰暗的樓層裡只有那一個個大鐵箱！黑色的鐵箱看上去非常沉重，每一個箱子有三尺長、兩尺高！

玄精之鐵，永不繡蝕，做成鐵箱，可放金銀！

「小玉，上面沒寶物了。」孤煌少司走來我身邊，他身上玄色的衣衫和這間房屋一樣黑暗。

「那些箱子裡放的是什麼？」我指向那些箱子。

「庫銀。」孤煌少司並不避諱地說，輕轉我的肩膀，帶我往下。我並不留戀，故作無趣。

「原來是金銀，沒勁，還是第五層最好！」

「是。」孤煌少司笑了：「那只錦盒我會送入宮，讓小玉每日更換自己的首飾。」

「不要。」我鼓起臉，站在樓道下，微弱的陽光從窗縫中進入。

「為何不要？」孤煌少司面露疑惑。

「其實我不喜歡戴首飾，戴了首飾都不能好好玩了。」我看看自己空無一物的雙手。

「呵……」孤煌少司輕笑起來，抬手摸了摸我的頭，微微彎腰與我平視，眸中滿溢深深的喜愛和寵溺之情。「我的小玉不貪心，又善良，真是個好女孩兒。」

「嘻嘻……」我咧嘴笑了，然後自得地仰臉，雙手負在身後：「那些東西有什麼稀奇的，神廟裡骨董神物可多了。」

孤煌少司似是想起了什麼，走入一排排架子裡，找尋起來。

「你找什麼？」我好奇地跟上。

他依然認真找著，黑色如瀑的長髮在他彎腰時滑落，如紗簾般放落，讓人忍不住伸手觸摸。

我伸出手，抓起他一把長髮，在他尋找時在手中把玩。長髮絲滑纖細，比上好的流蘇還讓人愛不釋手。

那些女皇可曾碰他？那些女皇又怎能忍住不碰他？

還是……是孤煌少司讓我碰，我才碰得了？

「我記得應該就在這裡……」孤煌少司真的找得很認真，我第一次看見他那麼認真地為我做一件事情，而他做的所有事，無非是讓我……愛上他……

「在這兒！」

他竟也露出孩子般激動的神情，手拿一個紅木盒放到我面前，緩緩打開，我看到了一條月牙色的綢帶！

「我說過，我也有一條冰蠶絲，我會修好妳的流星追月！」孤煌少司溫柔而笑。

我驚訝地拾起盒中絲帶，冰涼入膚，絲光如月，不錯，是冰蠶絲！

孤煌少司放好綢帶，輕輕闔上盒蓋。

「少司……」

在我的輕喚中，孤煌少司的手倏然頓住，我抬眸看他，他面露驚訝地深深注視我。

「小玉，妳叫我什麼？」

「少司，你確定你真的想入宮嗎？」我哀傷地看他略顯激動的雙眸。

他微微一怔。

「你確定你是真的喜歡我嗎？」我低下臉。

他手拿木盒的手微微一顫，隨後轉身放好盒子，雙手輕握我的雙臂，緩緩把我拉入他的懷抱。

「我怎會不喜歡我的小玉呢？」

我搖搖頭：「不，你不喜歡，外面的人說，攝政王孤煌少司不會喜歡任何一個女人……」

「外面都是一派胡言！」他忽然激動起來：「他們還說我跟每一任女皇有染！汙我名節！小玉，妳可以問問懷幽，問宮內任何一個宮人，我可曾在宮內留宿？」

「好……我會去問的……」我輕輕推開了他。

自然要去問，形式還是要走囉～不然不能體現我的呆蠢傻色跟純真。

「小玉……」他伸手朝我撫來，我輕輕推開，從他身側緩緩而過。

「宮內之人可正你清白，但是，又有誰能證明你感情是真？少司，我只是不想受傷，我活不過一年，不想在這一年裡，還被人傷害……」

孤煌少司怔立在我身旁那昏暗的世界之中。

他想讓我愛上他，那我會如他所願，我會「愛」上他，和其他愛上他的女皇一樣，去愛他。

然後，被他深深傷害，再無情拋棄。

他心裡應該比任何人都清楚，他曾經是如何讓那些女人愛上他，再把那些女人傷害得體無完膚。

他就是為傷害女皇而生，他所有的伎倆，如同天生而來。

既然這是他慣用的手段、計畫，此時如同受到打擊般的神情又為何而來？

孤煌少司久久立於寶物之中，深沉的身影即使是寶物的霞光也無法將他照亮。

我轉身下樓，揚唇而笑。頂樓有黃金。

接下去的問題，就是這麼重的黃金，再加上這麼重的玄鐵箱，要怎麼運？

即使箱子不運，黃金也夠重啊！

頭痛。

到四樓時，正巧有人來開窗通風，僕人見我下樓，匆匆整齊站立，低臉頷首，穩住氣息。不愧是負責打掃孤煌少司藏珍閣的僕人，擁有不錯的內功。

從那扇窗外，我看到了不遠處也有一座樓閣，但沒有藏珍閣高，只有六層。我想起來了，那是蕭家的望月樓，也就是外侍官蕭玉珍母親戶部尚書蕭雅家。

朝中皇族大官流行建造樓閣，只是官員不能高於皇族，所以蕭家的只有六層。

心中一動，深吸一口清新的空氣。

「啊……舒服多了，這座樓太悶了……」說罷，我揚笑下樓，看來要去找椒萸先做一點東西。

孤煌少司帶我參觀他的攝政王府。第一皇族的府邸造工不亞於皇宮，精雕細琢，雕欄玉砌，九曲迴廊，百花香滿園。可見月氏一族曾經多麼興盛！

巫月第一皇族，就這麼頃刻間消失在歷史河流中了。

✣ ✣ ✣

夜晚，攝政王府設宴。

宴席很簡單，只有我和孤煌少司，甚至不見孤煌泗海。那個叫文庭的男侍侍奉在旁，顯然他是孤煌少司的親信。

樂師在一旁奏樂，曲聲悠悠。

我左看看右看看，孤煌少司笑看我：「小玉，在找誰？」

「你弟弟。」我小聲說。

「他不會來。」他笑了。

「好可惜……」我眨眨眼睛，面露失落。

「怎麼？妳想見他？」他笑容微淡，微微垂眸。

我再看看左右，顯得格外小心，再次小聲：「我想看看他怎麼吃飯的，是不是也不摘面具。」

「哈哈哈哈——」孤煌少司大笑起來，連連搖頭，然後湊到我耳邊也是輕語道：「泗海他從不吃飯。」

「真的？」我驚愕。

孤煌少司微微上挑的眼睛笑彎起來，抬手輕點我的鼻尖。

「逗妳呢，傻丫頭。」

我噘起嘴撇開臉：「烏龍麵不乖，逗我玩。」

「哈哈哈哈——」他再次大笑不已，伸手輕輕撫摸我的長髮。

就在這時，僕人帶入一人，他懷抱裝入黑色琴袋的古琴，低垂臉龐，一身滿是補丁但很乾淨的青色長衫，墨髮垂於後背微顯乾澀。

是椒萸。孤煌少司真的把他叫來為我彈琴了。

椒萸戰戰兢兢地到大廳之中跪下：「椒萸拜見攝政王，拜見女皇陛下。」

「是你！」我笑看他，他身體一陣瑟縮，不敢說話。

孤煌少司淡笑看他：「起來吧，今夜喚你來，是為女皇陛下撫琴的。」

「是。」椒萸順勢跪坐於腳跟，僕人很快放落琴案，椒萸從琴袋中輕輕取出古琴，放置琴案。

纖長的手指愛惜地輕輕撫過琴弦，落指之時，他的雙手卻在顫抖。他的手顫抖得非常厲害，他在害怕，因為孤煌少司。

他用力捏了捏自己的手，想讓雙手停止顫抖，卻依然顫抖不停。

所有樂師停了下來，整個殿堂更加安靜，這讓椒萸緊張顫抖的呼吸聲也變得清晰。

孤煌少司已經露出不悅，我沉臉站了起來：「你怎麼不彈？要讓我等到什麼時候？」

立時，椒萸驚恐地趴伏在地。

「小人該死！小人該死！」顫抖啞然的聲音顯示他此刻的恐懼，如同他面對此生最害怕的惡魔！

我走下宴席，站到他的琴前，淡粉的裙襬輕觸琴案。

「你這人真奇怪，總是戰戰兢兢的，你到底在怕什麼？烏龍麵還說你是京都第一琴師，可你連在他面前彈奏的勇氣都沒有！」

椒萸的身體微微一怔，我故意說他在孤煌少司面前沒有勇氣。

我走到他身邊，踢踢他：「走開！我才不信你是第一琴師呢！我來彈！」

椒萸立時往一旁挪了三尺，空出了位置。我盤腿坐下，不服地看面色稍許緩和的孤煌少司。

「烏龍麵，我今天一定要證明我才是第一琴師！」

孤煌少司終於展開笑顏，卻像是笑我童言無忌。

我捏了捏手，轉了轉腰，拉了拉手臂。

「小玉。」孤煌少司笑看我，眸光閃閃：「妳確定是要彈琴，不是打架？」

「哼！」我鼻尖朝天：「你少小看我，我雖然打不過你弟弟，但總有一天我會打敗他成為第一的！」

登時，椒萸的身體在我身旁一緊，連氣息也猛然收緊，已無方才的恐懼，而是透出絲絲驚詫。

孤煌少司的目光始終落在我驕傲的臉上，並未注意椒萸的變化。他笑容更深，帶著寵溺地附和：「好～～好～～小玉什麼都是第一～～」

我嘛起嘴：「就知道你不信我，你這是敷衍！我這就彈給你聽！」

我雙手放落琴弦，立時萬籟俱寂，連孤煌少司也變得專注，似是真想聽聽我的琴藝到底如何。

深吸一口氣，雙手拿起、放落，毫不溫柔地在琴弦上快速亂撥亂弄，頓時噪音四起，如群魔亂舞。下一秒，孤煌少司岔了氣，樂師們紛紛低臉，不敢出聲。

椒萸慌慌張張地心疼抬起臉，低低顫顫地急語：「請、請女皇陛下溫柔……」

我立刻停下手，雙手按住琴弦，整個殿堂再次鴉雀無聲。

我慢慢轉頭看向椒萸，椒萸與我對視一眼，驚然低臉，再次趴伏。

「方才讓你彈，你不敢彈，此刻，你倒是有膽子教訓起本女皇了？」

椒萸全身顫抖，已經嚇得不敢說話。

「就你這點膽量，活該你琴彈得再好，也只能受窮！」我輕鄙地睨他。

椒萸的身形立時一怔，趴在地上的雙手慢慢握緊。

「男人沒膽，怎麼照顧家人？幸好你這張臉還算不錯，能從我這裡要得十兩銀子，不然，你家人豈不要餓死？」

我滿是不屑的話語讓椒萸的身體不再顫抖，但在忽明忽暗的燭光中漸漸無力地垮了下去，他努力屏住呼吸，但還是打了顫。

「小玉，讓妳掃興了。」孤煌少司坐在席位上微笑看我。

我轉回臉，手指再次放落琴弦，微微閉眸，指尖輕挑，撥出了沉沉一聲，沉穩的音律帶出泱泱大國的宏偉莊嚴。

「子曰：禮尚往來，舉案齊眉至鬢白，
吾老人幼皆親愛，掃徑迎客蓬門開——」

那日，我唱的是童謠，輕靈跳躍，活潑可愛，那麼今日，我吟唱的高歌盛曲，盡顯我泱泱大國之磅礴氣勢！

樂師們開始一一附和我，盛大的畫面浮現眼前，彷彿見到我大巫月巍峨的宮殿和站在宮殿前威嚴的女皇。

群臣下拜，氣勢恢弘。壯麗河山，廣闊天地，男耕女織，老幼相扶。

「看我泱泱禮儀大國，君子有為德遠播，
江山錯落人間星火，吐納著千年壯闊——」（※註：歌詞取自「禮儀之邦」，作詞：安九）

歌聲隨琴聲而停，我緩緩睜開眼睛，長舒一口氣，看向目光變得深邃的孤煌少司。他直直盯視我，視線似是染上酒的熱意，火辣辣的像是在我的臉上燒灼出一個洞。他單手執杯，不喝也不放下，似是那個姿勢已經保持良久，從我琴聲起始。

整個大殿再次鴉雀無聲，卻不是因為無人彈奏，而是依然在唏噓。

身邊椒萸不知何時已經起身，呆滯地跪坐於我身旁，忘記了不可與君平起平坐。

「烏龍麵可知男人治國，與女人治國之不同？」我抬眸笑看孤煌少司，微揚唇角，半露神祕。

孤煌少司凝視我的目光未收，閃過一抹驚訝，似是沒想到我在彈琴之後會有此一問。

他深邃的目光立時化作了深沉，熱意雖未消退，但眸中竟多了一分審視，重新看我。

「有何不同？」

我咧嘴而笑，笑得有點壞。

「就是多娶老婆和多娶老公的不同唄，哈哈哈——烏龍麵你真笨，哈哈哈——」我大笑不止。

孤煌少司一怔，眨了眨眼，也笑了起來。

「哈哈哈——哈哈哈——」他仰天大笑，但是深邃的目光卻久久盯視我。

我起身俯看椒萸：「回去練好膽量，再來為我獻曲，你不彈，我怎知自己到底是不是第一？」

椒萸恍然回神，立刻下拜：「小人遠遠不及女皇陛下……」

我不屑：「哼！我才不要你故意讓我呢！我最討厭別人讓我！你走吧！」

「是、是！」椒萸如獲大赦般匆匆抱起琴，逃也似地走了。

我的話可以保椒萸的性命，因為我還要聽他的琴，孤煌少司便不會殺他。不然，以他的表現和孤煌少司的脾氣，只怕是活不過今晚了。

在他逃出殿門之時，一個護衛匆匆進入，在文庭耳邊耳語了一聲，匆匆離去。

孤煌少司瞥眸過去，看似隨意，文庭輕聲稟報：「王，二少爺有請。」是孤煌泗海。

孤煌少司點點頭，轉臉微笑看我：「小玉，夜已深……」

「欸～～烏龍麵還說陪我，結果又要去陪弟弟了……」

孤煌少司因我的話而微露彆扭之色。

我繼續道：「算了算了，你那弟弟那麼愛吃醋，若我留你，他必又要打我，我回房休息了，明日你可要補償我哦。」

「好。」孤煌少司淡淡而笑。

晚宴之後，孤煌少司直接離開，由他的親信文庭送我回房，我以舟車勞頓為由，早早熄燈。

然後，我脫了裙衫，裙衫累贅，質地絲薄，若是隱跡樹中，不是這裡勾破就是那裡劃絲，小心為妙。

最後，我只剩貼身的內衣，反倒行動方便些。

攝政王府來了不下數十次，我直接摸到孤煌少司和孤煌泗海議事的那間書房。正看見孤煌少司盤腿坐在軟墊上，低眉沉思。他的對面，正是孤煌泗海。

「那個女人很古怪。」孤煌泗海陰陰冷冷地說，詭異的面具正對孤煌少司，雙手插在袍袖之中。

「之前你說記不清她的容貌，我還不信，但現在，我信了。」

「怎麼？連你也記不住嗎？」孤煌少司驚詫抬臉。

孤煌泗海抬手摘下了面具，立時露出了他陰邪帶笑的容顏，他放落面具置於案几，冷笑一聲。

「我會搞清楚的。」

孤煌少司看了孤煌泗海一會兒，卻是垂眸輕語：「但我記住了。」

「什麼？」孤煌泗海狐媚的眸中掠過驚訝：「難道是次數不夠？」

孤煌少司緩緩抬起手，按在了自己的心口：「在這裡，很清楚。」

「你愛上她了！」孤煌泗海白色的袍袖瞬間掠過案几，扣住了孤煌少司按在心口的手。

孤煌少司抬起臉龐，鎮定地搖搖頭。

孤煌泗海越發靠近地看著自己的哥哥孤煌少司，雪髮垂落紅木的案几，在燈光中閃現刺目的月光。

他們四目相對許久，宛若孤煌少司放開一切，讓他的弟弟進入他的內心最深處。

孤煌泗海緩緩退回原位，雪髮緩緩掃過案几，擰起飛挑的纖眉。

「這個女人，果然很古怪！」

孤煌少司也目露深思。

「我一直當她單純天真，但是，她漸漸給我有種她知道我要殺她的感覺。」

「是你的感覺？還是她真的知道？」孤煌泗海清冷的聲音透出冰一般的冷。

孤煌少司目露深沉。

「若她真的知道，她又怎會讓我感覺到？這是矛盾的！」

「越是矛盾，才越古怪！」孤煌泗海冷笑而言：「至少，這個女人把你的心攪亂了。你看看現在的你，有多寵她！你確定你真的沒有一絲絲喜歡上她？」

孤煌泗海冷冰冰的目光落在孤煌少司的臉上，孤煌少司在他的話音中漸漸走神。

「最好不要喜歡。」孤煌泗海目光陰冷，嘴角卻帶著笑：「你若喜歡了，還怎麼殺？」

「哼……」孤煌少司卻也冷笑起來，俊美的臉上在搖曳的燭火中閃過一抹無情與冷酷。「可以養著，早晚有一天也會膩的。」

我心中不由一寒，這股寒意讓我由內而外地透涼，悲嘆女皇們感情被玩弄，孤煌少司從未憐憫過她們，甚至對她們的感情更是不屑一顧。

燭光之中，孤煌泗海眸光一閃，登時大笑起來。

「哈哈哈——哈哈哈——你早說，害我還擔心你了。」

「呵……」孤煌少司也眸光閃閃揚唇而笑：「我幾時讓你擔心過？」

上揚的唇角，不羈而高傲，似是凌駕於萬物的尊神，不把任何人、任何情放入眼中。

即使一時的喜歡，也不過是對寵物一時的新鮮。然後，早晚會膩的。

孤煌泗海壞笑地看孤煌少司，二人又是對視片刻，隨後孤煌泗海起身，走到孤煌少司身邊坐下，懶懶地往他身側一靠，立時雪髮滑落孤煌少司的肩膀，與他長長的墨髮交纏在一起。他雙手交握放於雪髮之後，孤煌少司的肩膀之上，雙腿交疊，怡然自得而隨心隨性。

「這個女人很古怪，但很好玩，我改變主意了，讓她多清醒一會兒陪你玩。」

什麼叫……清醒？他想把我弄瘋嗎？我渾身一個冷戰，這兩隻妖孽已經在算計我，想把我弄瘋是嗎？是啊，我已經即位了，是該生孩子了。

孤煌少司微微轉臉，笑看肩膀上的孤煌泗海。

「怎麼？對我沒信心？你認為我無法進宮？」

「不，我是擔心你不能讓她懷孩子，哥，你對她太溫柔了。」

孤煌泗海無聊地說著，晃著自己的腳丫。

「這種女人，扔到床上，半推半就也就從了。她若不從，放點藥，我保證她對你死心塌地。」

「你想讓我來硬的？而且……我也不想再要一個瘋子了。」孤煌少司說得極其平淡，宛若在說普通的擺飾，不瘋的是一個品種，瘋的又是另一個品種。

「哈，我忘了，你還想繼續玩這個感情遊戲。」孤煌泗海冷笑坐起，正對孤煌少司側身，雙手放入袍袖之中。「看來你玩得很愉快。」

孤煌泗海的眸光銳利起來，狐媚的眸中透出了陰邪的笑意。

「愉快得都快讓我嫉妒了！」

「哼……」孤煌少司笑了起來，微微轉身，看著自己的弟弟孤煌泗海，墨髮垂背，鋪於地面如垂放於地板的狐尾，在燭光中劃過抹抹流光。「你想你的玉狐了？」

孤煌泗海陰沉起來，嘴角的邪笑越發邪佞，眸光竟閃亮得彷彿有簇燃燒的火焰，充滿了要征服獵物的強烈慾望和興奮。

「我有預感，她回來了！」

「泗海，神廟到底發生了什麼？」

孤煌泗海抬眸看一眼孤煌少司，隨即垂眸，歪過臉看桌上面具，拿起並緩緩罩住了他豔絕無雙的臉。

「與你無關。」

我一愣，唯獨玉狐的事，孤煌泗海不願與孤煌少司多談。

「我擔心你。」孤煌少司的語氣裡充滿深深的憂慮，他抬手撫上孤煌泗海的面具。孤煌少司見孤煌泗海不語，嘆了一聲，伸手抱住孤煌泗海的頭，二人宛如是被族人離棄之人，在人間相依為命，相互依偎。

我轉身靜靜離開，有時不露絲毫破綻也很無趣。今夜之後，我徹底攪亂了孤煌少司的心，他很矛盾，他很不解，這正是我想要的。因為，他太冷漠無情，冷漠無情之人不會心亂，他不亂，我無法攻破他堅固的城府，將他打敗。

第二天，我起了個大早開始鬧騰了。

「烏龍麵～烏龍麵～～～起床了～～」我跑到孤煌少司的房前，在寧靜的早晨大喊大叫，製造噪音。

慕容襲靜眼睛不在，感覺舒服太多了。

「烏龍麵——烏龍麵——起床了——我要出去玩——」

「砰！」一股寒氣倏然破門而出，白色的身影已在面前。

晨霧繚繞，那人只穿白色絲綢內單，戴著面具陰森森地站在我的面前，滿頭雪髮披散，瀏海有些凌亂地滑落在面具上，猶如清晨的厲鬼！

他渾身殺氣地站在我面前，雙腳赤裸，沒有穿鞋。

「白、白毛？」我故作驚嚇地退後一步，看看他的腳：「你、你不穿鞋冷不冷？」

「滾！」他只給了我一個字。

「好！是你叫我滾的！我不找你們玩了！」我嘛起嘴。

我直接飛起，在飛入空中時，腳踝忽然被一隻陰冷的手扣住，把我從半空中直直拽落！

「啊！」我從空中落下，單腳落地，雙手本能地扶在了孤煌泗海的肩膀上，因為院內只有他可以讓自己保持平衡。而另一條腿還在孤煌泗海手中，曲起貼近了他的腰側，這使我整個人不得不貼近在他的身前。

我呆呆凝視他的面具，他抓住我腳踝的手緩緩提起，把我的右腿越發抬高。他透過寧靜的面具看我良久，緩緩轉臉俯下身，絲綢內衣漸漸垂落我的腿上，從他垂下的領口中，可見他蒼白到如同夜間明月的肌膚。

他的面具快要貼上我的腿，那夜橋下的一幕浮現眼前，孤煌泗海似又要嗅聞我的腿，我立時收回腳，推開他的身體，往後飛起，落地，戒備看他。

他依然微微俯身，左手抬起，宛若手中仍抓著我的衣裙。

「小玉。」一聲呼喚從屋內而來，孤煌泗海慢慢站直了身體，陰邪詭異的面具冷冷對著我。

我立刻看向從屋內走出的孤煌少司，他身著銀藍內衣，黑色長髮也披散在身上，直垂後腰。

他無奈地看我和孤煌泗海。

「你們又打了？」

孤煌泗海依然靜謐無聲。

我看看孤煌少司，再看看孤煌泗海，我知道自己露出了一絲混亂，乾脆順其自然，繼續用自己慌亂的目光打量他們。

「你、你們兩個真的睡一起？你、你們變態！」說完，我轉身就跑。

孤煌泗海是不是發現了什麼？

孤煌泗海應該不會發現，只要我沒有在他面前流露出師傅的仙氣。我身上的香味每天更換，宮女們每天為我準備的香精都不同，即使和那夜相同，也不能說明我們是同一人。因為香粉、香精是少女常用之物。

那一晚……似乎是玫瑰吧……

昨晚攝政王府的婢女給我用的，好像也是玫瑰。是不是那香味，讓孤煌泗海想起玉狐了？

哼，他還真是想我，好，哪天讓玉狐見見他，一解他如此這般的「相思」之情。

我一個人走在寧靜的街道上。我出攝政王府無人阻攔，不過還是有了個跟屁蟲。

此刻早市還沒開始，街上只有淡淡的晨霧。

我停下腳步，轉身，跟屁蟲也停了下來，對我深深一拜。

「女皇陛下，回王府吧，您這樣上街，有些不妥。」溫溫和和的聲音，和孤煌少司如出一轍。果然是什麼主子，養什麼奴才，只是語氣平淡，沒有微笑。

這個文庭輕功不錯。

「給我弄套男子的衣服來。」我看看他。

他微微一愣，還是點頭：「是，請女皇陛下稍候。」

他清清淡淡的身形消失在晨霧之中，看來孤煌少司吩咐過他，要他滿足我所有要求，不然，不會那麼爽快答應。

不久之後，他真的取來一套男子服裝，找了個剛開門的酒樓，夥計還沒有全起來，只有老闆和一個夥計。

老闆一眼認出了他，誠惶誠恐地迎接：「是文主子來了，請進，請進。」

「找間客房。」文庭表情平靜地說。

「是。」老闆親自帶路。

文庭頷首讓我先行，老闆疑惑地偷偷看我一眼，領我入內。

進入最近的客房，文庭候在了門外，冷冷看一眼老闆，老闆匆匆離開，文庭隨手關上了門。

我站在客房裡開始換衣服。把長髮全部盤在頭頂，用他一同取來的白底金紋緞帶綁起，穿上同樣是白底的男子長衫，衣面是上好的緞子，緞子上用銀藍色的絲線繡出若有似無的水紋，時隱時現，瀟灑風流。

淡藍色的腰帶綁住腰身，一掛墨綠銅錢玉佩垂於身前，黑色的小馬靴大小正合適，像是穿了少年的鞋子。

從上到下說不出的合適。孤煌少司哪兒找的衣服？難道是他小時候的？

我打開了門，文庭朝我看來，又是呆了片刻。

「怎麼，又看著我發呆了？」我笑了。

「奴才該死。」文庭惶然低臉，玉面開始泛紅。

我細細看他一會兒，往前走。

「走吧，是不是攝政王交代你今日陪我？」我整理自己的衣袖。

「是，攝政王今日……要與朝臣議事……所以……」文庭變得吞吞吐吐，有些後悔之意。

「明白明白，那些老頭老太婆我也不想見，他們說的事情也煩人，讓烏龍麵去處理吧！今天你可要好好陪我玩。」

我伸手扯了扯文庭的耳朵，文庭立刻點頭：「奴才遵命。」

候在樓道的老闆看見我們慌忙低頭，眸中疑惑更深。

我走下樓，文庭跟在我身後，我突然轉身，文庭差點撞上我。幸好他有功夫底子，及時收住腳步，站在台階之上，又是看我看得發呆。

我揚唇壞笑看他，只見他的臉紅了。

他既然是孤煌少司心腹，城府必定不淺，卻屢屢看我看到發呆，失了神。

我踮起腳尖，正對他的臉：「我說……我真有那麼好看？」

他立時回神，眸中劃過一抹尷尬窘迫，匆匆低下頭：「是。」

我咬唇壞笑轉身，甩了甩衣襬前的玉佩。原來……我還能用美人計！

「走了！」我心情大好地下了樓。師傅，你給了我一張真是不錯的臉，讓人記不住，才能讓人百看不厭！

「女皇……玉公子，這裡是京都最好的早茶，請用……」

「嗯……嗯……」

「玉公子，這裡是京都最好的繡坊……這裡是京都最好的首飾店……這裡是京都最好的脂粉店……這裡是……這裡是……」

文庭很盡職，帶我走遍京都最繁華的街市，帶我吃遍最美味的小吃。手中大包小包，任勞任怨。我跑到這兒，他跟到這兒，我跑到那兒，他跟我到那兒。我坐時他為我擦椅，我站時他為我遮陰。他讓我有點想念懷幽了。

我時而在小攤前流連，時而在店內精挑細選。陽光燦燦，心情更好。快到中午時，我們經過了一片矮牆。

牆內池水如碧，綠柳垂蔭，九曲小橋，白亭鄰水，美得如詩如畫。忽然間，簫聲傳出，打破了這幅畫的寧靜，白亭之中走來翩翩白衣黑紗的少年，讓畫忽然靈動起來，隨即，更多的少年出現，他們或是吹笛或是撫琴，或是坐於白亭內，或是坐於白亭外草坪之上，一時彈曲奏樂，好不熱鬧。

少年們衣著統一，白衣如宣紙，黑紗如墨，青紗過頭，髮帶飄揚，面前的畫面，如同一幅唯美的粉末丹青，讓人流連忘返。細細一看，其實也有少女做少年打扮，只是他們衣著一樣，面容又同樣姣好俊美，一時看漏了。

「這是哪兒？」我恢復好色本性，目不轉睛地問。

「回稟玉公子，這裡是皇家書院。」

「哈！」我嗆笑出聲：「好玩，我也要去！」

見我跑向前，文庭立刻追來：「玉公子！玉公子！這……不妥吧！」

我笑看他：「有何不妥？」

文庭被我問得一時語塞，似是不敢說不妥之處，只好默許了。

「這裡面都是那群老頭老太婆的兒子女兒吧，我要去挑挑，找幾個養眼的放在朝堂上！」我笑道。

文庭聽到我這番話，臉色一陣青白。我笑瞇瞇推開他，大步到皇家書院大門之前，想想瑾崋曾經也是一身黑衣白紗在這裡讀書，我簡直無法想像他也有安靜儒雅的時候！

一定不會的。

他一定是像小混混那樣，腰帶凌亂，衣衫敞開，然後整天只會舞刀弄劍，不屑與手執書卷的書生為伍。

書院門口有身著青衣的男子，他們見我進入，先是一禮。

「這位小公子要找何人？」

「我不找誰，我隨便看看。」我笑道。

「對不起，小公子，此處是皇家書院，若要參觀，可有信函？」兩位青衣男子依然文質彬彬。

「還要門票？」我噘起嘴，不悅地看文庭，示意：他們不讓我進，你看著辦。

文庭立時上前，恢復深沉面色。

「這位是攝政王的貴客——玉公子，去通知你們院長，讓他親自相迎！」

立時，青年男子中一人面露怒色，另一人則是將他攔住，但臉上已不再是歡迎之色。

「院長病了。」

「是嗎？」我心情很好，上前一步，抬手點上二人額頭：「誰教你們攔我，誰教你們攔我！」

二人一怔之後，紛紛倒地。看得文庭面露驚訝。

我拍拍手，雙手負到身後，跨過兩具「屍體」，昂首站立在文庭身前。

「這世界，沒人敢攔我！哼！」說完提袍入內。

蘇凝霜，我來了，且讓我看看你是不是像瑾崋說得那麼智慧超群，天降之才！

這書院也有意思，現在明明就讀的大部分是貪官之子女，偏偏門口那兩個看似老師的男子還帶一分傲骨，不願趨炎附勢，不畏強權淫威。所謂上樑不正下樑歪，上樑清則下樑也清，從門口那兩人來看，書院的院長，應該不壞。

我步入書院，書院高雅清淨，無論是精心排列的鵝卵石，還是路邊的一樹一花，都經人精心修剪布置，樹下不見雜草，抬頭不見鳥窩，清幽寧靜，只有那美妙樂聲。

「你是誰？」又有青衣男子前來，這一次年紀大了些，他們攔住我，目露嚴肅。「皇家書院，不得亂闖！」

文庭要上前，我攔住，笑道：「我來看這皇家書院教的到底是國之棟樑，還是米蟲！」

「小小公子，居然羞辱我皇家學院！」青衣夫子立時生氣起來。

「老老夫子，居然不容小子撒野，君子氣量何在？」我回以笑容。

「好！說得好！」蒼老沉穩之聲響起時，一白衣白鬚老夫子緩緩而來。

面前的青衣夫子們立刻朝他一拜：「院長。」

哦？他就是院長？哪有病？心病吧。

老院長揮揮手：「你們去吧，這學院現在也只是個擺設了。」

青衣夫子們嘆了幾聲便轉身離去。

「小公子貴姓？」老院長笑看我。

「我姓巫。」我笑了。

老院長一驚，與他一起驚訝的還有文庭，他瞪大眼睛看我，因為我一直讓他叫我玉公子。

我直接揭穿他的身分：「這位是攝政王府管家文庭，今日他陪我遊逛京都。」

文庭輕咳一聲，對我「沒心沒肺」的出賣已經無話可說。他並不介意我說穿他身分，只是他沒想到我會像話家常般說出，讓他一時沒了心理準備。

老院長在我的介紹後，反而鎮定了，細細看我一會兒，點點頭。

「原來是巫公子，老夫有失遠迎，該死，該死。」

既然是皇家書院的院長，便是正四品的官了，享的是皇祿，念的是君恩，育我巫月棟樑，匡扶正道為己任。他不會是老糊塗，所以，在我那麼明確的介紹下，他應該知道我是何人。

「老頭兒，你叫什麼？」我不客氣地問。

「老夫于敬歉。」老院長面無表情地說。

「帶我走走。」

「是。」老院長在前帶路，文庭緊跟在後。

皇家書院分成小學、中學、大學三處，小學教的是幼童，孩童十三之後進入中學，中學三年，隨即大學，十八出師入世。

這年齡之分只是大概，若有神童，可直接跳級。

三個學院分得極開，互不影響。我看到的，便是大學之子弟了。

老院長領我到大學書院門口，我看向文庭：「文庭，你回王府叫些人來。」

老院長在我身邊已面露不悅，似是擔心我叫人來的目的。

「玉公子，您要包圍書院？」文庭一愣。

我色瞇瞇地笑了，抬手就勾住他的脖子，他身體立時一僵，碰到他脖子之處明顯感覺到他的心脈加快。我把他勾到一邊，對他耳語，刻意輕柔，將氣息吹拂在他耳邊。

「這裡美少年那麼多，我想挑個，你……懂嗎？」

文庭的心跳越來越快：「懂，奴才懂了，奴才這就回府。」

接著文庭滿臉通紅地低頭走了。

我轉身笑看老院長：「繼續！」

老院長微微蹙眉，愁眉苦臉，極不情願，又不好得罪我，只好繼續帶我參觀。

我笑看那一間間教室：「老院長～～你怎麼教的書？盡教出一些無用之人。」

老院長已無初見我時的喜悅，也不會再稱讚我說得好，而是悶悶地說：

「老夫無用，老夫有罪……」

「哎……也不能怪你，讀書是為讓人知理，但世間何為理？」

老院長在我的反問中抬起頭來，我笑道：

「有錢才是理～～有權才是理～～所以，他們只是遵從書中所教，知理而已，是不是啊？老院長？」

我嘻嘻笑著，老院長的眸中，劃過一抹驚詫之色，再看我時，已經喜上眉梢，連連點頭。

「小公子說得是，老夫一輩子沒想通的事，竟是讓小公子一語點破了！哈哈哈——」

我和老院長相視呵呵而笑。

老院長輕撫白鬚，方才還無神的眼神已經精光閃閃，這老頭兒看上去比梁秋瑛聰明。朝中官員基本上出自這皇家書院，說不準，梁秋瑛還是他的門生呢。

只因他說這書院是個擺設而不防他，只因他子弟不畏權貴而不防他，只因他聽聞是攝政王之人而面露憂色，而不防他。

人，有時講個緣分，不識之人未必不可信，君子之交也是淡如水。我看到老院長的第一眼，便有種投緣的感覺，我相信這份師傅賜予我的直覺，我喜歡他，我信他。

「小公子這邊請，學生們正好在賽曲，小公子也不妨來評評。」老院長再次精神煥發，與我邊走邊聊。

「小公子見解獨特，師出何人？」老院長對教我的人更感興趣。

「他久居狐仙山上，淡看世間變遷，人說他無時我道有，人說他有時他卻無。老院長，你知道他是誰了嗎？」我微微笑道，眼前已漸漸顯出碧池浮萍，菊花爭豔。

老院長精明的雙眸中此時卻流露出百思不得其解，他們做學問之人，不信鬼神，他深思輕喃：

「人說他無時……妳道有，人說他有時他卻無……這……是誰？」

我笑了，和老院長立於九曲拱橋上，岸邊楊柳在風中輕輕搖曳，枯黃的柳葉漫天翻飛，如長髮女子在曲聲中翩翩起舞，灑出美麗的黃色花瓣。

金黃的草坪上，青青學子們輕紗飄搖，髮帶飛揚，歡快的樂聲充滿了少男少女們的青春活力，讓人分外愉悅。

這邊簫聲揚起，那邊琴聲立刻襲來，這邊琵琶如同玉珠落地，那邊二胡又似萬馬奔騰。他們正在用音樂對戰，如鬥舞一般精彩絕倫！

「院長最得意的門生是誰？」我問還在思索我謎題的老院長。

「曾經……是攝政王。」他在樂曲聲中雙眉緊蹙起來，面露凝重和失望。

「什麼？那傢伙是你教出來的！厲害啊！」我驚嘆。院長用驚疑的目光看我，似是已經把我當朋友，沒想到我會去讚嘆一個敵人。

「老夫汗顏，老夫該死。」老院長面露慚愧與痛心。

我笑了，老院長太過自責了，這裡是皇家書院，官員富商之子皆來此求學，數百人中有善有惡，又豈是人能預測的。

「那……現在呢？」我輕拍他的肩膀。

「現在……是他……」沒想到老院長越發愁眉苦臉起來，還帶出一絲憂鬱之色。

老院長抬手遙指，我順著他的手看去，卻見水榭翠瓦之上，側臥一人，依然是白衣黑紗，青色頭紗隨風輕輕掀動，露出輕紗下修長白皙的頸項。腰間黑色的衣帶垂掛下來，隨風擺動。修長的背影卻顯出一絲特殊的高貴孤傲，透出與眾不同之氣質。

其他學生皆在地上，獨他一人臥於瓦上，高於眾人，鶴立雞群！

我忽然想起瑾崋對蘇凝霜的描述，說他清冷孤傲，身周無人。

「他是誰？」我問。

「蘇凝霜。」老院長像是不想提及地說。

我看老院長臉上的鬱悶之情，疑惑地問：「老院長為何這副表情？」

老院長看了蘇凝霜背影一眼，搖了搖頭。

「以他的脾性，我怕他一出這書院，就活不久了……」

我一怔，原來老院長的擔心是為此？蘇凝霜的脾氣真的有這麼差嗎？以致於連老院長都擔心他活不久？

曲聲在這時停止了。亭中的學生向亭外的叫囂：「怎樣？今日你們服不服輸？」

亭外學生也是趾高氣揚：「明明是你們比較差勁！你們剛才可是彈錯了六個音！」

「你們不要爭了。」一少女走出眾人，生得沉魚落雁，亭亭玉立，明眸皓齒，粉面紅腮，小小的鵝蛋臉和殷紅桃唇，足以讓她吸引所有人的目光。

她忽然朝我們指來：「看，老院長來了，讓他評一評。」

隨即，學生們紛紛朝我們看來，女孩兒歡快揮手：「老院長～～老院長～～」

啊～～學生們還是很純真，多美好。真不想把他們和他們的貪官爹娘聯想在一起啊。

老院長沒有喜悅之色，只是看著我說：「走吧，去評一評。」

他要邁步時，我把他也勾住，學生們目露疑惑朝我看來，開始指指點點。

「老頭兒，別不開心，那蘇凝霜讓你頭痛，不如給我可好？」我笑拍老院長胸膛。

老院長瞪大眼睛看我許久，忽然笑了。

「哈哈哈——哈哈哈——妳，不行不行，哈哈哈——」

老院長一邊笑一邊走，一邊擺手一邊搖頭。

我跳到他身前，看著他的笑容往後倒退：「為何不行？」

老院長笑了笑：「妳若能把他從亭上叫下來，他便歸妳。」

「好啊！一言為定！」我伸出手，老院長看了看，也伸出手與我擊掌。「啪！」一聲，蘇凝霜就這麼被他的恩師賣了。

我想，這蘇凝霜的人品不太好，差到他兄弟賣了他，差到他恩師也賣了他。

我們走出九曲橋，那女孩兒先跑了上來，好奇地看我。

「老院長，他是誰？新來的學生嗎？」學生們紛紛好奇圍了上來，唯獨蘇凝霜依然側臥在亭上，特立獨行，似是周遭的事都與他無關。

「這位小公子是老夫的朋友，我與她算是忘年之交。」老院長笑道。

「老院長的朋友？明明跟我們年紀差不多……」學生們紛紛驚嘆，那女孩兒也是驚訝看我。

「是啊，跟老院長是朋友，一定智慧過人，會不會比蘇凝霜還聰明？」

「難說……」

學生們竊竊私語起來，紛紛好奇地打量我。

「老院長愛喝茶～～」忽然間，清清冷冷的聲音傳來，亭上的高冷君說話了：「他與目不識丁的茶農也是好友，他還與街上流浪之人下過棋，難道跟在老院長身邊的人，就一定是聰明人嗎？你們這群白癡，只知道阿諛奉承，跟你們的爹娘一樣～～」

冷笑帶勾的語氣，瞬間惹怒眾人！

學生們不悅起來，紛紛朝亭上給了一記白眼。

「別理他，他就那副德性！」大家憤憤地說。

「德性？哼。」冷笑一聲後，蘇凝霜緩緩站了起來，衣帶從簷邊緩緩收回，轉身時，一張清冷絕豔的臉瞬間現於藍天白雲之下。

纖眉如墨，飛逸雋永，眸光冷絕，傲世群雄。

他眸中之冷與獨狼的冷不同，獨狼是冷漠、冷淡，有時還會嫌你礙事。而他，是冷傲！是冷蔑！不屑與俗人為伍！

他冷眸狹長，眸光如冰晶般閃亮，雙眸深邃澈黑，宛如擁有傲視眾人的智慧。微凹的眼睛，讓眼角自然凹陷，如同天生的眼影，透出一抹雪中紅梅的冷豔。

薄唇如紙，唇色寡淡卻又露出荷花花瓣般的淡粉色，所以不覺唇色發白，反而平添猶如白紙一抹粉色的鮮嫩豔彩來。

纖柔的下頷，微微窄尖，讓他整張臉的線條顯得纖柔精細，沒有稜角分明的陽剛感，但配上他那副冷絕的眉眼，卻流露出男子特有的高貴冷豔，讓人不敢欺近。

蘇凝霜用他那雙冷蔑的雙眸不屑俯視眾人。

「是你們文不能勝我，武不能贏我，你們不過是在這裡打發時間的一群白癡而已～～」

「蘇凝霜！難道你不是嗎？」終於有人奮起反抗！

「有種你別待在書院啊！這裡不會有人留你的！」

登時，罵聲四起。

「哎……」老院長又開始長吁短嘆了。我笑著撫拍他後背。

「蘇凝霜～～你有本事，你本事通天了～～」也有人冷嘲熱諷：「你那麼大本領，怎麼不去救你兄弟瑾崋啊～～」

立時，從蘇凝霜眸中射出一道寒光。學生們紛紛輕笑起來。

「就是，說不準瑾崋在宮裡還過得挺逍遙～～」

「咻！」倏然，一顆不知何物從蘇凝霜手中射出，筆直射入那取笑瑾崋之人的口中。

「咳咳咳！什麼東西？」那學生連連咳了起來。

「鳥屎。」蘇凝霜淡淡說了聲。

那學生登時乾嘔起來，憤怒之極。

「蘇凝霜！你居然給我吃屎！我告訴我娘去！」

「哼。」那學生的叫囂只換來蘇凝霜一聲冷哼。

他提袍輕笑坐下，不再看那學生一眼，全然不屑一顧。

「院長！蘇凝霜把鳥屎扔蕭齊嘴裡了！」大家紛紛像小孩子一樣打小報告。

「院長！蘇凝霜太過分了！」

就在這時，之前歡迎我們的少女站了出來，怒視眾人。

「誰教你們先挑起的？明明知道瑾崋是蘇哥哥的好朋友！」

蘇哥哥？這女孩兒與蘇凝霜是什麼關係？

「慕容香，妳別管他了。」男生們忽然緩和下來：「他如果不是因為跟妳有婚約，不知道死幾回了！」

原來這女孩兒就是跟蘇凝霜有婚約的慕容家的人。

「是啊！慕容妹妹，回去我讓爹跟老太君說，讓你們把婚約解了，不然早晚妳會被他連累的！」

男生們竟然慫恿慕容香跟蘇凝霜解除婚約。他們這是想乘虛而入？誰都看得出來，現在慕容家才是一人之下萬人之上，那一人自然是指攝政王孤煌少司，而非我這個女皇陛下。

「好啊，求之不得～～」欠抽的聲音又再次傳來。

「蘇哥哥！現在只有我在幫你了！」慕容香生氣咬唇。

蘇凝霜笑了笑，竟也不看自己未婚妻一眼，再次側臥。

「哎……」老院長又是重重一嘆，嘆了好久。

我笑了，看那些圍著慕容香打轉的男生又說：

「你們也真是蠢，他說是鳥屎，你們就信了？聞到臭味了沒？」

那蕭齊一聽，立刻拉過一個：「快聞聞。」

另一個還真聞了。

所以說男生有時候就是那麼傻！

慕容香轉身看我，大大的眼睛裡充滿了疑惑。

「沒有啊。」聞的那男生搖搖頭：「倒是有股清涼丸的味道。」

「真是藥不能停。」我搖搖頭。
「蘇凝霜！你耍我！」蕭齊再次氣惱看蘇凝霜。
「難不成你真想讓他給你吃屎？」我忍不住笑。
蕭齊一愣，登時，學生們大笑起來。
「哈哈哈——哈哈哈——」學生就是這樣，逮到誰就笑誰。
蕭齊在學生們的大笑中，臉紅起來，朝我狠狠瞪來。我指指身邊老院長，本人可是老院長的朋友，你多少得收斂點。
「哼，你們自恃聰明絕頂～～」蘇凝霜在亭上冷冷嘲諷：「還不如一個不男不女的清醒。」
「不男不女……」學生們再次看我竊竊私語。
我可沒裹胸，我的打扮算是不男不女。
當男生們的目光往下移時，我沉下了臉：「非禮勿視沒學嗎？」
立時，男生們紛紛臉紅收回目光。
蕭齊壞笑看我：「喂，有人嘲笑妳不男不女～～」
「那又如何，關你什麼事？」我反問，問得蕭齊啞口無言。
「噗哧！」忽地，蘇凝霜笑了，他再次坐起，雙手放於雙膝上，冷傲看我。「剛才老院長不是讓妳評他們演奏得如何？哼，如果那也算演奏的話……」
「蘇凝霜！不要以為你是音樂世家就了不起！」
「就是！打從他來學院，從沒聽他彈過半個音，是不會彈吧！」

「哈哈哈——音樂世家出了個不懂音的，哈哈哈，蘇大樂司的臉都要丟盡嘍～～」

眾人再次群攻蘇凝霜。

蘇凝霜不屑冷對千夫所指，單單看我：「妳說啊，看妳像個明白人。」

我看他一眼，再環視眾人。

「妳說說吧。」老院長也在一旁淡淡說。

學生們的目光再次朝我而來，有男有女，但臉色可謂各個不佳。慕容香難過地低下臉，像是少女失戀，芳心被人丟棄。

「還行。」我說。

「還行？」男生們不開心。

「就湊合。」我聳聳肩。

「怎麼這樣～～妳到底懂不懂啊？」女生們也開始不開心起來。

「妳到底是誰家的？」女生們朝我白了一眼：「因為妳是院長的朋友，才給妳幾分面子。」

「就是，那麼大口氣，戶部？吏部？還是哪個司局的？」

這些學生是要比對一下背景嗎？

「她不是我們家的。」

「也不是我們家的。」

「到底是誰家的？」學生們彼此看了起來，這裡幾乎都是四品以上官員的子女，即使是富商兒女，在這裡也要看他們的臉色。

蘇凝霜冷冷看著交頭接耳的學生們，薄薄的唇角再次揚起輕蔑的笑。
「妳到底是誰？」現在，他們連老院長也不放在眼中了，直接質問我。
「嘶——老頭兒，這就是你的學生？我看你這學院，也別開了吧。」我微微蹙眉抽氣看老院長。
「妳說得是，只是，這皇家書院是女皇之物，非老夫能做主啊。」老院長像是虛心接受般地點頭。
「哦～～我明白了，那……關了吧，你也好休息休息，回家養養鳥，釣釣魚，下下棋。」
我輕描淡寫說完，老院長倒是輕鬆而笑，朝我緩緩下拜。
「謝女皇陛下准老臣告老還鄉。」
登時，整個草坪鴉雀無聲，而涼亭之上，已是寒氣凝固，殺氣騰騰。
老院長起身時，我無視那些或是驚呆、或是好奇看我的學生，只笑看蘇凝霜。
「蘇凝霜，本女皇看上你了，既然你不願跟慕容香完婚，跟我回宮吧。」
我得到的是一道冷冷的殺氣，以及一聲輕蔑的冷笑：「哼！」
「怎麼，不願？你信不信我一句話，你就乖乖跟我回宮？」我笑了。
「蘇哥哥不會跟妳這個色女皇回去的！」忽然間，慕容香憤然上前，與我傲然對視！
「就是～～」蕭齊也膽大包天，肆無忌憚地打量我：「蘇凝霜不可能～～」
這些學生之所以不懼我，說明他們的爹娘在家中談及我時，也必是輕蔑不敬，才讓他們有種女皇不可畏的感覺。
當慕容香和蕭齊站出來時，其餘目瞪口呆的學生也緩緩回神，並未顯露畏懼之色，反而一個個看起好戲來。

「那就是新女皇？比我們這兒的女生好看多了！」

「去去去，難道你也想入宮？」

男生們的竊竊私語輕輕傳來。

「人家看上蘇凝霜啦～～還看不上你們呢～～」

女生們酸溜溜地說。

我笑看這些竊竊私語的學生。

「你們不信？那打個賭，輸了你們每人給我十兩銀子。」

「那妳輸了呢？」慕容香跟我叫囂，護衛她的男人。

慕容香此刻這副與我爭鋒相對的神情，倒是跟慕容襲靜有幾分像了。京都大員，家族龐大，一夫多妻，一妻多夫，再加上表親堂親，所以不相像也很正常。

「我巫心玉，從不會輸。」我揚唇一笑。

說罷，我仰起臉，懶懶說道：

「蘇凝霜，聽說你跟瑾崋是好朋友，正好，小花花我也覺得膩了，你若跟我回宮，我就留他在宮中陪你玩；你若不願，孤煌少司跟我要過他好幾次了，我便給攝政王了。」

立時，蘇凝霜眸光冷冽起來，冰冷至極，盯視我良久，緩緩起身，冷冷一笑。

「哼，好，就隨妳回宮，這裡我也待膩了！」

「蘇哥哥！」

在慕容香疾呼之時，蘇凝霜從亭上飛躍而起，飄落我的身前。我轉臉對老院長揚唇一笑，老院長笑著搖頭，目露嘆服。

很好！蘇凝霜願為自己兄弟犧牲，可用！這是最後的試探，他過關了。

就在學生們一個個驚得目瞪口呆之時，九曲橋的另一邊傳來了急急的腳步聲。我立刻轉身笑迎腳步如風的玄色身影，他衣襬上的玉佩在他如風的腳步中猛烈搖晃，細細一瞧，他那玉佩和我的竟是一對。

「攝政王來了！」一聲聲驚呼從身後傳來。

「啊～～攝政王～～」少女們輕輕的癡語也隨即而來。孤煌少司是所有少女心中的那位王子，她們卻不知，他是一顆劇毒無比的毒藥，不過看她們那副癡迷的樣子，應該是若能與他春宵一夜，死也無所謂了。

當孤煌少司陰沉地站在我面前時，他帶來的陰冷的風揚起了我的髮絲。

「拜見攝政王！」身後的學生齊齊下拜。

啊～～真是太不給我這個女皇面子了。但是，有一人沒有下拜，九曲橋下碧綠的池水裡，映出蘇凝霜依然傲然站立的身影。

「烏龍麵，你怎麼來了？」我咧開嘴。

孤煌少司的臉陰沉到了極點，他身後的文庭已經不敢作聲，似是已經被孤煌少司狠狠訓過。而他身後的九曲橋外，站著一排士兵。

孤煌少司表情嚴肅，看我一會兒，緩緩吐息，似是想讓自己冷靜一下，隨後露出淡淡的微笑。

「小玉，這裡是皇家書院，學生們還要讀書……」

「我剛跟老院長說了，要他把書院關了。」我笑得天真無邪。

「什麼？」孤煌少司驚呼出口，竟是一時失控了。「妳把書院關了？那妳讓這些學生去哪裡念書？」

他失控的樣子，我還是第一次看見。他今天怎麼了？從神廟回來，他一直有些反常，不免擔心我會失去對他的控制。

我無趣地轉開臉。

「念什麼書？他們家裡都那麼有錢，吃吃喝喝就行啦？剛才他們也是在這裡彈琴奏曲，嬉鬧玩樂而已，也沒見他們好好念書啊。而且，念書有什麼用？我不念書不也成女皇了，這對那些用功念書的人來說，公平嗎？」

孤煌少司被我說得怔立在了橋上，竟是一時語塞。

我轉身走過蘇凝霜，氣呼呼地到蕭齊身邊踢了踢。

「這個，鳥屎和清涼丸都分不清，你說以他的智商在皇家書院讀書也是浪費皇糧。」

蕭齊被我說得不敢抬頭，現在這群膽大包天的學生們倒是老實了。

「還有這個，琴彈得像彈棉花，還自鳴得意地搖頭晃腦！這個，蕭吹破了音，這個琵琶音律不齊，這個二胡拉斷了弦……」

我一個個踢過去，蘇凝霜在我的話音中朝我看來，高冷之氣在他臉上漸漸消散。

「最討厭的就是這個！」我指在慕容香的頭上：「她居然跟我搶蘇凝霜！」

「小玉！」孤煌少司一聲厲喝而來，空氣瞬間凝固。他無奈看我，神情稍稍緩和：「蘇凝霜跟慕容香是有婚約的，妳另選吧。」

「不要！」

我大步走到蘇凝霜身邊，一把拽起他腰帶，他立時嫌惡地看向別處。我理直氣壯說道：

「所謂君要臣死，臣不得不死！現在，我只是要臣的男人，有何不可？況且，蘇凝霜和慕容香也只是有婚約，他們成親了嗎？他們還沒成親，婚約是可以毀的！你去跟那老太婆說，蘇凝霜我帶回宮了，讓她找別人吧。」

「攝政王！」慕容香著急地喊了起來。孤煌少司微露不悅，慕容香急急而語：「求攝政王為香兒做主！您若跟老太君說，老太君一定願意悔婚的。」

「哈！」我笑了起來，再回到孤煌少司身前，輕撫他的胸脯：「聽見沒、聽見沒，慕容家根本就不要這蘇凝霜，我只是把他撿走而已。」

孤煌少司蹙眉看蘇凝霜一眼，眸中也是厭惡至極，轉回臉看我。

「小玉，京中美男甚多，妳為何獨要這蘇凝霜？」

「他敢跟我嗆聲啊，比你那個慕容燕好玩多了！」

孤煌少司在我眉飛色舞的話中，神情反而緩和起來，微笑再次浮現他的唇角。雖然我不明白之前他為何殺氣騰騰、來勢洶洶，但此刻，這頭獅子算是心情好了。

我繼續開心地說道：「你那個慕容燕，上次被我打了之後，膽子變小了，看也不敢看我，太沒勁了。但這傢伙不同！」

我激動興奮地回到蘇凝霜身邊，再次一扯他的腰帶，他身體失去重心，腳步一個踉蹌。

「他不怕我，他還是小花花的好朋友，寵物不也需要彼此作伴的嗎？我帶他回去說不定小花花也會笑了！」我笑得開心無比。

「哎……」孤煌少司在幽風中長嘆一聲，寵溺朝我看來：「小玉，妳總是那麼任性。」

我拉著蘇凝霜的腰帶走回孤煌少司身前，拉起他的手，低頭輕搖。

「你這麼忙，都不陪我玩，你弟弟又老是要打我，我都不敢找你玩了。現在，我多了個玩具，就不寂寞了……大不了，以後玩膩了，還給慕容老太婆唄……」

「呵……」他緩緩撫上我梳成男式的髮鬢：「對不起，今天沒能陪妳，還說要帶妳出宮玩玩，我……食言了……」

「沒關係。」我笑著揚起臉：「文庭很盡職。」

「是啊，盡職到還真幫妳綁架男人了！」孤煌少司再次沉下了臉，瞥眸看文庭。文庭立刻縮緊身體，往後又是一退。

孤煌少司不悅地盯視蘇凝霜，蘇凝霜只當感覺不到孤煌少司的目光，高冷地站在九曲拱橋邊，秋風拂過平靜的池水，微微打散他和孤煌少司同樣釋放寒氣的身影。

敢於傲視孤煌少司，不懼他強權之人不少，但是，能活下來的，想必只有這個蘇凝霜了。

以孤煌少司的脾性，若非蘇凝霜與慕容家有婚約，看在老太君的面子上，早把蘇凝霜給狠狠捏死了。

孤煌少司沉了沉目光，轉回臉溫柔看我。

「真拿妳沒辦法，隨妳吧。」看著孤煌少司和悅的笑容，是不是想等我把蘇凝霜玩膩了，正好除掉？因為那時蘇凝霜已經不可能再與慕容家完婚了。

「謝謝烏龍麵！」

我立刻開心地抱了抱孤煌少司，在他要撫摸我時，我迅速轉身離開他的懷抱，直接扯起了蘇凝霜的衣帶。

「走了！小蘇蘇！」

蘇凝霜不屑瞥眸，也不像瑾崋那副寧死不屈的神情，他比瑾崋更坦然接受現實。

「對了，我的銀子！」我轉回身，俯視眾人：「你們都輸了，把銀子拿出來！」

學生們彼此看看，老老實實拿出了銀子。

「文庭，去收銀子。」我開心地使喚文庭。

「是。」文庭老老實實去了。

「小玉，妳這又在玩什麼？」孤煌少司笑著，目露興味。

「他們蠢，居然跟我巫心玉打賭，不是送我錢花嗎？」我壞壞一笑。

文庭收了一衣襬的銀子，足足有好幾百兩。

我看了看，皺眉：「這麼多……又這麼重，拿起來多不方便。啊，對了！」

我跑到孤煌少司身前，他寵溺看我：「妳又想做什麼？」

我在他笑時，直接伸手到他衣襟裡，他立時繃緊了身體，文庭後背僵直地不敢看過來。

「小玉，別……」孤煌少司也略帶尷尬地輕扣我摸他胸口的手腕，但並未用力阻止。

「我摸銀票呢。」我白他一眼。他眨眨眼，撇開臉，微微一咳。

我摸到了銀票，拿了出來，拿了五張一百兩的，揣自己懷裡。

「烏龍麵，我拿銀子跟你換銀票。我買的東西記得送宮裡來。」

我開心地直接拉起蘇凝霜的手，蘇凝霜身體一緊。

「你一定能給小花花一個大大的驚喜！」我對他咧嘴一笑。

蘇凝霜的目光冷冽起來，唇角揚起輕蔑的冷笑：「是啊，說不準我也能給妳一個驚喜！」

「蘇凝霜！」忽然，孤煌少司不輕不重的聲音響起，卻是分外的威嚴。

蘇凝霜冷哼一聲別過臉，孤煌少司也不看蘇凝霜，昂首在旁冷冷而笑。

「在宮裡老實點！你能活命，但是蘇樂司可就未必了。」

孤煌少司瞥眸含笑朝蘇凝霜看來，蘇凝霜冷眸迎上，轉而一笑。

「哼，你放心，我會很老實地好好服侍女皇陛下！」他嘴角微揚，眸中卻充滿冷冷的笑意。那份桀驁不馴宛如在挑釁孤煌少司。

孤煌少司唇角揚起，收回目光看向前方：「帶蘇公子回宮。」

「不用！我帶他回去！」我緊緊拉著蘇凝霜的手，宛如小女孩得到一個最喜歡的娃娃。

孤煌少司立刻看向我：「小玉，妳不回攝政王府了嗎？」

「當然！你弟弟早上又要打我，我不回去了。我有了新玩具，已經迫不及待想調教他了。烏龍麵，再見！」

我瀟灑地揮揮手，趁孤煌少司還在發愣，我歡快地拉著蘇凝霜一蹦一跳走了。

「小玉！小玉！」孤煌少司叫了我兩聲，我依然開心往前，哼著小曲，甩著蘇凝霜的手，無比快活。

「送女皇陛下回宮！」最終，孤煌少司沉沉說。

士兵護在我的兩旁，與我一起撤出了書院，身後傳來慕容香著急的大喊：

「蘇哥哥——你放心——我一定會讓老太君救你的——」

我瞄了瞄蘇凝霜，蘇凝霜的神情比我想像中平靜很多，薄唇微抿，目光看向別處，依然冷絕孤傲，不屑一顧。

慕容香，妳別喊了，妳蘇哥哥啊，歸我巫心玉了。我吃下去的東西，想讓我吐出來，比滅了孤煌少司還難！

✤ ✤ ✤

皇宮一如往常的平靜，但在收到我突然回宮的消息後，一時雞飛狗跳。

孤煌少司因為政務纏身，送我到宮門口後，便不得不回攝政王府會見朝臣。

現在，那裡才是皇宮，而我住的皇宮，反而更像是別院。

懷幽帶著桃香那六個丫頭匆匆來迎我，看見蘇凝霜的那一刻呆住了。他呆呆看著我又帶回來的新美男，雙眸之中，不經意閃過一分落寞。

「懷幽恭迎女皇陛下回宮。」懷幽垂首行禮。

「懷幽，這是蘇凝霜。」我笑著說。

懷幽驚然抬臉，我對他一眨眼，他趕緊匆匆低頭，掩藏驚詫之情。他知道我們的計畫，知道我要帶回這個蘇凝霜，只是，他沒想到我是如此雷厲風行。他在聽到我帶回的男人是蘇凝霜後，反而神情放鬆了。雙目中的那份落寞也被安心和喜悅替代。

我忽然發覺，懷幽很敏感。

「以後他就是小蘇蘇了。」我對他說：「對了，你讓桃香她們去給小蘇蘇收拾個別院出來！」

「是。」懷幽知道我的意思，是要把那六個丫頭給打發了。

我拉著蘇凝霜到寢殿前，先神神祕祕往屋裡看了一眼，懷幽輕輕吩咐桃香她們去收拾別院，再把茶點送到寢殿來。

待六個婢女離開，懷幽轉身對我一點頭。我笑了，拉起蘇凝霜進入寢殿，大聲道：

「小花花，看我把誰給你帶回來了！」

瑾崋從寢殿深處走出，在看到我身邊人時立時驚訝地星眸圓睜。

「妳真把他弄進來了！妳本事通天了！」

倏然，身邊殺氣湧現，瑾崋眸中掠過驚訝，下一刻，瑾崋立刻伸出手拉住我的手臂猛地往他身邊一拽。我鬆開蘇凝霜手的同時，我轉到了瑾崋身側，瑾崋揚起手護在我的身前，瞪視蘇凝霜。

「蘇凝霜！你瘋了！」

蘇凝霜此刻的神情遠比瑾崋更加驚訝，他不解地看瑾崋，曲起的右手指尖之中是一根幾乎不可見的銀針閃著寒光！

從蘇凝霜把清涼丸扔入蕭齊口中時，我便知道，蘇凝霜擅於暗器。

銀針倏然在蘇凝霜手中消失不見，如同變魔術般。驚得門邊的懷幽一臉蒼白，匆匆關起殿門，遠遠觀察新來的蘇凝霜。

蘇凝霜冷眸掃過瑾崋和我，再從我到瑾崋，冷笑一聲。

「哼，原來你已經是這個昏君的人了，看來你晚上很賣力啊～～原來你以前練武，練的是床上功夫～～佩服、佩服～～」

帶勾的聲音充滿了嘲諷與不屑，蘇凝霜朝瑾崋拱手，冷眸卻是撇在別處，不屑再看瑾崋一眼。

瑾崋立刻轉身雙手扣住了我的肩膀，滿臉便秘樣。

「對不起，巫心玉，我眼瞎，把這個白癡推薦給了妳，妳讓他走吧，他一定會壞事的！」

蘇凝霜聽到瑾崋這番痛苦的話，反而投來了目光，收起臉上的冷笑，狹長的雙眸在我和瑾崋之間重新打量。

我揚唇而笑，拿下瑾崋的手，走向書桌後坐下，慵懶靠在椅背上。

「瑾崋，說實話，在你推薦的時候，我只是想去看看，因為你覺得聰明之人，未必可用。」

「妳什麼意思？」瑾崋愣了愣，挑眉看我。

「說你蠢呢，白癡。」蘇凝霜忽然走過瑾崋，抬手拍了他的後腦勺。

「巫心玉！我瑾崋就這麼不堪嗎？」瑾崋臉色煞白，冷冷看我。

「不，你很聰明。但你覺得的聰明之人，未必是我想要的絕頂聰明之人。」

瑾崋不開心地撇開臉，蘇凝霜站在一旁，繼續用他那雙清冷的眸子打量我們。

「直到于院長推薦，我才動了心。」我揚起唇角，狡黠而笑。

「什麼？」瑾崋驚呼一聲。蘇凝霜的眸光也是閃了一下，飛逸的雙眉擰起，目露深思。瑾崋不可思議看我：「妳……什麼時候跟院長勾搭上的？」

「就今天，我和他很投緣，眉來眼去就對上眼了。」我說得極不正經，又雲淡風輕：「然後我看他教書教得那麼痛苦，便讓他把書院關了，回家養鳥去了。」

「啊？」瑾崋俊挺的臉上寫滿驚訝：「妳把書院關了？」

「書院是讀書求學之處，不是用來攀權附貴、攀龍附鳳的。皇家書院現今性質已變，不如關了，以免再腐壞中學與小學的孩子。」

看到那些囂張的貪官之子，我心中就像囫圇吞下整個糯米糰子一樣發悶！

「做得好！哈哈哈！」瑾崋大笑起來，然後揚唇得意地看蘇凝霜。「你是不是已經驚訝地說不出話來了？那女人，可不簡單。」

蘇凝霜面對得意的瑾崋絲毫沒有露出驚訝之色，他有處變不驚的膽量和超常的鎮定，宛若他已洞悉看穿一切，所以不再驚訝。

他輕笑地看瑾崋一眼，似乎連瑾崋這個兄弟他也不放在眼中，然後瞥眸朝我看來，淡粉的薄唇微揚。

「看來，妳把我弄進宮來，不是給妳侍寢的。」

「很好，你果然聰明，那麼，你願不願意加入我們？」我笑了。

「包括他嗎？」蘇凝霜毫不客氣地指向瑾崋，輕蔑道：「他太笨了。」

「蘇凝霜，你夠了！」瑾崋霍然轉身，直接一拳砸在了蘇凝霜的臉上。

「砰！」蘇凝霜被打倒在了座椅上，雪白的臉上瞬間一團「紅暈」。蘇凝霜抬手，細長的食指擦過唇角的血絲，輕輕一笑。

「哼，你還是老樣子。」

「不打你，我不爽！」瑾崋雙手環胸傲然站在蘇凝霜的面前，也是冷冷一笑，朝我看來。「我覺得妳還是不要把他留下……」

倏然，黑紗飛揚，「砰！」一拳，我一眨眼，蘇凝霜的拳頭紮紮實實打在瑾崋的臉上，瑾崋被打得一個踉蹌，扶住我的書桌才沒有倒地。

蘇凝霜站直身，輕慢地整理了一下衣袖，呼出一口氣。

「呼……我爽了……跟豬一樣的隊友共事，我會覺得胸悶。」他轉臉看瑾崋，揚起唇角，但皮笑肉不笑。

「你這個——」

「咳！」在瑾崋要開打時，我咳一聲起身：「很高興你們能相處得那麼激情四射，現在我要出去一下，懷幽，你把情況跟蘇凝霜說明一下。」

懷幽僵直身體站在最遠處，遠遠應聲：「是。」

我知道他是怕他們打起來誤傷他。

我立刻沉臉，對著高冷的蘇凝霜和鬱悶的瑾崋說：「喂，你們兩個。」

瑾崋揉著臉朝我看來，而蘇凝霜依然目視別處，孤高傲然。

「懷幽不會武功，你們要對他溫柔點，如果我回來發現他身上有任何一道傷，今晚，你們兩個就睡一起！」

「什麼？」瑾崋幾乎跳起來。

蘇凝霜卻冷笑起來，還挽起了衣袖。

「求之不得～～瑾崋，你不知道我有多想你，真是食不下嚥，輾轉難眠～～」蘇凝霜帶勾的聲音卻異常寒冷，挽著衣袖的動作更像是要把瑾崋拆了！

「妳去哪兒？我跟妳去成不成？」瑾崋摸著手臂直接躲到我身邊。

「不行。」

我轉身拆落男子的髮帶，長髮散落之時，清幽的玫瑰花香也飄散開來。我轉身對瑾崋一笑，瑾崋一時怔住，紅唇微開，水眸瀲灩。

「我要再去會一個漂亮男孩兒，怎能帶著你去？」

瑾崋星眸一睜，俊挺的臉上浮現薄紅。

「巫心玉妳夠了！妳到底要帶回來幾個？這床睡不下！」

「沒啦，蘇凝霜是最後一個。」

我看看蘇凝霜，卻正好與他的視線相觸，他立時撇開視線，再次傲然站立，但是身影卻顯得有些僵硬不自然。我恍然，原來蘇凝霜不僅高冷，還有點傲嬌！他其實對我充滿好奇，所以偷偷看我；抑或，他也在觀察我。

「你還不許我外面有？」我笑了笑，再看瑾崋。

「妳可真是貪心。」瑾崋嫌惡地白我一眼，連連搖頭。

「對於人才，我巫心玉一向貪心。」

「是獨狼還是椒萸？」瑾崋撇撇嘴，斜睨我。

當他說出獨狼時，蘇凝霜的目光立刻朝我們看來，不再遮遮掩掩。顯然充滿了驚訝。

「都、不、是。」我神祕一笑。

說罷，我在瑾崋狐疑的目光中走入屏風。帶回蘇凝霜，讓我全身又充滿了幹勁，迫不及待要把所有人聯繫起來，然後大幹一場！

我將男子裝束扔上屏風，再脫了外褲和鞋子，只穿著淡粉色的絲綢內衣便走出屏風，把蘇凝霜驚呆了。他立時轉身側對，稍許失措後，很快恢復鎮定，微微皺眉，緊抿薄唇，稍顯不適。

「你最好盡快適應。」這時，反是輪到瑾崋得意了，勾住蘇凝霜的脖子，附到他耳邊：「晚上還要一起睡呢。」

蘇凝霜驚詫地杏眸圓睜，瑾崋對他擠眉弄眼，蘇凝霜看著看著冷笑起來。

「哼，我不信。」他不信地轉開臉，迴避我的方向。「我可是記得那次你在青樓裡醒來叫得像女人一樣，你怎麼敢跟女孩睡一起？你……會嗎？」

蘇凝霜竟然揶揄起瑾崋來，冷蔑而帶一絲壞意地睨他。

瑾崋的臉瞬間炸紅，指著蘇凝霜一臉「我早就看穿你」的輕蔑神情。

「我們不是你想的那樣！我們只是睡在一起，而且，我、我從不把巫心玉當女人！」

蘇凝霜不屑地看瑾崋兩眼，笑道：「瑾崋，你臉紅了！」

瑾崋立刻摸上自己的臉蛋。

我有點看不下去了，瑾崋遇上蘇凝霜，完全處於被動，屢屢被蘇凝霜佔了上風，欺負得慘不忍睹。而且，我發現蘇凝霜很享受欺負瑾崋，他欺負瑾崋時，總有種邪惡的快感。

「晚上睡了就知道了。」我忍不住說。蘇凝霜下意識朝我看來，看到我依然穿著內衣時，匆匆轉開臉，俊冷秀挺的側臉也開始慢慢浮起薄紅。

相比此刻我穿的交領內衣，晚上的睡裙可是暴露多了。至少現在，我還算裹得比較嚴實的，脖子以下沒有露出半點肌膚。

「不要再取笑瑾崋了，他已經很努力了。」

瑾崋在我的話中一怔，垂下了臉。懷幽在遠處淡淡而笑，微微點頭。

我轉身走向衣櫥，打開櫥門，拿出了宮女衣服和人皮面具，直接穿戴起來。

「他剛來的時候寧死不屈，而且還很死腦筋，我差點賞他一條白綾。你是他的兄弟，應該明白讓他在這裡犧牲清白陪我演戲有多麼生不如死，但是，他還是為我不斷努力著，當我說人手不夠時，他推薦了你。」

「哼……」一聲長長的冷笑幾乎是從蘇凝霜鼻息中溢出，隨即傳來他抑鬱的聲音：「果然夠兄弟！」

「那是！好事怎能忘了你！」另一個更是咬牙切齒。

我開始真的有點後悔了，是不是不該把他們兩個放在一起，總覺得他們隨時可以咬起來似的。

「我需要一個人幫我牽制孤煌少司。」我轉身，與此同時，蘇凝霜再次朝我看來。只見他怔立在原地，不知道是因為我說的話，還是我的變裝。他目瞪口呆，已經忘記保持他一貫的高冷，也忘了保持嘴角那一抹總是蔑視的冷笑。

我抬眸，認真凝視蘇凝霜那雙此刻沒有任何清高傲慢偽裝的眸子。

「瑾崋說，這世上只有一個人敢跟孤煌少司對抗，那個人就是你——蘇凝霜。蘇凝霜，你不要讓我失望，如果你覺得你的智慧不足以幫我對付孤煌少司，那麼，請你現在離開，因為這盤棋，走錯一步，死的人不只你一個，你不能連累我們這裡任何一個人！」

蘇凝霜的視線漸漸彙聚起來，傲然的神情再次覆蓋他冷豔的臉龐，狹長的眼睛裡眸光閃閃，甚至有了一絲興奮。他桀驁地站在那裡，如同一頭傲然站立在雪峰之上、紅梅之下的白色仙鹿，讓你自慚形穢。

「我喜歡這個遊戲，夠刺激！」他目光灼灼地傲視我們：「現在，就算你們趕我走，我也不會走了！」

他瀟灑地一甩衣襬，白衣黑紗揚起之時，他傲然坐在了紅木太師椅上，揚唇而笑。

「我做定妳這個女皇的男寵了！」

蘇凝霜一臉傲氣地坐在太師椅上，天生高冷的氣度，已經讓他成為這個房內最耀眼的存在。和懷幽那種幾乎感覺不到的存在感截然相反，無論他身在何處，都能瞬間吸引目光，這正是我想要的！

懷幽的隱藏，蘇凝霜的出挑，瑾崋的潛伏，他們每個人的特殊屬性，才能讓這場遊戲變得多姿多采，變幻莫測。我對他們三人的表現，開始充滿期待。

讓懷幽跟蘇凝霜訴說我們的遊戲規則，我溜出寢殿，直奔西宮，我要去會的是那個小鮮包子。

算起來現在家裡有瑾崋、懷幽和蘇凝霜，外面有小包子、獨狼和椒萸，正好家裡三個，外面三個。

懷幽是我的賢內助，雖然我覺得這個比喻不太恰當，但是當他在家時，我可以安心出去，他能掩護我，能幫我與孤煌少司周旋。

而蘇凝霜是一個很好的幌子，他可以吸引任何人的注意，吸引也就是轉移，連孤煌少司也會不經意地去注意他、留心他。而當他把所有人的注意力都吸引過去時，我自然就隱藏在了他耀眼的光芒之後。

最後是瑾崋，他是我的重要機動部隊，當蘇凝霜吸引了別人的注意力，懷幽為我們做好掩護之時，瑾崋就獲得了自由之身。從此，我不用再一個人東奔西走，還有瑾崋可以自由出入、聽我調遣，徹底隱入暗處。

接下來，是阿寶、獨狼和椒萸。

他們三個，我現在無法完全掌控與信任，但也不能或缺。

阿寶宮內的消息很靈通，而且非常機智、機靈！他不過十六歲，卻已經如此圓滑，必有過一定的歷練。最讓我在意的，是慕容燕對他的喜愛，來日這對我或許有用。

而替我收集外面瑣碎消息的，是椒萸。他在青樓，獲得的消息比花娘那裡快而雜，未必都有用，但有些連花娘都不屑買賣的消息，或許反而是制勝的關鍵。

最後……就是獨狼了。

獨狼是我的外援，但是他我行我素，不會聽我號令。他願意與我合作，僅限於與孤煌少司有關的事。他不喜歡與我有更多牽連和瓜葛，我想是因為他另一個在明處的身分。

他行事乾脆俐落，見面、做事、撤退，不留蛛絲馬跡讓你追蹤出他的真實身分。他更像是一個傭兵，他有他的想法，若有突發的行動，他成不了我的幫手和後援。

但獨狼無疑是一個不可多得的菁英人才，要拿下他，須從他另一個身分入手。

西宮今天還是一如既往地熱鬧，無論外面天災人禍還是山崩地裂，絲毫不會影響西宮洗衣工們談八卦、聊是非的心情。

他們甩著手裡的衣物床單，水珠在陽光下飛濺開來，晶瑩閃亮。

「聽說了沒？我們的女皇陛下把蘇凝霜給擄進宮來了！」

果然他們的消息是最快的。

我隨手拿了一簍衣服，穿梭在他們近百人之間找尋阿寶。

「蘇凝霜是誰？」

「蘇凝霜你都不知道！你鄉下來的吧？」

「不是，我很小就進宮幹活……外面的事知道得不多……」

「蘇凝霜可不得了～～」

忽然間，阿寶的聲音格外響亮地傳來，洗衣工們從洗衣池邊抬起頭，朝同一個地方看去。那裡正有一個包子頭慢慢升起。

只見阿寶把一個木凳擺放在大大的洗衣池邊的石台上，得意洋洋地像韋小寶一樣昂起下巴。他高挽衣袖和褲腿，露出的皮膚已經因為泡冷水太久而發紅。

「說起這個蘇凝霜，可不得了。」阿寶像說書一樣說得眉飛色舞：「如果他只是蘇大樂司的小兒子，那根本不足提起！他那麼出名，主要是因為他是老太君最寵愛的曾孫女慕容香的未婚夫！不過……他現在被我們的女皇陛下給拐進宮了，我看他也做不成慕容家的女婿了，嘿嘿。」

阿寶食指搓搓鼻子，笑得有幾分狡猾。

大家聽罷，唏噓不已。

「阿寶～～你說得不對！蘇凝霜出名，是因為他帥！他是京城四大美男子之一！」

「呿～～我以後會取代他，成為京城四大美男！」阿寶不屑撇嘴。

「你也說以後了，哈哈哈——」大家鬨然大笑。

阿寶鼓起臉，掃視眾人，忽然他看見了我，吃了一驚，我笑著對他招招手，抱起衣簍轉身而去。

成為京城美男子真的有那麼重要嗎？至少，我覺得像椒萸那樣喜歡低調的人反而很困擾。無論外表如何美豔，擁有一副毒蠍心腸，只會要了你的命，再吸乾你的血，甚至吞噬你的靈魂，把你吃乾抹盡，不留半點渣渣。

蛇蠍美人這個詞語已經不僅僅用在女人的身上了。

我放落衣簍走在前面，阿寶在後面慢慢跟著。西宮比後宮更加熱鬧，隨處可以看見人的蹤跡，反是後宮有很多僻靜之處，鮮有人跡，更別說是靠近冷宮那一帶了。

而我找到的僻靜之處，剛好與冷宮僅有一牆之隔，讓人有種錯覺，冷宮像是一個晦氣的地方，方圓五百米無人靠近，甚至荒涼到雜草叢生的地步。

「財神姊姊，妳到底是誰？」阿寶好奇地追上我：「我這幾天在宮裡都跑遍了，也沒看見妳。」

「你沒跟別人到處打聽我吧？」我側目看他。

「當然沒。」阿寶得意地瞟我一眼：「我阿寶是誰？我阿寶那麼機靈，一看姊姊就知道姊姊身分不俗，如果亂打聽，害了姊姊怎麼辦？我……嘿嘿……」

他神神祕祕上前一步，靠到我耳邊。

「我去偷看名冊了，沒有新宮女進來的紀錄。」

「哦？」我有些小小的吃驚，這阿寶看似是宮中最低下的奴才，卻能看到名冊。「宮裡那麼多宮女，你都記得住長相？」

如果光看名冊又怎能判斷出我是誰？除非他能記住每個人。

果然，阿寶洋洋得意地豎起大拇指往自己那張還未完全褪去稚氣的臉上一指。

「我阿寶可是有名的過目不忘！別說人，只要去過的地方，即使是麵館跑堂的，也能記得清清楚楚！」

陽光灑落在他那張燦燦生輝、得意的青澀臉蛋上，格外的意氣風發，讓我立時刮目相看。他竟擁有這樣的本事！

天下之大，無奇不有。有人對數字敏感，也有人對長相敏感。

我驚嘆地看他：「沒想到你還有這樣的本事！我要的東西呢？」

「在這兒！」他從懷裡拿出一本和書差不多厚的本子放到我手中，還熱呼呼的。「我等妳好久了，怕妳突然來找我，我每天都帶著。」

我翻開驗貨，雙目圓睜，立刻闔上，心臟亂跳，呆愣半天。

「怎麼樣？是不是很火爆？」他笑得幾乎整排牙齒都快露出來了！

「咳！我要的是資料，你不用把他們都脫了吧？」我握拳一咳。

不錯，整本書冊裡的美男，幾乎都是半裸！

我靠！這畫師是奇才！

別說其他美男子，單單孤煌少司，他就不可能有機會看到他那幾乎半裸的樣子，所以，整本畫冊應該都是這個畫師自行腦補出來的作品。

「嘿嘿嘿嘿……」阿寶還笑得格外開心，像是有意而為，更像是惡作劇。「我想男人都喜歡那種遮遮掩掩的，那妳既然要美男的名冊，當然也喜歡這個樣子的，多好。」

我深吸一口氣，再次翻開。

畫冊第一頁，就是用恰似裸男而成的線條寫出了「美男圖」三個字。這已經足夠預示這本畫冊裡的美男將會讓人如何的血脈沸騰！

再翻開，排名第一的自然是孤煌少司。但是，他寫的卻是「孤煌兄弟」。只見畫冊上面用雋永的字寫道：

「孤煌兄弟，曠世美男，然因孤煌泗海過於神祕，從未有人見過其真實面貌，故而無法做出排名，與其兄孤煌少司一起排名第一。」

我一愣，然後大驚：「這畫冊是男的畫的？」

阿寶很稀鬆平常地看我一眼。

「是啊。」然後他從懷裡掏出一個橘子，兀自吃了起來。「他是京都最有名的畫師，專為女大人們畫男子的春宮圖。」

我靠，今天真是讓我大開眼界，快要失去往日的平靜。我還以為只有腐女喜歡畫裸男圖呢。說是裸男，其實並不裸。為何我一開始會覺得這是女子所畫，因為畫中人裸到恰到好處，而且格外性感，並且強調出每位美男子的特點。

畫冊上的孤煌少司墨髮垂背，眸光溫柔似水，可是嘴角的微笑卻讓人感覺到分外的寒冷，而這抹冷，冷得恰到好處，冷出了一絲壞意，也冷出了一分魅惑。

他長髮披散，幾乎長及腿根的兩縷髮絲如同兩道黑紗一般，恰巧遮蓋住他胸口的茱萸，一條長長窄窄的黑色長巾鬆鬆散散地纏在腰上，自然垂掛下來的部分正好遮住了男子的密區，垂落在地上，如同一條長長的狐尾拖墜在他的腿間。

我一驚！

這個畫師非常擅於抓特點！他善用孤煌少司的溫柔和冷笑形成強烈對比，增加了孤煌少司的性感與魅惑，並且看出了他身上善與惡的矛盾。明明溫柔和善的臉龐，卻深藏那樣殘忍狠毒的心腸！

而這畫師同樣也知道孤煌少司喜歡穿深色的喜好，所以給他用了黑紗。我粗略翻看後面的畫，沒有人再用黑色，說明這畫師很了解孤煌少司的外形特徵，用了最襯他的黑色！

難怪是京都第一畫師，他真是有成為服裝設計師的潛力。

不過第一畫師卻畫這種圖，實在是讓人匪夷所思。要知道藝術家有時候很清高，是不屑去畫春宮圖的。

「怎麼樣怎麼樣？姊姊喜不喜歡？」阿寶撒嬌似地撞撞我的手臂。

「說實話……不是很喜歡，我只是想要一些正正經經的資料，你畫成這樣……」我擰擰眉。

如果我一個人看，等於是藏私了。問題是我本來想拿回去跟瑾崋他們討論的！結果……裡面畫成這樣，讓我如何拿得出手！

更關鍵的是，裡面我還瞥到了瑾崋、懷幽和蘇凝霜的名字！我如果攤開放在他們面前，又讓他們情何以堪？

瑾崋說不準會立馬撕掉這本畫冊的！

「姊姊不喜歡不要緊……女皇……喜歡……就行了……」阿寶嘟起了嘴。

阿寶說得極其含糊，字字句句卻又讓我聽得清楚。

我心中一動，手中畫冊慢慢合攏，淡淡揚起笑，轉臉看他。

「你怎麼知道我是為女皇做事？」

這個阿寶，我真的是小看了，每一次接觸，都能讓我有意外的收穫和驚喜。但現在，我還不想防他，若是過早提防，就查不到他背後的人了。

他嘟起嘴，偷偷瞟我兩眼，食指抓著側臉。

「大家都知道女皇對美男子感興趣。普通女人的話，只會想想而已，京都前五十的美男子大多是官家子弟，她們無緣得到；而姊姊要我弄到最詳細的資料，就像是以前女皇采選，姊姊身分又那麼神祕，所以……我猜姊姊是為女皇陛下做事的，是不是？」

他有些激動地朝我看來，閃亮的大眼睛讓周圍一片深秋破敗的景色也染上了他活力的光輝。

我淡笑不語，他一直充滿期待地看我。我看他多久，他臉上的笑容便保持多久，久到你看不出他是在偽裝，還是在做作。他的笑，他的陽光，他的天然，一切都是那麼的自然。

我拍了拍手中的畫冊，揚唇一笑。

「不錯，我是為女皇陛下做事的。」

「太好了！我就知道！就知道！」

他激動起來，難以自已地跳起來，然後拉起我的手臂開始撒嬌。

「姊姊、姊姊，讓我也替女皇陛下做事吧～給我一條財路吧～我很機靈的！我是機靈的阿寶！」

我淡淡看他片刻，想了想：「你跟著慕容燕更有前途。」

「不要！」他不開心地甩開我的手臂，鼓起臉：「他是攝政王的人，我不要跟他一起！」

「那女皇陛下……」我頓了頓，阿寶充滿期待地朝我看來，我對他抱歉一笑：「也是攝政王的人。」

阿寶閃亮亮的大眼睛睜了睜，飛速轉了轉，又無賴地朝我撒嬌起來。

「女皇陛下喜歡漂亮的男人，我阿寶也不差啊，女皇陛下若是喜歡我，我不就吃穿無憂了？跟著攝政王，整天可是提心吊膽的，對不對？」

他朝我猛眨眼睛，這是……想吃軟飯的節奏啊。他把雙手放到我面前。

「姊姊你看，我的雙手都洗破皮了，還有我的腳。」

他拉起褲腿，脫了鞋子，他們這些洗衣工時常下水池，所以沒有穿襪子，赤裸的雙腳泡得浮腫蛻皮。

「這種苦日子，我真的不想再過了，姊姊就把我引薦給女皇陛下吧，即使只是為她端茶送水，我也願意！」

他苦著臉看我，水靈靈的臉蛋在他那副哀怨的神情中變得格外楚楚可人，水眸盈盈，宛如要掐出水來。心中不禁驚嘆，這個阿寶不僅僅是天然系，他的美還能隨時變化！這絕對是一支潛力股，除了孤煌少司和孤煌泗海之外，他將會是人間少有的極品美男子。

我想了想，心中一動，抬手輕輕扣起他粉嫩嫩的小下巴。他的水眸一顫，微張紅唇呆呆看我，露出一抹緊張來。

「你這是吃定了不用給女皇陛下侍寢？」我眯眼看他，他尷尬地笑了起來。

「呵，呵呵呵，呵呵呵……」

我放開他下巴，一笑。

「就知道你膽子那麼大，是因為這個。行了，我知道了，哪天我會對女皇陛下說的。」

「謝謝姊姊！」他開心地朝我大大一拜。

這個阿寶不是孤煌少司的人。如果是的話，既然他懷疑我是女皇的人，那孤煌少司那裡勢必會對我有所防備了；但孤煌少司那邊至今沒有任何改變，而這阿寶卻想接近女皇。沒想到這皇宮裡還有一股神祕的勢力，會是誰？

欲回寢殿時，我特意留在外面，靜靜觀看。

只見瑾崋依靠在窗邊，似在監視有無人來，而殿內，懷幽正帶蘇凝霜從密室裡出來。

很好，沒打起來，家裡的三隻寵物很和諧。

我飄然落下，從後窗進入，輕輕躍過蘇凝霜和懷幽背後，化作飄雪般坐在了書桌之後，也就是瑾崋身後。然後揭下面具，開了口：「你們沒打起來，我很欣慰。」

立時，三人齊齊轉身，瑾崋更是嚇了一大跳。

「妳今天怎麼像鬼一樣！」他撫著胸口。

「哎……」懷幽也是嚇到了。

我在蘇凝霜驚訝的目光中拿出畫冊。

「我哪次不像鬼？今日來的若是孤煌泗海，你們三個都已經死了。」

瑾崋變得沉默。蘇凝霜看看我，再看瑾崋：「孤煌泗海？你們見過孤煌泗海了！」

「當然。」瑾崋面露一絲凝重，轉身坐在我座椅的扶手上，雙手環胸，遙望窗外。「那個男人太可怕了，我不想再遇上他，他的功夫詭異多變，也只有這個女人……」

瑾崋用大拇指指向我，語氣像是很不甘願承認。

「才能與他打成平手～～」

我放落畫冊，淡淡而笑。

「那孤煌泗海真有那麼厲害？」蘇凝霜冷傲的眸中露出不信的神色。

瑾崋冷哼一聲，白了他一眼。

「我勸你最好不要小看孤煌泗海，以及……」

瑾崋拖了一個尾音，微微轉臉偷偷朝我看來。我拿起小小水碗中的銅勺，舀起一勺清水，放入硯台之中，無視他射來的不服氣的目光。

「我們的女皇陛下。」

「哼。」我輕笑一手，開始磨墨：「難得難得～你也會叫我女皇陛下～」

瑾崋轉開臉，雙手環胸，像是打算不再理我了。

「懷幽，我讓你留意阿寶，查出什麼來了嗎？」我取下畫筆，點上淡墨，翻開書冊第一頁。

「這個阿寶看似平常，卻很奇怪。」懷幽溫和的好聽嗓音在房內響起，認真而嚴肅。

「哦？奇怪在何處？」我開始為孤煌少司穿上墨色的衣服。

「這阿寶……和女皇陛下幾乎同時入宮的。」

我手中毛筆一頓，筆尖上的墨在風中微微風乾，畫冊上的孤煌少司赤裸的雙腿被衣襬覆蓋住了一條，還有一條裸露在外。

「繼續說。」我再次沾墨。

「阿寶只比女皇陛下早入宮三天，隨後一直在西宮當值。但性格很好，又長得討喜漂亮，深受宮內年長的宮人喜愛，成了不少人的乾兒子。」

「瑾崋，你應該跟阿寶學學。」我笑了，揶揄瑾崋。

「哼，妳這句話應該對蘇凝霜說去。」瑾崋又把這句話丟給了蘇凝霜。蘇凝霜提袍坐下，單手支頤，嘴角掛上不屑的笑。

「因為大家喜歡這阿寶，時常帶他出入別的宮苑。」懷幽繼續說著：「結果，有一天正好撞上了大侍官，但大侍官並未責怪阿寶亂闖宮院，反而此後對他寵愛有加……」

我抬起臉，打量懷幽認真的神情，懷幽不再說話。我想了想，轉向蘇凝霜和瑾崋。

「你們有誰知道慕容燕的性向？」

瑾崋身體一怔，有些僵硬地看我：「妳能不能別問那麼直接，妳可是個女人！」

「慕容燕好男色。」蘇凝霜那邊大大方方說了起來，聲音帶著他特有的冷冷笑意。「以前和他一起在皇家書院時，他就已經有固定的戀人，這是人盡皆知的事。」

「我怎麼不知道？」瑾崋一臉疑惑。

「你這種頭腦簡單的白癡能知道什麼？」蘇凝霜好笑看他。

「蘇凝霜！你又討打是不是？」

「你打得過我嗎？」蘇凝霜瞥眸笑看瑾崋，飛挑的眼角充滿不屑，讓他那張冷豔的臉又多一分冷媚來。

瑾崋全身殺氣籠罩，他坐在我座椅的扶手上，我伸手便能握住他已經繃緊的手腕，他在我輕握之時微微一怔，緩緩放鬆下來。

蘇凝霜的目光落在了我們身上，他細細看著我和瑾崋，更多的目光是落在瑾崋身上。瑾崋轉開了臉，身體在我的輕握中放鬆之後，卻又有些緊張起來，我握住的心脈之處，已經跳突不已。

我收回手繼續看懷幽，懷幽在不說話時安靜地幾乎感覺不到他的存在。他感覺到我的目光，立刻再次稟報起來：

「阿寶在短短幾個月裡，已經在宮裡如魚得水，人盡皆知。因他受慕容燕寵愛，大家又都對他禮讓一分。不過，慕容燕雖喜愛他，但並未提攜這阿寶……」

「這才是真的喜歡。」

我微笑落筆，把衣襬蓋上孤煌少司另一條腿。懷幽再次止住話，靜靜看我。

「因為真的喜歡，所以不想奪去阿寶的純真天然，不想奪去阿寶的自由。慕容燕喜歡自由、陽光、快樂的阿寶，若是讓他進入深宮，只怕就不是最初那個阿寶了。」

我抬眸看懷幽，懷幽的目光裡也是百般感嘆。

一入宮門深似海，又有誰是一身清白？這是一個大染缸，出淤泥而不染只是一個傳說。

我與懷幽對視片刻，他落落垂眸，唇角淡淡而笑。

「所以女皇陛下也喜歡那個純潔的孩子？」

我笑了，低頭翻頁。

「我可不敢喜歡身分複雜的人，那孩子不簡單，他背後有人，繼續留意。」

「什麼？」懷幽驚語。

我的目光落在第二頁上，這應該是京城排名第三的美男子，如果除卻孤煌兄弟這對非人的妖孽，那他應是巫月第一美男了。會是誰？

我好奇地看畫頁上的男子，他眉間一抹嫣紅，立時讓整個頁面鮮亮起來。精巧的線條勾勒出一張微微削尖的臉，如火的紅唇纖巧微翹，飛逸細長的鳳眸迷人卻又拒人千里，驚心動魄的豔麗讓人不由窒息。

他是真的豔，他像一團豔麗的火焰，在地獄焦土上熊熊燃燒，紅紗纏繞在他的身上，飄飛在他的上方，如同火焰包裹在他身周，襯得那在紅紗間裸露的肌膚更白一分，更加吸引你的目光。

這是誰？

我立刻看名字——月傾城！

我一驚：「怎麼回事？怎麼把死人畫進來了？我要的是活的。」

「妳到底在看什麼？」

瑾崋在我身側俯下了身體，長髮掠過我的臉頰，我感覺到他溫熱的氣息。登時，他渾身僵住了，猛地跳落扶手，站直身體滿臉緋紅地嫌惡看我。

「妳怎麼好意思在我們這麼多男人面前看男人的春宮圖！」

瑾崋的一聲大喊，瞬間讓房內所有男人僵住了，空氣凝滯，溫度降至零點。

我揚了揚眉：「你有必要喊那麼大聲嗎？我找人畫京都排名五十的美男子，是有用途的，結果他給我畫來了這個，我現在不正在幫他們補穿衣服嗎？」

瑾崋臉紅如火燒地瞪我，忽然猛地搶走我筆下的畫冊翻了翻，星眸立時鎖定一頁，毫不猶豫地扯了去，撕了個粉碎。

我扶額，不用想，肯定是他自己的。

「順便把我的也撕了。」蘇凝霜的話音也傳了過來，為這個房間更添一分寒意。

瑾崋又往前翻了幾頁，突然表情露出驚詫。

「你居然排名第四！這圖誰畫的，瞎眼了吧！」立時，一束冷光射向瑾崋，瑾崋煩躁地白他一眼：「知道了、知道了。」

「嘶啦！」一聲，又一張畫被消滅了，瑾崋把蘇凝霜的圖也撕了個粉碎。

「我說你們哪來的自信，認為自己會在那本名冊上？」

這些男人怎麼這麼自大！長得帥就了不起嗎？

「還用說嗎？」意外地，兩人竟然異口同聲，隨後又同時頓住，看彼此一眼，立刻又各自轉開臉。

「沒想到你居然也有登上排名？」蘇凝霜瞥眸看向瑾崋，輕笑一聲。

瑾崋懶得看蘇凝霜一眼，把畫冊扔回我的書桌，也是好笑看他。

「你以為全天下就你一個人長得帥嗎？」

由此可以看出，男生在帥不帥的問題上，其實有時比女生更在意、更矯情！

蘇凝霜連看也不看瑾崋，直接裝作無視地整理自己的衣袖。

「誰排在我前面？」他冷不防地拋出這一句，但也是不看我，像是完全不在意。

我無語地蹙眉。你真是夠傲嬌，明明在意，還裝作不介意。要讓蘇凝霜服氣，還真不是件容易的事。他看得起你，才會看你兩眼，與你為友，但你休想擺布他。現在蘇凝霜不像是我的臣，更像是我的爺！

「是孤煌兄弟和月傾城。」我說道。

蘇凝霜拉拽衣袖的手一頓，似是引起了他的注意。

「月傾城？」瑾崋也有些吃驚。

我疑惑不解地說：

「月氏不是幾乎滅族了嗎？活著的也被發配離京，京城裡遺留下來的月氏男子，應該也只是旁系末流，怎會上榜？這月傾城的長相，看上去應該是月氏宗族。」

家族太過龐大之後，也會分個三六九等。

「月傾城沒死。」蘇凝霜清清冷冷的話音再次響起。這蘇凝霜知道的東西，倒是比瑾崋多很多，到底是慕容派系的。

我視線投向他，他瞥眸看我，眸中依然帶著傲嬌。

「他是巫溪雪公主的未婚夫，在月氏滅族之時，巫溪雪保住了他。那時巫溪雪還是皇族，未被陷害。」

聽完緣由後，我心中不由暗暗一驚，這月傾城居然是巫溪雪的未婚夫！

「月傾城當時是月家第一美男子，與巫溪雪又是青梅竹馬，所以他們的婚約早早就訂下。」

我在蘇凝霜的話音中輕摸下巴，看向畫冊上的月傾城。通常月氏會著重培養家族裡長相俊美的男子，最美的會作為夫王預選來著重栽培。但這一次，月家的第一美男沒有送入宮，而是給了巫溪雪，難道，月氏長者看出巫溪雪才有女皇資質？

「傳說月傾城在巫溪雪被發配後，一直留在京城，暗中集結同樣遺留在京城的忠良，也有傳說他是焚凰的首領。」

「哦？」我抬眸看蘇凝霜，他淡淡回以一眼。

懷幽則靜靜站在一旁微微蹙眉：「巫溪雪公主的勢力，對女皇陛下的計畫，會不會有影響？」

「你說呢？」我笑看懷幽，反問他。

「懷幽不敢說。」懷幽垂下臉。

蘇凝霜也冷冷瞥我一眼，這人像是從不正眼看人的。

「小宮女回來了。」瑾崋在旁提醒。

我但笑不語，落眸開始為月傾城添上衣服。

「懷幽，你帶瑾崋和蘇凝霜去別院，讓他們好好聯絡聯絡感情。」

「是。」

瑾崋從我身邊離開，抬手落在我的畫冊邊：「妳整個下午就打算為他們畫衣服就好？」

「不錯。」

「真夠閒。」

「我本來就很閒，好好睡覺，晚上我們要出去。」

「是！」瑾崋一下子精神來了，蹦到蘇凝霜面前拉起他。蘇凝霜抬臉瞧瞧他，又朝我看來。

「這就完了？哼，我以為會有更好玩的事。」他無聊地起身拂袖，狀似要離開。

我看他一眼，繼續畫畫：「不要覺得無聊，會有讓你心驚肉跳的時候。」

蘇凝霜頓住腳步，轉身看我一眼便被瑾崋拉走。

待懷幽吩咐宮女帶蘇凝霜和瑾崋去他們別院後，懷幽再次折回，靜靜站到我身邊開始為我磨墨。他的安靜讓人感覺舒適，終於，整個房間只剩下我和他，不用再聽瑾崋大驚小怪，也不用再聽蘇凝霜揶揄瑾崋。

窗外飛鳥落下，吱吱喳喳，天又涼了一分，連秋蟬也收起了聲。整個世界安靜下來，可以聽見風兒的呼吸聲和樹葉在風中低低的吟唱。

身邊傳來懷幽平穩磨墨的輕微聲音，他一手輕拾袍袖，微微彎腰，冠帽的繫帶垂掛下來，隨著他平穩的動作微微輕動。

我為月傾城畫上了嫣紅的喜服，這是順著那位畫師畫的，然後我吹了吹，放落桌面，空氣中飄散著淡淡的墨香。

懷幽立刻打開精緻小巧的陶瓷顏料罐，為我的顏料盤中加入顏料，再加入一滴水化開。

我翻到書冊中間，也撕下了一頁。

懷幽聽到「嘶啦！」一聲，微微吃驚：「女皇陛下，您……」

「這是你的。」我將那頁紙平推到懷幽身前，懷幽渾身一緊。

「奴才……也有嗎？」

「是的。」我的手還覆蓋在那張畫上：「你是要撕，還是要我幫你把衣服畫上？」

懷幽的身體越發緊繃，我看向他，他低垂的臉已經浮上了靦腆的羞澀，雙眸不停眨動，睫毛顫動，遮掩他此時的窘迫與慌亂。

「懷幽……能請……」他猶豫而謹慎起來：「女皇陛下……為懷幽……穿上衣裳嗎？」

他鼓起勇氣朝我看來。他站在我書桌旁，我坐於書桌之後，他忘卻了君臣之禮，深深俯看我，眸中的視線充滿期待和一絲難以掩藏的激動之情。

我在他微帶熱意的眼神中微微失神，這件小事值得他那麼激動嗎？

我轉回臉，取回畫紙，淡淡而語：「可以喲，懷幽的要求，只要我做得到，我都會同意。」

「謝女皇陛下！」懷幽激動不已，竟顯得有些慌亂，拿起一個又一個顏料罐。「女皇陛下要用什麼顏色？這個、這個？還是這個？」

「懷幽喜歡什麼顏色？」我笑了。

「我、我嗎？我喜歡青色。」

「好，那就用青色。」

懷幽將青色舀出，我看向懷幽的畫頁，巧的是，這位畫師用的也是青色，青色的薄紗微微掩蓋在懷幽赤裸的胴體上，而他依然戴著官帽，兩縷絲條垂落在雪白的胸前，絲條的末梢剛好蓋住了男子的桃花，讓人越發臉紅心跳。尤其是那官帽更是帶著一種制服的誘惑！

我穩了穩氣息，用畫筆開始沿著懷幽的頸線而下，給他補上衣領，宛如用毛筆輕輕撫過他的頸項，再往下撫上了他赤裸的胸膛。

身邊的懷幽匆匆撇開臉，他一直以來平穩的呼吸也被打亂，害我也有些呼吸不順暢。

畫孤煌少司、月傾城時，我都沒有這種感覺，而在畫相熟的懷幽時，我卻真的覺得不好意思了。心口感覺熱熱的，連帶臉也熱了起來。

懷幽站在我身旁的身形忽然感覺明顯起來，那和畫上一模一樣的線條、身形，還有那纖柔窄細的腰身，懷幽像是忽然從稀薄的空氣中顯了形，越來越清晰，越來越鮮明，讓你無法不感覺到他就在你身邊，無法不去在意他的存在。

「懷幽，你遮住我的光了。」

懷幽因為我的話而出現一絲失措。

「坐下吧。」

「是。」懷幽腳步有些急促地想離開，但他卻突然頓住了腳步，靜了一會兒，緩緩走回我身側，慢慢坐在了我的身旁。

我毛筆微頓，他低垂下臉，沒有離開。

懷幽向來注重君臣禮節，在我面前也一直謹守本分，和我同寢也是受形勢所逼——瑾崋睡相太差了！

今天，他第一次主動靠近我，坐在了這個平常是瑾崋坐的位置。

依照瑾崋的脾性是不會與我客氣的，他經常坐在我身邊，跟我稱兄道弟、勾肩搭背，或是無聊地擺弄書桌上的毛筆，在我說話時，單手支頤滿目不甘，只想找到我的把柄，然後揶揄我一番。

懷幽在坐下後，反倒是稍顯放鬆，雙手規矩地放在自己的膝蓋上，午後暖黃的光線落在他青色的宮服上，讓他變得溫暖而惹人憐愛。他老實的脾氣和好欺負的性格讓人會情不自禁地調戲他，見到他那慌亂失措的神情和盈盈閃動的淚光，心底邪惡的一面會獲得莫大的滿足。

懷幽，冊中美男排名二十二。

我心中倏地一動，這畫師是怎麼認識懷幽的？懷幽長年在深宮，雖有假期，但因為心結，他從不歸家，這畫師怎能將他畫得如此唯妙唯肖？

這畫師不僅有敏銳的觀察力、人臉神態的捕捉能力，並且能自由出入皇宮，因為唯有入宮才能見到懷幽。名列畫冊的宮內官員不僅懷幽，還有白殤秋、慕容燕等等，這些人也非一個風流畫師能常見的。

金色陽光漸漸灑落在畫冊上，替畫中的美男子們蒙上了一層朦朧的金紗，讓他們一個個躲在了金紗之後，讓你無法再窺見他們那一幅幅性感模樣。

心，就此而平靜。

忽然間，我恍然大悟，不由而笑。小鮮包說的京都第一畫師，原來遠在天邊，近在眼前。這個小鮮包，真是讓我驚喜連連。

翻到最後一頁，正是小鮮包的自畫像。他將自己排名五十。

但是，他是唯一一個不裸的，全身穿得整整齊齊，還咧嘴豎起大拇指，一臉自命不凡的神情。

「是阿寶。」懷幽也看過來。

「對，是阿寶。而且，還是了不得的阿寶。」我轉臉笑看懷幽。懷幽一臉疑惑，在我高深莫測的笑容中，微露侷促地垂下臉，迴避了我的目光。

阿寶，你到底是誰？尋常人家可畫不出這樣形神兼備的畫來。很好，你引起我的興趣了。

✤ ✤ ✤

晚上，浴殿沐浴。

趴在舒服的軟榻上，空氣中瀰漫著精油的花香，今天又是玫瑰。手藝嫺熟的老嬤嬤為我按摩，從上到下，舒服地讓我昏昏欲睡。

忽然間，我感覺到了急促的腳步聲和熟悉的氣息。

「攝政王，請容奴才稟報女皇陛下。」

孤煌少司來了！

我還沒穿衣服呢！渾身上下只裹了浴袍。因為還沒按摩完，浴袍還褪在腰後。想起來，卻已經看到了懷幽匆忙的身影，只好繼續趴下。現在起身，就全被看見了！浴殿裡的宮女和老嬤嬤一聽是攝政王來了，匆匆為我蓋好後背，跪下退到了一邊。

我只好蹙眉繼續趴著，裝睡。

孤煌少司不疾不徐地走在懷幽身後，懷幽遠遠望我一眼，恭敬站於孤煌少司身前。

「攝政王，女皇陛下睡著了。」

我眯眼偷偷觀瞧，孤煌少司也身穿一身便服，絲綢的白色外袍分外飄逸，在燈光中還散發著朦朧曖昧的柔光。

打扮也帶著隨意和慵懶，長髮沒有用髮冠整齊束起，而是隨意打了一個捲，垂放在右肩，用一根髮簪斜插在髮結之中。褪去了王服，換上這樣飄逸鬆散的便衣，讓他顯得格外親切可人，化作一朵散發幽香的迷人百合，誘你去採擷。

孤煌少司這身裝扮，讓女人的抗誘惑指數直接降為零，並有變成負值的危險。他實在太美了，美得像是將月光穿在身上，讓他有如仙君降臨。

他遠遠看我，目光溫柔地幾乎可以瞬間融化你的身體。他只凝視我，宛如他的眼中只有我。

我在這束溫柔寵溺的目光中也不由敗下陣來，無法再多看他一眼，只能瞄向他倒映在水中的修長朦朧身影。

「你下去吧。」孤煌少司柔柔說了一聲，朝我緩緩而來。

懷幽渾身緊繃沒有離去。我趁孤煌少司走到我身側，確定他看不見我的臉時，我睜開眼睛給不遠處微露緊張的懷幽使了個眼色。

懷幽立時收緊目光，恢復鎮定，垂下臉龐：「是，懷幽告退。」

懷幽轉身離開的同時，我也聽到身邊衣衫撲簌墜地的聲音，光潔的地板上倒映出孤煌少司緩緩跪坐的迷人身影。

「你們都下去吧。」

他話音落下時，所有人退出了浴殿，立時，整個浴殿安靜得只聽得見我的呼吸聲。清澈的水倒映出他清晰的身影，我緊盯水中他的眼睛，澈黑的眸中只有溫柔寵溺的目光，沒有可疑的火熱，我暫時安了心。

褪在我後腰的絲綢浴袍和蓋在我身上的銀藍絲綢一起垂掛在臥榻兩邊，為我遮蓋所有的春光。

他靜靜看我一會兒，微微側身，取來放在一旁托盤裡的精美玉瓶，纖長白皙的手指輕執玉瓶，優雅的動作足以讓你嫉妒起他手中的瓶子。

他在我腦後放落玉瓶，發出輕輕的聲音，然後抬手伸到我後背上方，緩緩落下，指尖微微擦過我後背赤裸的肌膚，緩緩揭開了蓋在我後背上的銀藍絲綢！

伴隨著絲滑的絲綢從我後背緩緩滑落，我大腦裡的弦立時根根繃緊，一片空白！

不知空白了多久，感覺到一縷清涼的水柱順著我的脊背緩緩而下，如同一根冰涼的手指正沿著我敏感的脊柱徐徐往下，立時心跳加速，快得無法呼吸！

溫熱的手隨後落下，服貼在那灑落的香精花油之上，我立時全身緊繃，睜開了眼睛，反手扣住了那雙要順著我脊背而下的手！

「為什麼裝睡？」他柔情似水地說，帶著磁性的嗓音在這熱氣氤氳的浴殿裡更多了一分動人心弦的性感。

「起不來，沒穿衣服。」我鬆開了扣住他的手，雙手枕在臉下嘟囔：「你能不能拉好我的衣服，我現在很不好意思……」

「有什麼關係？」他溫溫熱熱的手輕放在我後背上，緩緩撫上，每一寸肌膚的接觸都讓我想立刻跳起來狠狠揍他一頓！但是……我沒穿衣服。

雙手滑落我的肩膀，他在我背後緩緩俯下，他身上寬鬆的絲綢外套和他的髮絲蓋落在了我的後背上，帶來了絲絲清涼。

「我們很快是夫妻了……」輕輕柔柔的話音在我的耳畔吹拂，他輕輕壓上我的後背，臉靠在了我的後腦，放鬆了身體。

他伏在我的後背上，因為徹底放鬆而多了重量，平穩起伏的胸膛讓我清晰感覺到他的呼吸。他雙手溫溫熱熱包裹我赤裸的雙肩，宛如舒適地睡在我的身上，不想離開。

「妳的小蘇蘇乖嗎？」他在我腦後輕輕而語。

「挺乖的，他好像很享受，跟小花花玩了一個下午。」我擰擰眉。

「哼……是嗎？他的父親可是在我那裡鬧了一個下午，妳說……我該怎麼辦？」他包裹我肩膀的雙手開始輕輕摩挲，帶著一絲沙的話音中，流露出一股狐狸似的慵懶。

「讓他自己來領回去。」我努力讓自己平靜，放緩呼吸，努力去忽略他的身體、他的手，和他那輕輕的撫摸。

「今晚，我……」在他想貼近我後頸時，忽然有人大步流星走來，白色的衣衫、飄揚的黑紗，隨他一起進入的，是一種特殊的寒意。

孤煌少司一怔，不疾不徐地從我後背離開，拉上我的浴衣蓋住了我的全身。殺氣隨之而起，從我身旁起身時，蘇凝霜已經站在了浴池邊，傲然地朝我看來，無視孤煌少司。

「我要洗澡，妳答應我的，我可以在妳浴殿洗澡！」

我偷偷笑了。

蘇凝霜說完不再看我和孤煌少司，開始脫衣服。

「出去！」忽地，孤煌少司沉沉的聲音響起。

蘇凝霜可沒有被這聲沉語喝退，照樣脫他的衣服。

「誰在說話？哼，我是女皇陛下的人，我只聽女皇陛下的命令。」他輕笑說完，甩掉了身上的黑紗和腰帶，開始解開自己外衣的衣結。

「我叫你出去！蘇凝霜！」赫然間，孤煌少司殺氣四射，帶出的氣流震動了我身上的浴衣，我立刻拉好浴衣起身，轉身怒看臉色已經沉到極點的孤煌少司。

「烏龍麵，你怎麼可以凶我的小蘇蘇？如果你入宮就要趕走我的小蘇蘇、小花花還有小幽幽，你還是不要入宮了。」

孤煌少司立刻怔立在臥榻邊，臉上的神情是從未有過的吃驚。

我失望地低下臉，拿起一旁的外衣，轉身時揚起披在了自己的身上，對蘇凝霜說：

「小蘇蘇，今天你別洗了，攝政王太凶了。」

小蘇蘇冷冷瞥了一眼我身後，不悅地轉開臉。

「真是掃興，本來還想享受一下。哼！」蘇凝霜撿起地上的黑紗與腰帶，悻悻離開。

「等等我，小蘇蘇，揹我好不好～～」我追了上去。

「妳自己沒腳嗎？」他冷冷把話扔過來，始終大步走在我前頭，我像是犯賤的小女孩緊緊跟在他的身後。

整個浴殿窒息到了極點，如果蘇凝霜不來，我真的擔心自己忍不住要血濺浴殿了。

和蘇凝霜走在宮殿地板的走廊裡，所有宮人都因為跟不上我們的腳步，而被我們遠遠拋在了身後。

來不及穿鞋，雙腳走在冰涼的地板上，卻無暇顧及，我只想盡快逃離那浴殿，逃離那個人的勢力範圍，離他越遠，我越安心。

「我看妳挺享受啊～～」輕蔑不屑的聲音從面前傳來，我緩緩回神，月光如雪灑落在光潔的迴廊地板上，為地板和一旁的廊椅鋪上了一層銀霜。

蘇凝霜就那樣身披寒光地站在廊椅邊，嘴角帶著世界上最冷蔑的笑容，宛如在嘲笑我口是心非，喜歡被孤煌少司那樣觸摸和服侍。

「孤煌少司是巫月第一美男，妳可是女皇，裝什麼？」他冷酷而不屑地俯看我：「妳找他侍寢，沒人會……」

壓抑的怒氣立時爆發，殺氣震開衣裙之時，我已如幽魂般閃到他面前，在他驚詫的目光中抬手扣住他的脖子，大力地把他按在了一旁的廊椅上，右腳踩入他雙腿之間，好讓膝蓋頂上他的胸口！

他驚訝的眸光在月光下顫動，似是完全沒料到我的速度會如此之快！

絲滑的外袍因為我這劇烈的動作而滑落肩膀，下襬也從大腿滑落，露出我在月光下分外瑩白的肌膚。

「蘇凝霜！如果你真的覺得那是享受的話，我很高興和你靈魂交換，我來做蘇凝霜，你來做這個巫心玉！」

蘇凝霜張大嘴瞪著我，白皙的臉因為我的蠻力而開始漲紅。他說不出話來，也無法順利呼吸，黑澈澈的雙眸在月光下覆蓋上了一層冷霜。

我放開他，緩緩收回頂在他腹部的腿，絲滑的衣襬再次滑落遮蓋了我的雙腿。我拂袖轉身，裸露在空氣中的肩膀感覺到了夜的絲絲涼意。

「蘇凝霜，既然你加入了我的遊戲，你就已經是我的人了！你真希望我受到孤煌少司的誘惑，然後讓你、瑾崋、懷幽和其他人一起全軍覆沒嗎？」

我轉回身看他，他坐在廊椅上摸著自己的喉嚨緩緩氣。

「咳！咳！哼，哈哈哈——哈哈哈——」他仰天大笑起來，面容在月光之中變得清晰。

他笑了一會兒，垂下臉，雙手撐起，坐在廊椅上瞥眸，冷豔傲然地說：「我喜歡妳。」

我一愣，鬆了口氣，心情凝重地垂下臉：「謝謝。」

「合作愉快。」他朝我伸出了手。我看了看，也伸出手，他向前探身握住了我的手，緊緊的，帶著他深藏在內心深處的巨大力量，那是他隱藏太久太久的憤怒、懷恨與不甘。

倏地，我察覺到了孤煌少司的氣息，立刻雙手拉住他，用我清泠的蘿莉嗓音喊了起來：

「走啦～～回去了啦～～這裡好冷～～」

蘇凝霜眸光閃了閃，再次擺出他那張冷傲輕蔑的姿態。

「妳真是煩死了！我想在這裡賞賞月都不行。這皇宮也不過如此，無趣，死氣沉沉！哼！」

他冷哼一聲起身，落眸似是看到了我赤裸的雙腳，忽然彎腰到我身側，抱住我的雙腿直接把我扛起，披散的長髮全數落下，遮住了我的頭。我的視野裡只有他飄逸的黑紗。

「妳走得太慢了，給我回去睡覺！別來煩我！」他嫌惡地說完，扛起我大步流星，衣紗飛揚。

我困難地仰起臉，披散的長髮之間，看到了那立於陰暗之處的月色身影。他緩緩走出陰影，站立在月光之下，身上的白色絲綢外衣讓他顯得格外蒼白和孤冷，宛如被人遺忘的精靈，在陰暗之中漸漸消亡。

「烏龍麵～～你也早點回去休息～～記得通知那些官，明天讓他們兒子上朝～～」

我朝他揮揮手。

雖然和他距離遙遠，但我依然感覺到濃濃的殺氣從他身上炸開，宛如精靈不願再被人遺忘，心中的恨瞬間讓他成為世間最可怕的惡魔，報復那些所有無視他的人。

「妳確定他不會動我家人？」難得自負的蘇凝霜也擔憂起他的家人來。

我在他身後一笑。

「你放心，你正當寵，若是你離了我的後宮，我估計孤煌少司會馬上碎了你全家。」

「哼，看來我是走不了了。」

「不錯，你就乖乖待在這兒吧。」

蘇凝霜已經徹底沒了退路，無論他的父親如何祈求孤煌少司，他也回不去了。他比瑾崋、懷幽做著更危險的事情，一旦失敗，他將要付出的代價遠遠超過了瑾崋和懷幽。

蘇凝霜一路把我扛回寢殿，嚇得宮婢侍者們目瞪口呆。

蘇凝霜大步跨進寢殿大門，還用腳踹上了殿門。

懷幽匆匆迎了上來，憤怒至極：「蘇凝霜！你大膽！你放肆！快把女皇陛下放下來！」

「好啊！」蘇凝霜停住腳步，真的直接把我扔了下來。我站在地上，瞬間冰涼的地面讓我的腳心一陣透涼。

「女皇陛下！」著急的懷幽竟然一把將我抱起，蘇凝霜一愣，我也有些吃驚地看向懷幽有些生氣和固執的臉。

懷幽抱起我匆匆來到床邊，坐在床上的瑾崋也是一臉驚訝。

「讓開！」懷幽緊繃著臉說。

瑾崋這次沒有和懷幽鬥嘴，吃驚地讓開了身體，輕聲自語：「老實人生氣了。」

懷幽把我輕輕放落在床上，拉好了我的衣服，又匆匆去拿布巾和熱水。寢殿裡所有男人只顧看著他忙碌的身影，安靜得只聽得到懷幽一個人匆忙的腳步聲，而他並沒有意識到所有人都看著他。

他端來金盆跪坐在我的腳邊，擰乾了布巾，輕輕執起我的雙腳，用布巾輕柔地擦拭。輕輕的動作讓你能深刻感覺到他的小心和珍視。

「天涼了，腳受寒會生病的。」他幽幽的話音裡還帶著一絲淡淡的責備，看似平淡的語氣，卻讓我莫名地感動。

情不自禁地，我俯身抱住了他。他的身體立時一僵，我閉上眼睛貼在他僵硬的後背上。

「懷幽，有你真好。」

懷幽手中的布巾掉落在水盆中，他低下了臉。

「懷幽……沒有瑾崋、蘇凝霜那麼有本事，能做的，也只有把女皇陛下照顧好……」

「謝謝……真的，謝謝……」我聽了他的話，鼻子終究發了酸，哽咽地越發抱緊了他。

「女皇陛下！」懷幽擔憂起來，但因為被我抱緊而無法動彈。我的淚水潤濕了眼眶，在我差點哭出來時，傳來了一聲冷哼。

「哼，要不要我離開，讓你們兩個好好親熱親熱？」

我的淚水瞬間吸回，起身冷冷白了蘇凝霜一眼，坐回床上。

「懷幽，今夜你值夜，蘇凝霜，今晚你和瑾崋一起留夜，讓你好、好、適、應。」

「哼！」蘇凝霜輕笑一聲，傲然走向我，一掀下襬坐到我的身邊，忽然朝我欺近。就在這時，也在床邊的瑾崋和懷幽見狀，同時出手。

懷幽立刻伸手攔在蘇凝霜的面前，與此同時，瑾崋也躍上一把推開了蘇凝霜。

「你幹什麼？」

見瑾崋出手，懷幽有些驚訝，隨即沉臉而語：「不要靠近女皇陛下。」

「妳還坐在這裡幹什麼？上床去。」瑾崋也回頭推了我一把。

瑾崋竟是命令起我，我愣了愣，迅速爬上床，蓋好被子。

蘇凝霜看看面色忽然正經的瑾崋，再看看沉臉的懷幽，嘴角一揚，白了他們一眼，輕蔑地發出一聲冷哼。隨即，翻身想要睡到我身邊，瑾崋立刻又把他推開，睡在我和他之間。

「這是我的位置，你離巫心玉遠點！」

「你們真是可笑！」蘇凝霜終於爆發了，冷笑看瑾崋和懷幽：「你們一個不敢攔孤煌少司，一個只能在這裡裝木頭，現在，倒是一個個做起守護者來保護你們的女皇陛下了？剛才你們去哪兒了？」

「所以才叫你進來！」

瑾崋一把揪住蘇凝霜就按回床，單腿跨過蘇凝霜的身體，半跪在他上方。

「不讓孤煌少司靠近巫心玉，就是你蘇凝霜的責任！但是在房內，你別想乘機佔她便宜，她不是那種隨便的女人！」

我愣愣看著瑾崋，這個打從心裡不服我的男人，今天卻這般守護著我。我不由笑了，原來男人也會口是心非。他只是嘴上不想承認服從我，但是，他卻用他的全部在保護我。

「瑾崋，晚上交給你了。」懷幽正視瑾崋，鄭重囑託。

瑾崋點點頭，也是滿臉認真，充滿沉穩的男人味：「你去吧，有我在，他別想怎樣。」

懷幽沉沉看蘇凝霜一眼，蘇凝霜躺在床上，四腳朝天地徹底放鬆了身體，嘴角掛著輕鄙的冷笑。

懷幽熄燈離去，輕輕帶上殿門，暫時結束了與我同寢做柵欄的日子。

瑾崋和衣躺在我和蘇凝霜之間。

「不脫？」蘇凝霜冷笑問。

「懶得理你！」瑾崋白他一眼。

「哼。」

瑾崋轉身朝向我，昏暗的房內月光灑入，讓本就淡色的紗帳透著月的柔光，瑾崋的星眸在淡淡的月光中閃亮如星。

「我們什麼時候出去？」他已經迫不及待。

我轉身看看床外，觀察了一下：「還太早。」

「我也要出去。」蘇凝霜的聲音清冷響起。

「不行！」瑾崋轉身：「你要留在這裡裝睡，房內不能沒人。」

「哼，有人現在是在冒充前輩嗎？」蘇凝霜的語氣中充滿了不屑。

「蘇凝霜，瑾崋說得沒錯，以前我和他出去時，是懷幽看房。」我微微探起身。

「那讓懷幽進來。」他瞥眸看我，雙手枕在腦後，單腿翹起。

「女皇和三個男人，成何體統！」瑾崋也有點受不了了。

蘇凝霜鄙夷地笑起來，那雙冷眸斜睨我們。

「都這個時候了，還講什麼體統，女皇和兩個男人還是三個男人，有什麼區別？」

我和瑾崋在蘇凝霜的嘲笑中一時無言以對，兩個還是三個都是很多個，並無區別。

「你還是那麼討厭！難怪沒有朋友！」瑾崋受不了地轉身，雙手環胸滿臉鬱悶地背對蘇凝霜。

我躺回原處，蘇凝霜像是一面清冷無情的鏡子，把你不想面對的一切殘忍，毫無掩飾地暴露在你面前，讓你變得一絲不掛，赤裸裸地面對真正的自己。他的真，讓他變得可惡、惹人厭，成為無數人的眼中釘。

房內一片沉默，瑾崋還在生悶氣，蘇凝霜也不開口，我轉身面朝外，背對兩個男人靜靜等待時間流逝。

輕輕的風揚起了薄薄的紗帳，讓這紗帳在月光中波蕩不安。如果我不下山，我還是那個在狐仙山上悠閒自在的小巫女，不會認識孤煌少司、瑾崋、懷幽、獨狼、椒萸、阿寶、蘇凝霜，還有那個神祕嗜血的孤煌泗海。

師傅說，這是我的命，即使我當初選擇不下山，命運還是會安排我成為女皇，守護巫月，我與孤煌兄弟之間，注定會碰撞，會有一場血戰。

「孤煌少司……沒把妳怎樣吧？」身後傳來瑾崋略帶彆扭的關切。

「沒怎樣。」我靜靜地看著越發明亮的月光。

「是還沒怎樣。」蘇凝霜笑起：「我去的時候可是連衣服都脫了～」

「蘇凝霜你閉嘴！」我終於也忍不住了：「孤煌少司遲早要入宮的，如果你沒本事，攔不住他，我大不了寵幸了他！反正我是女皇，不用對一個男人從一而終，睡了再殺也是我佔便宜！」

瞬間，房內靜默無聲，兩個男人似乎都說不出話來，整張床上瀰漫著幾乎讓人窒息的沉默。

「我也不想讓這種事發生，所以我們要加快速度，瑾崋，過會兒你去花娘那裡。」

「我不去！」瑾崋直接回絕。

「那蘇凝霜去。」

「好啊！」

「等等！我去。」瑾崋悶悶地說：「我比較熟，蘇凝霜是新來的，不熟。」

「很好。」我坐起身：「換衣服去。」

「是！」瑾崋激動地跳起。

「那我呢？」蘇凝霜也隨即坐起。

「睡覺，記得把衣服脫了。」我白他一眼。

說罷，我掀開紗帳下床，瑾崋緊跟著我，蘇凝霜也坐到床邊，掀開紗帳，單腿曲起，一臉冷豔地瞥眸觀察我們。

我隨即交代：「你去花娘那裡買一些補給，還有，替蘇凝霜買一套黑衣。順便在花娘那裡打探一下巫溪雪的消息。」

「知道了！」

「還有。」我想了想，到書桌邊拿起美男冊，翻到最後一頁，撕下了阿寶的畫像，交給瑾崋。「讓花娘好好查他！」

瑾崋拿起阿寶的畫像面露疑惑。

「這不是阿寶嗎？妳為什麼那麼在意他？」

我拿起厚厚的美男冊，正色看瑾崋。

「一個能夠精準掌握宮內宮外五十個美男的神態細節，又能在短短幾個月內把所有宮人記在腦中，還能獲得大侍官寵愛的人，你還覺得他簡單嗎？不值得查一查嗎？」

瑾崋聞畢，怔立一會，蘇凝霜勾唇一笑。

「原來這些畫是那個阿寶畫的嗎？小小洗衣工能畫得如此一手好畫，僅憑這點，就該查查他是誰家的小公子了。」

蘇凝霜已經叫人家公子，可見他與我想的一樣。蘇凝霜的確聰明，但就是嘴賤人欠揍。

和瑾崋在宮外分開時，我拿出口哨吹響。

今晚，我想讓大家見上一面。因為接下去要做的大事，需要大家的配合！

站在高高的清風塔上，伸手可觸及星辰，巨大的銀盤懸掛我的身後，為我身上的黑衣披上一件銀紗。我雙手環胸，腰佩碧月，傲然立於夜風之中。

今晚孤煌少司的事讓我始終無法平靜。若真的有那樣的時刻，我能不能做下去？

心弦一陣紊亂，我知道，我不能，我會忍不住手刃孤煌少司，管他逼宮、叛亂，一定要殺了他！

「呼！」一道黑影乾淨俐落地落下，獨狼冷酷地站在了我的面前，猶如狼神威嚴神聖地降臨人間。

「回來了。」他對我只說了三個字，話語依然簡潔俐落。

「很好。走。」我點點頭。

「去哪兒？」他問。

「帶你去見一個人。」只見他冷淡的眸光中，果然閃過一抹不悅和煩躁。

「我不見人。」他冷冷回絕，準備離去。

我對著他的背影不疾不徐說道：「接下來的事，只有我們兩個人做不到。」

他頓住腳步，轉身，寒光閃閃的眸中閃過一抹在意：「什麼事？」

我抬眸，直直盯視他恰似荒漠獨狼般冷冽的眼睛：「盜藏珍閣裡的黃金！」

獨狼一怔，雪亮的眼中精光閃閃，盤算著念頭。

我走到獨狼身旁，遙望攝政王府的藏珍閣。

「偷到黃金後，把黃金運出去，購置兵器和鎧甲，怎麼樣？你來不來？」我轉臉看他，他驚詫地俯視我玉狐的面具，視線與我的視線牢牢擰在了一起。第一次，他的目光裡出現一抹猶豫。

「妳不會成功的，時間倉促，聚集起來的也不過是烏合之眾！沒有人熟諳兵法，在善於排兵布陣的慕容家族面前，不堪一擊！」他蹙眉深思。

我聽出了獨狼的顧慮，慕容家族和瑾家皆是將門之後，尤其是慕容家族，更是三朝元老。老太君的先祖是開國元勳，而老太君在年輕時也常常征戰沙場，為巫月平定邊境戰亂、國內叛亂，戰功累累。故而功高蓋主，目空一切！

慕容家族篡位之心母皇早有察覺，故而讓瑾毓做了右相，並架空了慕容家族，若非孤煌少司，慕容家族也不會像現在這樣掌握整個巫月的武力！

而巫月軍隊訓練有素，即使有貪腐，普通集結的百姓也不是正規軍的對手。

「如果是正規軍呢？」我揚唇一笑。獨狼驚疑看我，我笑看他：「我會把兵符交到瑾毓手上！」

獨狼大驚，眸中再次閃爍各種念頭：「還是不行，黃金太重，妳怎麼偷？」

我笑看他，玉狐面具下唇角揚起。

「你信我嗎？信我就別再猶豫，跟我走！」我起身躍起，從清風塔上一飛而下！

飛過明月之前，獨狼的身影出現在我身邊，傳來他俐落的話音：「好，我信妳。」

當我帶獨狼到北城時，他眼中已目露疑惑：「不去藏珍閣踩點嗎？」

「已經踩過了。」我說罷，落在了椒萸的院中，獨狼緊隨我而來，環視四周。

「這裡是……」

倏地，我感覺到了他人的氣息，而且不只一個！椒萸家裡有武功高強之人！但是，椒萸的房子裡並未點燈。

就在這時，椒萸匆匆而出。椒萸不會功夫，又怎知我們來了？定是他房內的人告知。

忽然間，我開始對自己的判斷產生了懷疑。我是不是不該用椒萸？我根本不知道椒萸背後還有人！

椒萸的神色顯得很慌張，他走到我面前，慌張隨即被驚喜取代。

「玉狐女俠，妳終於來了！」然後，他驚訝地看到我還帶了人來。

他自然認不出獨狼，但是獨狼似乎認出了他，寡淡的眸中顯出一絲意外和吃驚。

我戒備地觀察他，他驚訝地看了獨狼一會兒，視線再次轉向我，看出我對他的戒備，他顯得不安和倉皇起來，急急說：

「玉狐女俠，這段時間我幫妳收集了不少資訊，我……」

我揚起手直接打斷他。

「你還有替誰做事？」我直接質問。

椒萸頓住了口，雌雄莫辨的臉被寒冷的空氣吹得有點發紅。

見他不語，我直接說：「我不會再找你了。」

說罷，我轉身直接走人，獨狼也隨我一起轉身。

「不要！」身後傳來椒萸的疾呼，皎潔的月光將他的身影在我們的身旁拉長，他急急跑到我的面前，清靈的黑眸中布滿了憂急和慌張。「不要走，我可以為妳做任何事！」

他神情之急切，宛如要跪在我的面前，求我給他機會為我繼續做事。

獨狼看向我，眸光冷漠寡淡。

我撇開臉，深吸一口氣，轉回臉失望地看椒萸。

「椒萸！你什麼時候才能像個男人一樣站起來？」

椒萸眸光顫了顫，落寞而自卑地垂下臉，雙手不安而焦慮地握在了一起。

「那天攝政王要你彈琴，你說你怎能怕成那樣？」

椒萸聞言，吃驚仰臉：「玉狐女俠那天也在？」

我氣鬱不已：「那晚如果不是那個白癡女皇要跟你比，幫你彈了那琴，你早死了！」

椒萸怔怔看我，再次低下臉：「是的，我知道……」

「如果你死了，還怎麼為我做事，還怎麼報仇？」

椒萸的身體在黑暗中一緊，雙拳開始擰緊，已經不再焦慮和不安。

我嘆了口氣。

「我也知道你無法完全信任我，而且又很懼怕孤煌少司，所以，我今天特地帶了獨狼過來讓你安心……」

立時，椒萸驚訝地揚起臉，再次看向孤冷漠然的獨狼。這一次，他是真正的驚詫，甚至目瞪口呆。

「你就是獨狼？」

獨狼漠然地看他一眼，對我搖搖頭：「椒萸不能成事。」

「不！我可以的！我可以的！」椒萸急急地拉住獨狼的衣衫：「相信我！我真的可以的！」

他急急朝我看來。

「椒萸，有些事，是不能腳踏兩條船的。」我蹙眉說道。

椒萸的神情鎮定下來，同時又多了些凝重，他看看屋內，再看看我，像是在做決定。這個決定對他來說，似乎尤為艱難。

「玉狐女俠，屋裡的是朋友。」他認真地看向我，目光堅定。

我思索片刻，看向獨狼，獨狼依然搖搖頭。

「對不起，椒萸，即使是你的朋友，我們也不能完全信任。接下去要做的事必須完全保密。」我再次對椒萸說。

「為什麼不一起？」忽然間，異常清朗有力的聲音響起，如同琴聲乾脆俐落地劃過林間。

我和獨狼一起轉身，見到一人從屋內走出站在了月光下，而他的身後緊跟著一男一女。

當我和獨狼看見那人時，同時驚呼出口：「月傾城！」

我和獨狼同時一驚，吃驚地對看一眼，見他的眸光閃爍，我也閃爍了一下，和他同時轉開臉。沒想到白天才看到月傾城的畫像，晚上就遇見了。

而站在院子裡的月傾城，以及他身後的一男一女和一旁的椒萸，也已經面露驚訝。

月傾城一身粗布麻衣，但這依然掩蓋不住他的豔麗，他整個人散發一種特殊的光芒，讓人完全忽略他穿了什麼衣服、戴了什麼首飾，讓人的目光無法不聚焦在他那張豔絕無雙的臉上。

椒莨雖然雌雄莫辨，但也遠遠不及月傾城的豔麗。凡人怎能長得如此傾國傾城？如果沒有孤煌兄弟，他第一美男的地位，實至名歸！

我、獨狼與月傾城三人在月下對視良久，我們像是不同的族群，在草原相遇，彼此小心試探，不輕易靠近，也同時對對方帶有好奇。

月傾城上前一步，身後的一男一女微微阻攔，似是護衛，但月傾城對他們擺擺手，他們再次退回。

月傾城朝我和獨狼一拱手。

「月某對玉狐女俠與獨狼大俠一直心懷敬意……」

「走吧！」沒想到還沒等月傾城說完，獨狼已經有點不耐煩地要走了。這讓月傾城一時難堪，他身後的一男一女也目露憤懣。

「站住！我家主子以禮相待，你們這是什麼態度？」

獨狼冰寒的眸中露出不悅，直接走人，我拉住他。

「獨狼，等一下。」我轉身看月傾城：「月傾城，你是皇族，我們對皇族不信任。」

月傾城聽罷笑了笑，抬眸看我。

「月某也明白，只是沒想到二位一眼就認出了月某，看來二位的身分也是不俗。」

月傾城眸光鋒利起來，豔麗的雙眸裡鋒芒四射，讓他不再是一件觀賞品，而是世間最鋒利的武器！皇族的氣度開始從月傾城身上顯現，那種打從娘胎裡就帶有的高人一等的態度是無法隱藏的。

「聽說……妳想進焚凰？」他微抬下巴看我。

我心中微微一驚，但很快了然。焚凰是巫溪雪主導的，月傾城是巫溪雪的未婚夫，焚凰自然與他有關。看來巫溪雪與梁秋瑛之間的紐帶是月傾城。梁秋瑛是否知情？

可能梁秋瑛也不知情，不然上次梁秋瑛就已經告訴我了，不會只說有人替巫溪雪和她傳遞消息。看來巫溪雪對梁秋瑛也並非完全信任。一旦梁秋瑛叛變，必會牽扯出月傾城。巫溪雪也只是想保住自己的未婚夫吶。

「哼。」獨狼忽然一聲冷笑，笑意之中頗有一種嘲諷的味道。月傾城朝他看去，獨狼再次直接轉身要走人。

「獨狼！你一個人不能成事！」

月傾城清朗的話音在這寂靜破舊的小院裡響起，椒萸在一旁又是焦急又是擔心。

「你和玉狐女俠都只是小打小鬧！但我們可以成大事！」

獨狼倏然轉身，青雲忽然蓋住了明月，整個小院陰沉下來，而獨狼那雙眼睛，卻分外閃亮，寒氣逼人！

「你們能成什麼大事？」獨狼冷淡漠然地說：「被孤煌少司打得像落水狗！」

「你太狂妄了！」月傾城身後的一男一女立時憤然衝出，月傾城再次揚手攔住。

「阿峰、鍾靈，冷靜！」

「主子！他在羞辱我們！我們是焚凰！我們用不著對他們低聲下氣！」

「是啊，你們是焚凰。」我淡淡開了口，淡淡看著他們：「我也想加入焚凰，但我有個要求，焚凰在京都這裡，必須聽我號令！」

「妳！」

「一山不容二虎。」我冷冷看向月傾城，確切地說，是對巫溪雪而語：「我玉狐從不聽他人號令，信我，得天下，不信我，滅族也與我玉狐無關！」

月光倏然從青雲之間傾瀉而下，灑落在我一人身上，將我身上的寒意再添一分。我沒有多餘的時間去跟高傲自大的皇族磨合，太累人了。

包括月傾城背後的巫溪雪。這也是我一直用玉狐身分的原因。幫助巫溪雪的可以是玉狐，但絕不能是巫心玉，一個皇位，容不下兩個皇族，這是自古的定論。我不想在平定天下之後，還要時時提防巫溪雪。

巫心玉與她接觸越少，今後的罅隙也會越少，我才能全身而退。

「好大的口氣！」那個叫鍾靈的女子冷笑：「居然信妳就得天下了！」

「你們焚凰都自身難保了。」我冷冷看她。

「妳什麼意思！」月傾城身邊叫阿峰的男子也厲喝而來。月傾城緊緊盯視我，宛若要看穿我到底是何人之後。

「你們焚凰不是有奸細了嗎？什麼都做不了！」我冷冷一笑。

阿峰眸光閃爍了一下，低下頭。

月傾城瞇了瞇豔麗的眼睛，那比女子抹了口紅還要豔麗的雙唇也緊抿起來。

「所以，信我，我幫你們除內奸，焚凰從此聽我號令，我幫你們除妖男，得天下，你們可以考慮一下……」

「好！焚凰給妳！」月傾城突然直接打斷了我的話，堅定地直視我面具後的眼睛。

我微微一驚，沒想到他答應得那麼快，看來他們真的有些急迫了。

「主子！」阿峰和鍾靈驚訝地看月傾城。

月傾城自責地擰起墨眉，雙眉之間似是出現了一抹嫣紅，宛若畫冊中他眉間豔麗的紅印。

「是我領導焚凰不利，一直無所作為。」月傾城的語氣變得沉重起來：「也救不出瑾大人一家。玉狐……」

他再次看向我，目光真切鄭重。

「焚凰可以給妳，聽妳號令，但是，若妳背叛焚凰，我月傾城即使追到天邊，也要殺了妳。」

陰冷的夜風從我們之間拂過，月光一束束傾瀉而下，落在我和月傾城之間，宛若形成一抹銀色的界線。

「好，那麼，下面我要商議接下去的事情。」我揚唇一笑。

阿峰、鍾靈不甘心地各自撇開臉，似是在為他們的主子心疼和憤懣。

月傾城認真地凝視我，他的內心也有一股強大的力量，等著爆發。然而，我依然無法完全信任他，因為皇族是一個可以共患難卻不能共富貴的生物。

大家在椒萸破舊的房間裡落坐，月傾城今晚本是來探望椒萸一家的。原來焚凰一直在救助被陷害的忠良們，卻沒想到會遇上我，所以，椒萸並沒有替月傾城做事。準確的說，焚凰也看不上椒萸，因而月傾城也很驚訝椒萸竟為我效力。

椒萸的父親母親這些天去了椒萸的叔父家，因為椒萸的叔父染病，椒萸的父母前去探望，並幫忙照顧。

椒萸匆匆點上蠟燭，謙卑地讓到一邊，讓月傾城、我和獨狼坐下。

「椒萸，坐下，這件事非你不可。」我看向他。

椒萸一驚，目露一抹激動，搓了搓手坐在了另一邊。

阿峰和鍾靈站在月傾城身後。

「接下去的事情要絕對保密，所以，暫時只有我們幾個人知道。」我看向月傾城。

月傾城毫不猶豫地點頭。

「椒萸，藏珍閣是你們椒氏建造的，有何特殊之處，你還記得嗎？」我對椒萸說。

椒萸一驚，似是沒想到我會問藏珍閣的事情。

「玉狐為何忽然問藏珍閣？」月傾城疑惑地問。

「因為我們要偷黃金。」獨狼略帶一絲煩躁地答。他的話立時讓月傾城豔麗的紅唇驚訝地微張，也讓他身後的阿峰和鍾靈目瞪口呆！

椒萸震驚地看著我：「妳、妳要偷孤煌少司的黃金？」

「不錯，不然哪來的錢打仗？」我這句輕描淡寫的話，讓鍾靈和阿峰驚得完全說不出話來，瞪大眼睛呆滯地站在月傾城身後。

月傾城也是震驚地看著我，似是我現在說的話，都是他們暫時連想都不敢想的事情。

「皇族都被抄家了，哪來的錢打造兵器？」我慵懶地看月傾城一眼。

月傾城豔麗的雙眸中閃過一抹難堪，垂下目光。

「靠資助能有多少？也只能接濟一下大家。當務之急是把被孤煌少司吞了的錢先搶回來！這樣才是最快得到錢的方法。」

椒萸呆呆看我，我擰擰眉，伸出手往他臉上輕輕一拍，他才過回神，我目露嚴肅看他。

「鎮定點，否則我怎麼敢把重要的事情交給你去做？」

「是、是！」椒萸深吸一口氣，眸光已如脫胎換骨般振奮起來。他想了想說：「藏珍閣因為是當年皇族收藏寶物所用，所以在瓦片下埋有精鐵懸絲，一旦有人落在瓦片上，懸絲震動會觸發塔角上鳳嘴裡的鈴鐺，發出警報。」

「哦～難怪鈴鐺要裝在鳳嘴裡。」我恍然大悟。

「是的，鈴鐺只有裝在鳳嘴裡，才不會受到風吹雨打的干擾。」

我不由驚嘆椒氏一族的精湛技藝和巧妙設計。古代沒有警報器，但是他們這警報器太強大了！再厲害的輕功也不可能飄浮在瓦片上，地心引力必然會把我們的重量壓在瓦片上，然後懸絲顫動，發出警報。

「那麼，只要不落在瓦片上即可？」我反問。

椒萸點點頭，隨即搖頭：「但似乎這不太可能吧。」

「不，有可能，樑上就行。」藏珍閣塔頂是橫樑，沒有瓦片。

「可是到樑上怎麼進入藏珍閣？」獨狼也困惑問我。

迷霧在月傾城、椒萸、阿峰和鍾靈之間瀰漫。

「所以，需要一些工具。」我笑了笑，見到大家一臉困惑的面容，我轉向椒萸：「椒萸，你幫我做幾樣東西，材料就麻煩月傾城你來提供。」

我看向月傾城，月傾城立刻對我沉沉點頭：「沒問題！」

接下去，椒萸拿來紙筆，我畫出我所要的東西，獨狼看到後驚嘆連連，我笑道：

「現在，你還覺得我偷不出黃金嗎？」

他竟是笑了，看著我的目光不再漠然，在昏暗不明的燭光中，映出了一抹閃閃的星火。

月傾城在一旁靜靜凝視我們，豔麗絕美的臉上露出了一抹羨慕之情，似在羨慕我與獨狼之間的默契，又似是在羨慕我與獨狼相依相伴。他默默垂落目光，臉上浮出一絲相思之情，在閃爍不定的燭光之中，略顯孤寂。

「我們怎麼聯繫？」站在院中，月傾城認真看我。

「我會把消息放在椒萸這裡。」我微微一笑。

月傾城看看椒萸，點點頭。

「好，那我先走一步！」他說罷又繼續凝視我片刻：「玉狐，妳到底是誰？」

「你說，我會告訴你嗎？」我揚唇一笑。

他蹙起細長飛逸的墨眉，再次抿緊了性感的紅唇。阿峰和鍾靈一起看他，他起身躍起。

「走！」三人離開了椒萸的破屋，消失在茫茫月色之中。

月傾城會對今晚之事保密，因為，我做的全是他們焚凰想做的，但是，他應該會告訴一個人，就是他的未婚妻——巫溪雪。

這也是我與巫溪雪第一次的接觸，即使我們沒有面對面。

「我們也走吧。」獨狼看了看月色，如此說道。他今天在外面逗留比較久。

「等等。」我說了聲，他停下腳步淡淡看我，我對椒萸說：「椒萸，我還要你做一樣東西，但這件事，你不能告訴任何人，包括月傾城。」

「沒問題！」椒萸分外認真地點頭，雌雄莫辨的臉上終於流露出一絲男兒的英氣。對我已經沒有絲毫的懷疑，只有信服。

「你還記得你爹做過一個琉璃花瓶嗎？」

椒萸一驚，立時清亮的眼中湧起了巨大的憤慨與仇恨，以至於讓他的身體也輕輕顫抖起來。

「我記得，那只花瓶現在在孤煌少司手上！」

我抬手放落他輕顫的肩膀：「給我再做一只出來。」

他吃驚看我，身體因為過於驚訝而不再輕顫：「但是、但是只有爹爹會做！」

我看著他沒有自信的臉龐，落眸執起了他冰涼的雙手。他為之一怔，眸光顫顫地俯看我。我握住他的雙手，他的雙手在月光下清白而纖長，柔軟而勻稱，精緻地如同出自天工巧匠之手。

「椒萸，你身上流的是椒氏一族的血脈，你有製造世間最美之物的天分。相信自己，你爹爹做得出來，你也能！」

我抬眸深深看他，他在我鼓舞的目光中漸漸定下了心神，眸中的不安、恐懼和仇恨慢慢消散、融化，清澈廣袤的天地瞬間浮現出來，讓他的黑眸如同宇宙裡幻彩的星雲一般璀璨迷人。

我看著他閃亮的眼睛而笑，放開了他的手，轉身和獨狼對視一眼，起身飛離。

「妳讓椒莨做那個琉璃花瓶做什麼？」獨狼問。

「以後你就會知道了，你娘會告訴你另一個身分。」我揚唇一笑。

獨狼一驚，險些岔氣從半空掉落。我伸手拉住了他，他看著我神祕莫測的笑容，久久無法回神。

這對母子也真有趣，一個在焚凰不告訴自己兒子，一個做獨狼不告訴自己母親，真是有其母必有其子。

這一次回去，卻有兩個人在寢殿的屋簷上等我。二人一壺酒、三只酒杯，絲薄的睡袍在月光中泛著絲光。一樣的墨髮輕揚，一樣的白衣飄飛，美如仙君，出塵脫俗。

瑾崋與蘇凝霜已經換好了睡袍，長髮飄然地坐在月下對酌，而他們面前的第三只酒杯，似乎是為我準備的。

我飄然落下，他們見我回來，抬起眼眸，一時瑾崋的英氣逼人與蘇凝霜的冷豔高傲在我的面前形成了一幅讓人無法忘懷的靜美畫面！他們若是就這樣安安靜靜做他們的美男子，也是美事一樁。

瑾崋對我拿起第三只酒杯：「你的。」

蘇凝霜依然用瞥眸的目光看我，指尖的酒杯漫不經心地提著，宛若隨時有掉落的可能。

我從瑾崋手中取過酒杯坐下，我們三人在月光之下靜靜對飲，誰也沒有說話，宛如一起等待第二天黎明的降臨。

當第一縷曙光穿透窗戶的縫隙射在我面前的紗帳上時，我感覺到他來了。

我很吃驚，因為他從不來皇宮，更不會來我的寢殿。

他的氣息是那麼的微弱，如同鬼魅讓人無法察覺，即使醒著的蘇凝霜和瑾崋，也別想發現他的靠近，更別說他們現在還在睡夢中。

我睜開了眼睛，聽見恰似風吹開窗戶般輕微自然的聲音，然後，隨著寒氣的到來，他飄然降落在我的床前，輕柔的寒氣如自然的風輕輕吹動了我的紗帳。

他依舊是一身白衣，雪髮和他的白衣融在了一起，在紗帳後無法分清他的長髮與他的衣衫，唯一能看清的，是那張詭異面具上的紅色淚痕。

「巫心玉，我知道妳醒了。」

「誰？」孤煌泗海的話音驚動了蘇凝霜，他立時起身。

就在那一刻，寒氣忽然逼入，吹開紗帳的同時，孤煌泗海如同幽靈一般飛速掠過我的上方，朝蘇凝霜飛去。我立刻起身，孤煌泗海已經扣住了蘇凝霜的下巴，右腳踩在蘇凝霜的腿間，左腿跪在蘇凝霜的腿側，用那張陰厲的面具正對蘇凝霜的臉。

「你膽子很大啊～～」慵懶卻異常陰邪的話音在面具下響起，驟然間，殺氣驟起：「居然敢打擾我哥哥幽會！」

「放開他！」瑾崋倏然起身，他可以不保護我，但他可以保護蘇凝霜！瑾崋衣袖揚起直擊孤煌泗海面門，孤煌泗海甩開蘇凝霜躍出了紗帳，瞬間消失在了飄搖的紗帳之間。

瑾崋扶住蘇凝霜：「你沒事吧？」

蘇凝霜還來不及說話，眸光一閃立刻推開瑾崋抓起枕頭就扔了出去！

枕頭砸開紗帳露出了孤煌泗海詭異的面具，枕頭直朝孤煌泗海面門而去，孤煌泗海揚手拍開要進來時，我立刻飛身躍出紗帳攔在了他的面前。

「不准打我的小蘇蘇和小花花！」

孤煌泗海的長髮緩緩落在了身上，整個人再次陷入那可怕的靜謐。他雙手慢慢插入四四方方的袍袖裡，用那張詭異的面具對著我。

倏地，他上前一步湊過身體，我緊閉眼睛故作緊張地側開臉。他冰涼的面具貼上我的臉，我清晰地聽到他嗅聞的聲音。

隨後，他緩緩離開，我偷偷睜開眼睛，帶著害怕地看他：「你、你想怎麼樣？」

「不准再用玫瑰精油！」意外的，他竟說出了這句話。但是分外的冷沉，沒有帶上他平日那陰陰邪邪的笑意。

我愣愣看他，他伸出異常蒼白的手指，用食指的指尖緩緩撫過我的臉，異常冰冷的溫度宛如從墳墓裡剛剛爬出來不久的屍體！

「嘖嘖嘖，多細嫩的臉……」他的聲音再次陰陽怪氣起來，明明好聽醉人卻又讓人心裡發寒。

「若是爛了，就可惜了……」

「你、你想怎樣？」我恐懼地看他。

「不准再用玫瑰精油！」還是那句話，這次已經是命令式的口吻。他收回手再說：「再敢用，爛了妳的臉！」

我立刻捂住自己的臉：「為什麼？為什麼不能用玫瑰？大家都在用！」

「所以，整個京都的女人都不准用！因為那是屬於我女人的！」

我目瞪口呆地見他拂袖而去，雪髮掠過我的面前，帶來一縷清幽卻勾人的餘香。飄忽之間，他已經消失在了寢殿之內。

他沒有殺攪亂他哥哥與我幽會的蘇凝霜，也沒有殺反抗他的瑾崋，而是僅僅命令我不准再用玫瑰精油！

我愣怔片刻，腦中嗡嗚直響。

玫瑰花香，屬於玉狐。

他居然說玉狐是他的女人！

這個狂妄霸道的男人！

他憑什麼認為玉狐是他的女人？他甚至每次見到玉狐，都要狠狠撕碎她！

他連對自己敵人都這麼偏激和霸道嗎？

「那是誰？」在長久的安靜之後，蘇凝霜追問。

「那就是孤煌泗海……」靜謐的空氣響起瑾崋略帶一分沉重的話音，只有孤煌泗海，讓他也感到了挫敗。「那是一個魔鬼一樣的男人，你現在知道他的可怕了吧……」

房間再次沉默下來。孤煌泗海是個讓人一旦見到，就會打從心底戰慄的可怕男人。因為他是真正的妖，真正的魔！

孤煌泗海來了之後，連蘇凝霜也一時沒了傲氣，他一直靜默不言地癱坐在座椅上，仰臉看天，宛如變成了第二個瑾崋。

我似乎知道孤煌泗海的目的了，除了要我不再使用玫瑰精油，也順便給蘇凝霜一個警告，要他知道他的可怕，讓他不敢再跟孤煌少司作對。

但是，蘇凝霜如果就這樣被嚇退，就不是蘇凝霜了。

懷幽進來迎接我上朝時，看到發呆的蘇凝霜還驚訝了好久。但是他什麼都沒問，默默地為我換上女皇的衣服。

「打起精神來！」我說。

瑾崋看向我，嘴角微揚：「妳還挺有女皇的樣子嘛。」

但蘇凝霜依然那副樣子，仰著臉，雙手癱在椅背上，長髮全數垂在椅背後面，遠遠看去，像是脖子折斷般驚悚。

「今天是我第一天上朝！」我也有點小激動，因為會有好玩的事情發生，我正在期待。

「那又怎樣～～」蘇凝霜終於回魂，冷冷瞥向我：「朝上的官可都是聽孤煌少司的。」

「所以，我才要去搗亂。」我笑了。

蘇凝霜瞥過來的目光一直落在我的臉上，久久沒有收回。

今天，本女皇，要上朝了！

百官的兒子們，你們準備好了嗎？懷揣美男冊，今天本女皇，要點名！

✤ ✤ ✤

朝堂之上，鳳椅高放，俯視群臣，君臨天下！

而此刻，我這個女皇卻呆滯地看著滿潮堂的男人，時間在不間斷的一聲聲咳嗽中逐漸流逝！

「咳咳咳咳……咳咳咳咳！」

那群老不死的東西，居然跟我玩這招！

沒錯，他們是把兒子送來了，但是！全是拐瓜劣棗！

左邊的那傢伙一直在咳嗽！從本女皇進來開始就在咳嗽！他確實也想憋住，但是，他控制不了！他咳得滿臉通紅，在他方圓兩米內，完全沒人！而他那張瘦得快要變成骷髏的臉一看就知道是肺癆！左邊第一個除去梁秋瑛那些忠臣不來，他也應該是大官之子，怎麼會肺癆！

而右邊那個應該是慕容家的，居然是個瞎子！我靠！一雙眼睛刷白刷白的，明顯是個白內障！這麼年輕就得白內障，若非先天就是外傷等原因造成。這個時代白內障不叫白內障，叫天遮眼，是不祥的象徵，這樣的孩子多半會被家族驅逐。

而左邊第二個是個瘸子，右邊第二個毀了容，後面的不是麻子就是斜眼，或是長相平平外帶嚇得渾身打哆嗦。

終於，我看到一個可以入眼的，指向他：「你，出來，有沒有事啟奏？」

他倉倉皇皇地跨出一步：「臣、臣、臣、臣……」

「不要怕！好好說！」

「臣、臣、臣、臣……」他結巴得更厲害了。

「女皇陛下。」右邊瞎眼的倒是很鎮定，朝我一禮：「他天生就是個結巴。」

其實慕容家的除了眼瞎，長得還是不錯，跟慕容燕不相上下，但是他沒有慕容燕那副凶相，反而多了一分書生氣。

「噗哧。」連平日最鎮定的懷幽，居然都笑了！他可是從來不會失態的。可見今天這場鬧劇多麼的有喜感。

我睨向他，懷幽感覺到我的目光，越發低垂臉龐，抬手微微掩唇，忍住笑意。

我深吸一口氣，閉眼，腦子嗡嗡作響。真是鬱悶死我了！果然薑還是老的辣，這群老東西也是在給我一個下馬威啊。

我需要平復一下，不然我怕我要殺人了！

好，既然你們這麼調皮，本女皇就陪你們玩到底！

我睜開眼睛好好觀察，這些朝堂上的拐瓜劣棗們其實也很緊張，除了左邊的肺癆和右邊的瞎子。肺癆是咳得沒工夫緊張，而瞎子因為從來看不見所以格外鎮定。另外，這些人身上的衣服嶄新如同新做的，若是他們平日在家裡受寵，今日上朝何須做新衣？

家族大了，自然有人得寵，有人被冷落。常常有同為一家之人，東院的餐桌上是生猛海鮮，西院卻只有饅頭鹹菜的現象。一般大家族若是生出智障或是有殘缺的孩子，還會覺得是一件極其丟臉的事情，或是丟棄、或是養在最偏僻的院中。

而眼前的這些，估計便是在家中最不得寵的了。

我蹙眉往鳳椅上一靠，對站在一旁的懷幽招招手。

懷幽輕輕上前，彎腰附在我的唇前，我對他低語：

「讓人把我從神廟帶回來的那幾個藥箱拿來。」

懷幽微露一絲驚訝，但並未多問，應聲匆匆離去。

我看一些人孱弱地站不住，揮揮手：「坐吧坐吧，來人，取墊子來。」

於是，門外候著的宮女匆匆取來軟席、墊子，一一放在那些人身後，他們一時也誠惶誠恐地不敢坐下。

左邊咳得最厲害的那位朝我一拜：「咳咳咳，謝謝女皇陛下，臣失禮了，咳咳咳……」

他先坐下了，我看他確實也堅持不住了，反正他已經那樣，什麼都豁出去了。

右邊慕容家的瞎子也摸索著席地而坐，隨後，其他人才紛紛坐下，低頭不敢多看多言。

我掃視了一圈，慵懶地拿出美男冊翻看。

「蕭玉郎是你們誰的親戚？」

大家看向彼此，目露疑惑。由此更可證明這些人平日是沒有往來的，甚至有些人可能極少出門。不像家中得寵的，自然會與別家公子小姐多有往來，這是一種政治的應酬和利益的聯繫。

就在這時，左邊第二個瘸子站了起來，他長得眉清目秀，若非有腿疾，並不比那天我在皇家書院看到的蕭齊差。

他彬彬有禮地朝我一拜：「回稟女皇陛下，是臣的二堂兄。」

堂兄……看來這裡的人多半是旁系。

我點點頭：「那你叫什麼？」

「臣叫蕭玉明。」

「你叫蕭玉明，我叫巫心玉，我們的名字裡都有一個玉字，我們有緣。」我笑了。

他一愣。

我揮揮手：「你坐下吧。」

「是。」蕭玉明緩緩坐下，一手還扶著自己有殘疾的腿。

我再翻看美男冊：「秦思涵的家屬是誰？」

「咳咳咳咳……咳咳咳……」左邊第一個未答先咳。

見他吃力地想起身，我蹙眉，立刻說：「不用起來了，免了免了。這裡有誰知道他的名字？」

「他叫連未央。」又是慕容家的瞎子開了口：「秦思涵是他的表親。」

左邊的連未央一邊咳一邊點頭。

我看向瞎子，摸了摸下巴：「你叫什麼？」

「臣慕容飛雲。」他不卑不亢地躬身一禮。

我唇角揚揚笑看他：「你有點意思，看起來瞎，心裡倒是很雪亮，你怎麼都認識？」

慕容飛雲眨了眨雪白的眼睛。

「臣剛才在朝鳳殿已經都問過了，因為臣好奇到底有哪些人跟臣一樣倒楣。」

「哈哈哈——哈哈哈——」我大笑起來：「不愧是慕容家，有膽量。」

「臣因為是個瞎子，很多事都看很淡，並無畏懼。」他依然不卑不亢，還帶著一絲苦笑。

受盡白眼之人，才能如此淡定從容。因為，他已經在憤怒和失望之中洗練而出，看穿世間人情冷暖，世態炎涼，看淡他人對他的冷嘲熱諷與害怕遠離。這一切化作了最堅硬的銅牆鐵壁，任何人已經無法傷及他脆弱的內心。

他不是看淡，而是對周遭的一切徹底失望。

沒想到慕容家族裡，還有這樣一號人物的存在。

這場遊戲真是越來越有意思了。

右側慕容飛雲，左側連未央。

連未央的表親秦思涵是吏部尚書秦遠山的兒子，所以連未央代表了吏部。

蕭玉明是戶部尚書蕭雅兒子蕭玉郎的堂弟，雖是旁系，但他父親的官位也不小，蕭雅的弟弟蕭成國是刑部尚書！

所以，蕭家就派一個代表打發我，這是讓蕭玉明同時代表了戶部和刑部。哼！倒是省事。

再看右邊第二個毀容的，他的臉上有一塊紅紅黑黑的胎記。

「喂，瞎子後面那個，你叫什麼？」

慕容飛雲身後的男子身體一緊，微微躬身：「臣是兵部尚書聞人吏的次子聞人胤。」

「嗯……？原來是聞人家族？」我慵懶地躺在了鳳椅上，頭枕在左側扶手，雙腳架在右側扶手。

聞人家族跟慕容家族屬於軍事聯姻，兩家如同巫月兩大皇族，一直保持姻親關係，因此，他們才能掌管兵部。

「我們巫月是怎麼了？文官單姓，武官複姓嗎？那麼說……京都排名第六的美男子聞人晨曦是你兄弟，哼……」

我看著天花板，長髮落在扶手之後。

「這群老不死的跟我使心眼，沒關係，他們不把他們最好看的兒子送過來，我自己造。」

就在這時，殿門處熱鬧起來，沉重而匆忙的腳步聲傳來。我轉過臉，見到懷幽領著人把箱子匆匆抬上了大殿。

每一個藥箱都大得可以裝下人，又是沉香木所造，非常沉重。那些在宮內只負責打掃的男侍們抬得大汗淋漓，面色發白。

「砰！砰！砰！」三個藥箱重重放在了大殿上，男侍們的腿都輕輕打著顫。

懷幽揮退了他們，匆匆朝我而來，輕聲而語：「女皇陛下，箱子取來了。」

「嗯。」我懶洋洋地坐直了身體：「既然你們無事稟報，我們就來做些事情打發這無聊的早朝吧。」

在下面席地而坐的男人們面面相覷，但不敢抬頭。

我走下大殿，用腳尖踢開了三個箱子的蓋子，然後席地而坐。立時，眾人驚得紛紛趴伏地面。右側的慕容飛雲因為看不見而面露疑惑，臉微微一側，似在細聽，隨後也慢慢伏下身體。

「女皇陛下！」懷幽更是嚇得趕緊取來軟墊放於我的身後，輕扶我起來讓我坐下，才鬆一口氣跪坐在我身側。

我伸手按在箱內的按鈕上，立刻「啪啪啪」三個箱子層層疊疊地升起、打開，瞬間形成了一個個巨大的藥架，看得身旁的懷幽目瞪口呆。

我轉臉對他一笑：「可不要以為只有皇宮才有好東西。」

懷幽愣愣看著我，我轉回臉在架子上找了找，找出一個白色的藥瓶，藥瓶上寫的是肺癆。師傅不喜歡去想一些風花雪月的名字，因為他覺得我……智商比較低……

相對於一個神仙，我們凡人自然比不上他！但是，他覺得我智商低也真的有些過分了！他怕我最後分不清這些藥的功用，乾脆直接寫上相對應的病症。我覺得這個方法很好，比如你寫「凝霜散」，從字面上看，似乎是清涼驅熱，但其實它是一瓶毒藥。

若是時間久了，誤拿給別人亂吃，豈不害人丟了性命。

我拿出這個瓶子，看向現在努力忍住咳嗽的肺癆鬼：「連未央！」

「臣，咳咳咳咳……」他剛一開口，又是一連串咳嗽。我受不了，把藥瓶直接丟在他的面前，藥瓶落在軟墊上，沒有滾動。

「拿回去吃了，早中晚各一粒。」連未央趴在地上呆呆看著藥瓶，我又拿出一片清涼丸，也丟了過去。「還有這個，現在你馬上給我含一顆在嘴裡。真是受不了，你這樣咳嗽我是要怎麼說話！」

他愣愣拿起清涼丸，呆呆看了許久。

懷幽不悅看他，沉沉而語：「怎麼？不相信女皇陛下，以為是毒藥嗎？」

連未央一怔，卻是苦笑：「咳咳……我命不久矣……咳咳，何懼之有！」

他立刻打開，倒了一顆放入嘴中，蹙眉閉嘴，像是吃毒藥似的。

其他人紛紛驚疑地偷偷瞄過來，臉上寫滿驚懼之色。

慕容飛雲似是聽到了周圍的情況，緩緩起身，側耳專注於連未央的方向。

連未央緩緩睜開了眼睛，呆呆地看著前方。

「是不是不咳了？乖乖吃藥，一個月後包你好。」我笑道。

「女皇陛下怎知我是肺癆？」他目瞪口呆地朝我看來。

我單腿曲起，霸氣凜然：「你那張臉就寫著『肺癆』兩個字，還用得著把脈？」

連末央吃驚不已，似笑非笑，又似哭非哭，一時間臉上表情換了又換，激動不已！

他急急朝我下拜：「謝女皇陛下！請問女皇陛下此藥可有禁忌？飲食上有何注意？」

「沒有禁忌，吃好睡好，早睡早起。藥丸吃完若還咳嗽，可在上朝時稟報，反正你們也無事可稟。」

「是，臣遵旨！」連末央拿起兩個瓶子激動而又欣喜地摸著，連連深呼吸，宛如許久沒有如此呼吸順暢，想要一次吸個夠！

我轉臉看向右側，躍過面露疑惑的慕容飛雲，指向聞人胤。他愣愣看我，我朝他勾勾手，他還在發怔。

「聞人公子，女皇陛下命你上前。」懷幽在旁沉語。

聞人胤垂眸擰了擰眉，微微起身，躬身走了幾步，跪在了我的面前。

「太遠了，過來過來。」我向他繼續勾勾手指，拍拍身側的地面。他微露猶豫，還是上前。

我直接扣住了他的下巴，他立刻全身一緊，立時滿朝響起驚訝的抽氣聲。

「懷幽，頭髮擋住我視線了。」我用另一隻手招過懷幽。

「是。」懷幽輕提下襬到聞人胤身邊，用手輕輕撥開他的瀏海，露出他左側額頭到臉部的一塊巨大的紅黑胎記。

我看了又看，用手按了按，堅硬有如皮革！這可不太像胎記啊。

「你這是什麼？」我問聞人胤。

「是胎記。」他側開目光，微露一抹難堪與氣憤。

「你確定？」我的反問讓他詫異朝我看來。我繼續按了按，蹙眉搖頭：「胎記是打娘胎裡帶出來的，你這塊東西真的是從娘胎裡帶出來的？」

他更加吃驚地看我，匆匆拜在我的面前。

「請女皇陛下為臣醫治！這是臣在三歲時忽然慢慢長出來的怪物！娘親因而常常落淚，臣真的好心痛！」

果然不是先天的，哼——？看來聞人家的水很深啊。

我落眸看著趴伏在我面前的聞人胤，大家族的宅鬥有如宮鬥。一是沒有計劃生育，可以隨便生；二是多生才能到處聯姻，所以就連蘇凝霜也跟慕容家族聯姻。蘇樂司是聰明的，如果沒有慕容家這層關係，蘇凝霜這臭脾氣不知死幾回了。

而為了成為龐大家族的掌家，可見這其中的明爭暗鬥有多麼厲害！

聞人胤三歲就被毀容，誰那麼歹毒？而且聞人胤又不是長子。

「我說你們家選當家的是按長相嗎？」我略帶玩笑地說。

聞人胤身體微微一怔：「稍許……看一點。」

「抬起頭來。」

聞人胤再次抬頭，懷幽也再一次掀開他的瀏海，固定住他的碎髮。

我看了又看，故作隨意地低聲說道：「誰那麼狠心，把你毀容？」

驚訝和不解立刻浮上他的臉龐，他驚詫地問：「女皇陛下您說什麼？」

「你這是毒啊！」我戳了戳他的臉，立時，滿朝男子也嚇得唏噓不已。我從藥箱中取出一根筷子長短的銀針，針尖放上他那塊又硬又厚的「胎記」。

「可能有點疼，你忍忍。」

他聽罷立時斂眉，似是已經做好準備。

我看他一眼，隨口道：「你說，如果沒長這東西，你是不是也能排上美男排名？」

聞人胤一愣，就在他發愣之時，我毫不猶豫地刺入，他痛得抽氣出聲：「嘶！」我緊接著拔出，下針處立刻湧出一道青黑腐臭的液體。懷幽微微蹙眉，側開了臉。

「什麼那麼臭？」白眼瞎子不解地問。

聞人胤也有點莫名，他完全不知道那抹臭僅僅是他那一縷血絲傳來的。

「你看，是不是毒。」我把銀針放到他面前。

漆黑的針尖不僅讓聞人胤目瞪口呆，也讓滿朝拐瓜劣棗驚聲連連！

慕容飛雲迷惑的臉龐轉來轉去，努力想聽清大家的唏噓聲。

「你三歲就被人下毒，這人可真夠歹毒的。是誰啊？是不是嫉妒你長得比她孩子漂亮啊？」

我漫不經心地開著玩笑，但是這玩笑已成為一顆不定時炸彈，被我輕巧地埋入了聞人家族之中，聞人吏的身旁。你們想跟我玩，沒問題，我會玩得超凡脫俗、驚天動地，絕對不讓你們失望。

不去看聞人胤已經緊繃憤怒的神情，我轉身從藥箱中取出一瓶「百毒靈」，扔在聞人胤面前。

「拿回去，晚上用溫水化開，刷在患處，爛了再來找我。」

「會爛？」聞人胤露出驚駭的神色。

「不爛怎麼長新的？本女皇保證會幫你修好。」我奇怪看他。

「修……修？」

「去吧去吧。」我對著他不耐煩地揮揮手：「下一個、下一個。」

立刻，眾人急不可待地伸長脖子，紛紛看向瘸腿的蕭玉明。蕭玉明剛要起身，我馬上攔住。

「不是你，你那個一看就不好治，先治簡單的。」

「我、我還算簡單的？」聞人胤不可思議地喃喃自語，搖著頭坐回原位，擺弄我給他的藥瓶。

「你好臭。」慕容飛雲忽然低聲對他說。

「原來這臭味是我自己發出的？是什麼？」聞人胤一驚。

聞人胤終於感覺到臉上有什麼滑落，摸了摸看了一下，立刻目瞪口呆，噁心地匆匆擦掉。

另一邊蕭玉明有些尷尬地再次坐回，倒也不生氣，似乎他對現在的一切並不在意，只當是齣鬧劇。從他的神情可以看出，他並不相信我可以把這些人治好，即使治好了所有人，他這個瘸腿的又怎能治好？

於是，一個又一個上前。

麻臉的給面膜，鼻膜炎的給鼻煙壺，鼻子歪的給一拳打正！狐臭的給香水！

最後上來一個斜眼的，我看了半天，給了他一副眼鏡，一邊可以遮住他斜的眼睛。

他感恩戴德地說：「多謝女皇陛下，多謝女皇陛下，請問，我這斜眼幾時能好？」

我無奈看他：「你這個啊，我是真沒辦法治，能治也要到一千年後。」

「那、那這眼鏡……」他指著自己的眼鏡。

「你這樣好看多了！你瞧。」我對他咧嘴一笑。

我把鏡子放他面前，他自己看了看，也笑了。

「果然好看多了，遮住斜眼看起來也不吃力了。謝女皇陛下。」他滿意地回去了。

滿朝拐瓜劣棗各自開心地看著自己的藥瓶，我笑了笑。

「有事稟報，無事退朝！」

立時，眾人謝恩：「女皇陛下萬歲萬歲萬萬歲——」

他們一個個笑著離去，慕容飛雲起身時，他身後的聞人胤隨手扶起了他，同樣的，不再咳嗽的連未央也幫忙扶起了腿腳不便的蕭玉明，頗有種同病相憐的感覺。

我靜靜看著，心中已有所動。

懷幽也扶起我，幫我收好藥箱。

「蕭兄，你不讓女皇陛下看看嗎？」連未央建議蕭玉明：「你看，我已經不咳了。」

蕭玉明坦然地擺擺手：「你這是病，能治，而我是腿短，女皇陛下難不成幫我接一段嗎？」

他帶笑的語氣似是玩笑，更像自嘲。

連未央輕嘆一聲卻是朝我看來，宛如希望我也能救治蕭玉明。

就在這時，慕容飛雲在聞人胤的攙扶中走到我的面前，朝我一拜：「求女皇陛下醫治小人。」

他現在說的是小人，而不是臣，他知道，扮演朝臣這種扮家家酒的遊戲已經結束了，抑或，他清透雪亮的心裡明白，這個遊戲從未開始。

我伸手扣住了他的下巴，微微拉下他的臉，看了看，放開，問：「現在這裡還剩多少人？」

他眨了眨雪白的眼睛，聽了聽，看了看：「還有五個人。」

「是聽出來的，還是看出來的？」

「有看的，也有聽的。」他老實地答。

「能看多遠？」

「只能……看到女皇陛下和御前大人。」

他只能看見我和懷幽，而扶他的聞人胤、連未央和蕭玉明，他是聽出來的。此刻，本打算離開這場鬧劇的蕭玉明也朝我認真看來。

我抬手揮過慕容飛雲的眼睛，他深藏白衣下的眼眸隨之而動。

「閉上眼。」我命令。他聽話地閉上眼睛。

「跟你玩捉迷藏，猜中我再考慮。」我笑了笑。

他微露疑惑，還是點點頭：「好。」

他的神情開始認真起來，側過臉龐，細細傾聽。

我提氣躍起，快速的身形讓人幾乎無法捕捉，不會武功的蕭玉明和連未央已經驚訝地四處找尋，聞人胤也只是根據我起跳的方向，才抬臉看到了坐在高高樑上的我。

「該你了，慕容公子。」懷幽含笑提醒。

接著慕容飛雲幾乎毫不猶豫地提氣躍起，他不知我身下有房樑，但是，他知道我在這裡！於是，「咚！」一聲，他直接撞上了房樑，就在岔氣掉落的千鈞一髮之際，我從房樑上倒掛而下，伸手拉住了他。

他的手被我拉住時，他微微失神，抬起臉用他那雙如雲如霧的眼睛細瞧我在他正上方的臉。長髮因為倒掛而全數落下，如同瀑布一般灑落在他的面前。

「我放手了。」我提醒他。

他回過了神，穩了穩呼吸點頭：「好。」

我放開了手，見他穩穩落地，我也隨之而落，笑看他。

「你還用得著治？一點都不瞎。」

他落寞垂眸，靜靜地眨了眨雪白的眼睛。

「女皇陛下不願醫治小人，是因為小人姓慕容嗎？」

我心中一驚，這個人，不簡單。

蕭玉明、連末央還有聞人胤在他說出這句話後，也是微微一怔，立刻紛紛別開臉，有刻意迴避之嫌。

他們似是心裡都在做著各種盤算和揣測，只因慕容飛雲的這句話，卻讓其他三人的神情發生了讓我意想不到的變化，讓我有了意外的收穫。

慕容飛雲伸手從袍袖中取出了一截短棍，在一端按了一下，立刻「咻咻咻」一節竄出一節，形成了一根長長盲棍。

他緩緩轉身，在一聲幽幽的嘆息中，緩緩離去。修長的背影散發出一種懷才不遇的壓抑之感。

蕭玉明看了看他，也隨之轉身，一瘸一瘸離開。

連末央與聞人胤相視一眼，面露一分無奈和嘆息，對我一禮後相繼扶上蕭玉明與慕容飛雲走向大殿之外。

將近晌午的耀眼光芒將這四個人的身影緩緩吞沒。每個人擠破頭也想進來這座朝堂，他們卻毫無半絲留戀似的。我看著那漸漸遠去的身影，慢慢揚起了唇。

「懷幽，我們好像有更多的同伴了。」

懷幽清秀的眼睛裡閃過一絲不解，他靜靜看我片刻後，垂眸像是深深思索，然後，他安安靜靜地笑了。

「女皇陛下英明。」

「嗯。」我也笑了。我想，不久的將來，慕容老太君、蕭雅、聞人吏還有秦遠山，會後悔在今天把慕容飛雲、蕭玉明、聞人胤和連未央送來給我。而其他官員，亦會如此！

下午，孤煌少司在處理完真正的朝政後，匆匆來了，履行他每日入宮讓我「觀賞」的諾言。

我把腳高高架在書桌上，手裡拿著美男冊，從腳尖之間看孤煌少司，他站在不遠處溫柔地微笑看我。

「怎麼不見妳的小蘇蘇和小花花？」柔柔的話音可以融化你全身的骨頭。

他想問的肯定不是這個，而且，他應該絕不想從自己的嘴裡提起這兩個讓他恨得咬牙切齒的男人。但是，他需要層層深入。

懷幽靜靜站在殿門外，看似與往常一樣，盡忠職守。

「小花花因為小蘇蘇來了，活潑了許多，所以我放他們去御花園玩了。」我無趣地一邊翻看美男冊一邊答。

「妳對他們很好。」孤煌少司像是在讚美我。

「當然！我那麼善良。」我放下腳，咧嘴一笑。

「所以妳幫那些人醫治？」這才是孤煌少司想要問的，他精銳的黑眸中掠過一抹深沉。「原來小玉還是一個神醫。」

我繼續笑看他，得意地揚起下巴：「是不是很吃驚？」

孤煌少司垂眸一笑，不疾不徐朝我走來，站在了我的書桌前，優雅地輕拾袍袖拿起桌上的茶壺為我倒上了茶。

「小玉的醫術也是自學的嗎？」

「是啊！我是不是很——聰明！」我更加得意地搖頭晃腦：「我早說我很聰明，你們都不信。」

「呵……確實。」孤煌少司笑了：「確實很聰明，讓我也大吃一驚。可小玉為何要出手相助？莫非覺得無聊了？」

「一半一半吧。」我無聊而不悅地扔出美男冊到孤煌少司面前，他微露疑惑地拾起。

「這是什麼？」他翻開看了一眼，登時僵立在我的書桌之前！

這還是第一次，在孤煌少司的臉上看到僵掉的表情。

「一半是因為無聊，另一半是因為那群老東西不把自己好看的兒子送過來，我只好自己造美男了。」

我悶悶地嘟囔著。

「太過分了！要不是看在你的面子上，這件事我肯定跟他們沒完沒了！他們好看兒子的資料全在我手上，哼！哼！」

「是嗎？咳！」孤煌少司終於回過神，放下畫冊，蹙起眉：「這東西妳從哪兒弄來的？」

「跟宮人買的，買來的時候全都沒穿衣服，這衣服還是我後來畫的呢！」

我翻開第一頁，就是孤煌少司的畫像。

「看，原來的你什麼都沒穿，就用一塊紗圍著腰，我喜歡的男人怎能給別人看光了？真可惡，要是讓我知道誰畫的，一定砍了他！」

孤煌少司聽了我的話，再度渾身僵硬。不是因為我要殺戮，而是他在畫中沒穿衣服。

「別站著了，坐下一起喝茶吧。」我對他揚唇而笑。

孤煌少司的表情稍許緩和，但還是顯得非常不自然。他勉強露出一抹微笑，溫溫柔柔的臉上掛著柔和的表情與一抹寵溺。

懷幽遠遠站在殿外，靜靜地看著殿內的一切。不知為何，自那日他坐在我身邊，讓我為他的裸畫畫上衣衫之後，我已經無法不去留意他的存在。

懷幽，若是他日我離去，似乎已經……無法割捨你了……

還有瑾崋、蘇凝霜、梁秋瑛、椒萸，這些在明處與我有交集來往之人，待我功成身退後，他們真能獲得新女皇的信任，或是全身而退嗎？

有些事情，似乎已經開始漸漸脫離我巫心玉的掌控……不安的陰霾也慢慢籠罩在我的心頭……

巫月二五八年九月三十日，雲岫女皇巫心玉第一次上朝，群臣遣病子替代，惹怒巫心玉，巫心玉治癒病子，從此，清君側，滿朝換臣……

（待續）

他從出生時，便被認為是不祥之人。

因為，他有一雙異於常人的銀色眼睛。

父親覺得他是妖孽，拿起劍要殺他，是母親攔住了父親的劍，救下了他。

可是，母親在生他的時候難產，很快就在虛弱中死去。臨死前，她把他交到僅有四歲的孤煌少司手中，溫柔地撫摸孤煌少司的臉龐，輕聲囑咐：

「少司，他是你的弟弟泗海，你要好好保護他、守護他，和他相親相愛。」

孤煌少司哭泣地抱緊了泗海還幼嫩的身體，握住母親已經冰涼的手，一直沒有放開。

從此，四歲的孤煌少司揹起了這個被孤煌家族當作妖孽的弟弟——孤煌泗海，即便是父親，他也不准他靠近。

他開始照顧泗海，學會幫他洗澡，替他換尿布。無論走到哪兒，他都把自己的弟弟揹在胸前抱住，明明自己也還走不穩，但他就這樣堅持地抱著泗海，除了讓奶媽餵奶的時候，才讓泗海離開他的身前。

因為他怕自己不看著，泗海會被父親扔到河裡淹死。

孤煌泗海算是在孤煌少司的後背上長大的，他只記住了孤煌少司一人的氣味。

孤煌家族一直把泗海當作一個醜聞，尤其在他漸漸長出白髮後，孤煌家族更是將他深藏於後院一間偏僻的小屋裡，不允許任何外人靠近，對外說法是孤煌泗海身體孱弱，不易走動。

孤煌泗海從有記憶以來，身邊便只有自己的哥哥孤煌少司。偏僻的院子裡，只有孤煌少司陪伴著他、和他玩，教他讀書認字，明明孤煌少司自己寫字還歪七扭八，大字不識幾個。

可是，孤煌泗海尤為聰明，過目不忘，三歲已識字，四歲能成文，五歲下棋如行軍，六歲知天象，八歲已可評朝局。

孤煌泗海更是天生異稟，身上長年陰氣環繞，入他院子的僕人無不感覺到一股陰寒之氣，如同荒郊野墳，所以僕人往往只把飯菜送到門口便立刻退去。

即便如此，久而久之，身體也會感覺不適，所以常常換人。

從孤煌泗海出生後，他的父親便再也沒看過他，孤煌少司因為時時與泗海一起，也被父親冷落，孤煌兄弟幽居在孤煌大宅最深的小院中，漸漸被家族其他成員遺忘。

這一年，新登基的慧芝女皇要選夫。

巫月國全國轟動，諸位皇親貴族紛紛躍躍欲試。

孤煌家族也是京城裡的皇親，在孤煌泗海母親病逝後，她的妹妹孤煌麗承襲了爵位，成為孤煌家族的掌家，可是，她膝下無子，便想到了姊姊的那兩個孩子。她記得姊姊去世時孤煌少司那孩子是四歲，現在應該有十七了，正好可以參加夫王之選。

而且，她依然記得孤煌少司是一個多麼漂亮的男孩，一雙黑澈明亮的大眼睛和精緻的五官，那時便深得女人們喜歡，大家都說這孩子將來定是一個美男子。

她想用孤煌少司一搏，若是孤煌家出了個夫王，那天下，還不是她孤煌家的。

她喚來了孤煌少司的父親。此時，孤煌少司的父親因為夫人的死已經在孤煌家族中失勢，長年鬱鬱寡歡，以酒度日，身體虛弱，但聽到孤煌麗的想法後，他覺得，這是自己翻身的機會。

他帶著孤煌麗踏入了已經有十三年沒有進過的院子，展現在他和孤煌麗面前的不是荒蕪破敗的陋屋，反而是精美異常的庭院。

院中光潔的鵝卵石鋪成小路，兩旁紅楓上紅葉翻飛。紅楓之間，卻有一縷銀絲在風中飛揚。

他和孤煌麗都怔住了，呆呆地看著那紅楓之下驚世絕美的容顏。

雪髮少年在紅楓下瞥眸冷睨看來，那雙與眾不同的銀瞳在紅葉中如同世上最美的水晶，孤煌麗的心剎那間停滯了。

「妖孽……」孤煌泗海的父親認出了那雙眼睛，那冰冷淡漠的視線讓他不由從心底生出寒意，話音也開始顫抖起來。「妖孽！當初就該殺了你！」

孤煌泗海的父親衝向了那雪髮少年。

雪髮少年依然冷睨他，輕蔑不屑的目光宛如面前的不是自己的生父，而是哪個瘋子。

孤煌泗海的父親瘋了似地衝向那少年，忽然，他頓住了身形，腹部竟被一把劍刺穿。他驚呆地看著從背後穿透自己腹部的劍，正是孤煌麗站在他的身後。

「哼……」雪髮少年只是冷冷一笑：「現在，你可以去見我娘了。」

毫無感情的冷酷話語從他口中吐出，卻是動聽地讓女人的心都可以為他融化。

孤煌泗海的父親往前倒落，身上的鮮血染紅了地上的紅葉。他身後的孤煌麗呆呆站著，她自己也不知道自己幾時抽了劍，居然殺死了自己的姊夫……

她只知道，她不允許任何人傷害眼前這個絕美無雙的雪髮少年。

孤煌泗海淡淡抬眸，銀瞳之中依然不屑而輕蔑。

「妳只要將我哥哥送入朝堂，之後的事，妳無須多管。」

孤煌麗徹底怔住了身體，她甚至都還沒說出自己的來意，面前的雪髮少年居然像是已經看透了她的心思，甚至，那少年的眼中彷彿有了周密的計畫，萬事都在他的運籌帷幄之中。

「你到底……是誰……」孤煌麗的目光無法從那少年絕美的臉上移開，他像是天上的神君，凡人無法觸及。

雪髮少年的嘴角只是揚起一抹輕蔑的笑，瞥眸轉開臉。

「妳不配知道。」在說完這五個字後，他嫌惡地看地上一眼。「髒死了，弄髒了我的園子，讓人清理乾淨，我不想再看見。」

雪髮少年說完時，已化作一股風飛入了他那精緻的木屋之內。「砰！」房門關閉之時，孤煌麗才回過神，捂上自己近乎停滯的心口。

她立時蹙眉，大步走出園子，冷冷命令：

「把屍體抬走，今天的事，不准說出去，這個園子，也不准任何人進入！」

「是！」

孤煌麗不知道自己到底怎麼了，她只知道在見過那個少年之後，她決不允許其他人再擁有他，她要等他長大，然後，得到他！

第二天，她坐在大廳中，遠遠看見一名黑衣少年長髮飛揚地徐徐走來，路邊的人無不停下了手中的事情，呆呆地看著那個少年。

孤煌麗正覺得奇怪時，少年已經來到了大廳門口，一襲黑衣紅紋，瞬間讓她的目光凝止不動。

少年踏入了門檻，嘴角含笑地一步一步走向孤煌麗，孤煌麗的女兒們無不露出了癡迷的神情。

少年臉上的微笑如同春日下波光粼粼的春水，眸中的綿綿情意可以瞬間進入女人的心底，讓女人為他如癡如醉。

孤煌麗呆滯地看著，他們孤煌家族，怎會有如此俊美的少年！

「少司拜見姨母。」孤煌少司含笑下拜，黑色長髮如同錦緞一般鋪蓋在他的後背，在陽光中流光異彩，讓人忍不住想去觸摸。

孤煌麗愣愣地看著，竟是忘了說話。

孤煌少司兀自微笑站起，抬眸看向孤煌麗：「姨母，該入朝了。」

孤煌麗猛然驚醒，心裡卻是七上八下地亂跳著。她居然和少女一樣春心蕩漾。妖孽，眼前黑髮的少司和昨日看到的雪髮少年，都是禍害女人的妖孽！

那孩子……難道是孤煌泗海？

她看著面前的孤煌少司，再看看周圍如癡如醉的女兒，心中忽然萬般地不捨，如果不交出去，這兩個孩子都是她的，她已經顧不得是不是亂倫，因為，她想要他們！

可是……可是……

權力又在向她招手。

沒關係，她已經有了孤煌泗海。

「好，我這就帶你入宮。」她勉強揚起微笑。

「姨母，您這個決定，是對的。」孤煌少司俊美的臉上浮起了迷人的微笑。

就在這天，巫月國突然出現了一個豔冠全國的美少年，名叫「孤煌少司」。

深夜月明，銀霜灑滿整座園子，每一片紅葉上都染上了一層迷人的銀霜。

孤煌泗海慵懶地倚靠床旁，孤煌少司為他披上白色的狐裘，溫柔看他。

「天涼了。」

「哥哥今日入宮如何？」他瞥眸看少司。

孤煌少司輕輕一笑，也靠在了窗旁。

「還能如何？那些女人的目光，真讓我討厭。」

忽然間，寒意瞬間布滿孤煌少司的雙眸，冰冷如霜。

「真想把她們的眼睛，全挖出來！」

聲音異常陰狠，若讓任何人聽見，也不由膽寒。

「哼……」孤煌泗海揚唇而笑：「不過～她們現在還有利用的價值。」

「是啊。」迷人的微笑再次浮上孤煌少司的臉龐：「要讓她們親手把巫月天下……送到我們的手上。」

孤煌泗海陰邪而狐媚地笑了。

「一切都太順利了，真是沒趣，巫月上下竟沒有一個對手，我好期待有人可以與我較量。」

「呵。」孤煌少司抬手撫落泗海的雪髮：「你聰明絕頂，又帶妖力，我想，這世上能與你較量的人，只怕還未出生。」

「那不是太無趣了。」孤煌泗海目露不悅，瞥眸看向明月，狐媚地笑了。「聽說中秋許願最靈驗，嗯～～都說我孤煌泗海是妖孽，那麼，你何時派一個仙女來收服我呢？」

一抹星光劃過明月，飛向狐仙山的方向，吸引孤煌泗海的視線，一起望向黑夜的盡頭。

他瞇眸笑了，或許，真會有這樣的人出現，好讓他的生活，不再無聊無趣……

忘卻的愛麗絲

筆尖的軌跡◎著　MO 子◎插畫

2015 角川華文輕小說大賞 Girl's Side 銀賞作品
高中女生偵探解謎的青春懸疑劇！

網路上流傳一支少女遇害的神祕影片，以此為題材進行 Cosplay 的女孩，卻紛紛遭到威脅、甚至失蹤，就連小漩同校的女同學，也接到了恐嚇信！好奇的小漩偕同陽光少年阿和，想要追查真相，然而越查下去，小漩越覺得，守在自己身邊的神祕青年黎遠，行跡也很可疑……

Kadokawa Fantastic Novels DX
台 灣 角 川 華 文 新 視 野

國家圖書館出版品預行編目資料

凰的男臣. 2, 女皇不早朝 / 張廉作. -- 初版. --
臺北市 : 臺灣角川, 2015.12

面 ; 公分. -- (Kadokawa fantastic novels DX)

ISBN 978-986-366-844-2(平裝)

857.7 104022677

Kadokawa Fantastic Novels DX

凰的男臣2

女皇不早朝

2015年12月25日　初版第1刷發行

作者：張廉
插畫：Ai×Kira

發行人：加藤寬之
總編輯：蔡佩芬
主編：陳正益
責任編輯：林秀儒
資深設計指導：黃珮君
美術設計：宋芳茹
印務：李明修（主任）、張加恩、黎宇凡、潘尚琪

發行所：台灣角川股份有限公司
地址：105台北市光復北路11巷44號5樓
電話：（02）2747-2433
傳真：（02）2747-2558
網址：http://www.kadokawa.com.tw
劃撥帳戶：台灣角川股份有限公司
劃撥帳號：19487412
法律顧問：寰瀛法律事務所
製版：尚騰印刷事業有限公司
ISBN：978-986-366-844-2

香港代理：香港角川有限公司
地址：香港新界葵涌興芳路223號新都會廣場第2座17樓 1701-02A室
電話：（852）3653-2888